Jim Stevenson
Mr Tremble
Olivia Parker
Alastair Blake
Fanny Jones

W0310128

Christina Wolff

Die Geister der Pandora Pickwick

Christina Wolff studierte Germanistik, Geschichte und Soziologie, bevor sie Grundschullehrerin wurde. Schon als Kind schrieb sie gerne Geschichten, und nachdem sie 2018 das Kinder- und Jugendbuchstipendium der Niedersächsischen Literaturkommission bekommen hatte, erschien zwei Jahre später ihr erster Kinderroman »Die Magier von Paris«. Mit ihrem Mann und ihrer Tochter lebt sie in Hannover.

Florentine Prechtel studierte klassische Malerei, Bildhauerei und Grafik-Design. Nach künstlerisch spannenden und anregenden Stationen in Berlin, Barcelona und Rom illustriert sie heute Kinderbücher. Sie lebt mit ihrer Familie in Freiburg im Breisgau.

Christina Wolff

Die Geister der Pandora Pickwick

Mit Illustrationen von Florentine Prechtel

HUMMEL
BURG

Bibliografische Information der Deutschen Nationalbibliothek:
Die Deutsche Nationalbibliothek verzeichnet diese Publikation in der Deutschen Nationalbibliografie. Detaillierte bibliografische Daten sind im Internet auf www.dnb.d-nb.de abrufbar.

MIX
Papier aus verantwortungsvollen Quellen
FSC® C111262
FSC
www.fsc.org

1 3 5 4 2

Cover- und Innenillustration: Florentine Prechtel
Covertypografie: Florentine Prechtel

Printed in Germany
ISBN 978-3-7478-0037-9

www.hummelburg.de

Für Hanne – die sich fast niemals gruselt

Prolog

Es war früher Nachmittag, als der Mann in der Portobello Road auftauchte. Er trug eine Pluderhose und ein schwarzes Wams, dazu eine altmodische Halskrause mit Rüschen, und auf seinem Kopf saß ein breiter Federhut.

Trotz seiner ungewöhnlichen Kleidung schien der Mann den zahlreichen Passanten nicht aufzufallen. Er stand genau gegenüber vom Pandora's Antiques, dem kleinen Raritätengeschäft mit der dunkelgrün lackierten Fassade. Gerade ertönte ein schepperndes Läuten, und die Tür des Ladens öffnete sich – pünktlich zum Ende der Mittagspause. Eine junge Frau trat heraus, an der Hand ein Mädchen mit langen braunen Zöpfen.

Der Mann verfolgte aufmerksam, wie die Frau die Tür weit aufsperrte und dann begann, die Ladenauslage zurück auf den Gehweg zu räumen: einen alten Spiegel, zwei Rollwagen mit Geschirr, mehrere Gemälde in dicken Holzrahmen und einen Sessel mit rot glänzendem Brokatbezug. Das Mädchen platzierte ein paar Teddybären mit geflickten Nähten auf der Außenfensterbank des Ladens.

Wie alt mochte sie sein? Drei, vielleicht vier Jahre?

Der Mann betrachtete sie nachdenklich. Irgendetwas störte ihn, doch er wusste nicht genau, was. Erst als das Mädchen schon wieder im Laden verschwunden war, kam er darauf: Sie sah so gewöhnlich aus. Das war es!

Aber was hatte er erwartet? Wie hätte man es ihr auch ansehen sollen?

In stilles Brüten versunken, bemerkte der Mann viel zu spät, dass eine ältere Dame auf ihn zustöckelte. Direkt vor seiner Nase blieb sie stehen und pfefferte mit Schwung ein zerknülltes Taschentuch in einen Abfalleimer hinter ihm. Angeekelt blickte der Mann an sich hinunter. Das Tuch war direkt durch seinen Bauch hindurchgeflogen. Er hasste es, wenn so etwas passierte. Jedes Mal fühlte es sich an, als wirbelten seine Atome wie angestoßene Billardkugeln auseinander.

Mit grimmigem Gesicht zog er eine goldene Taschenuhr aus dem Wams hervor. Er sollte jetzt sowieso besser gehen. Harold würde bald im Herrenhaus eintreffen, und er musste ihm noch einige Anweisungen geben.

Energisch steckte der Mann die Uhr zurück und sah ein letztes Mal zu dem Mädchen, das nun wieder vor dem Laden stand und in die Sonne blinzelte. Bei genauerer Betrachtung stellte er fest, dass sie die Nase ihrer Mutter hatte. Das beruhigte ihn ein wenig. Es sprach alles dafür, dass sie die Richtige war, und wenn seine Überlegungen stimmten, könnte sie die Lösung für all seine Probleme sein. Natürlich noch nicht gleich. Er würde mehr als genug Zeit haben, sich vorzubereiten.

Seufzend strich der Mann noch einmal über die Stelle, an der ihn das Taschentuch durchdrungen hatte. Dann wandte er sich ab und schwebte lautlos wie eine regenschwere Gewitterwolke davon.

Kapitel 1

Fannys Mum hatte mal wieder alles im Griff. Schon vor drei Tagen hatte sie Fannys Koffer gepackt, um ihn danach noch fünf Mal umzupacken. Nun war Fanny sogar mit einem Schuhlöffel und mit Warzenpflastern ausgestattet. Dabei hatte sie in ihrem Leben noch nie eine Warze gehabt. Doch ihre Mum meinte, man könne ja schließlich nie wissen, was passiert. Womit sie natürlich recht hatte, wie sie ja immer bei allem recht hatte!

Heute war endlich Samstag, und Fanny hievte das tonnenschwere Kofferungetüm schnaufend aus dem Haus und in den Kofferraum des grauen Bentleys. Ihre Mum trommelte bereits unruhig auf das Lenkrad. Während der Fahrt redeten sie nicht viel. Fanny wusste, dass ihre Mutter angespannt war. Wie immer, wenn sie ihre Schwester Harriet treffen würde. Fannys Laune hingegen war wie das Wetter: wolkenlos und frühsommerlich warm.

Nach zwanzig Minuten Stadtverkehr stoppte der Bentley kurz vor dem Laden mit der grün lackierten Fassade, und während ihre Mum noch einen Parkplatz suchte, rollte Fanny das Koffermonster bereits auf die Ladentür zu. Mit jedem Schritt machte ihr Herz einen kleinen Hüpfer. Sie liebte das Geschäft ihrer Tante, das bis unter die Decke mit Krimskrams vollgestopft war: Geschirr, Möbel, Postkarten, verstaubte Bücher und so absonderliche Dinge wie Zeitungsumblätterstäbe aus Ebenholz und sogar Schrumpfköpfe – die natürlich nicht echt waren, wie Tante Harriet versicherte.

Erwartungsfroh reckte Fanny ihre Nase in die Luft. Der Laden verströmte seinen Duft bis hierher auf die Straße. Eine Mischung aus Holzpolitur, Staub, Tee und Keksgeruch. Herrlich! Als sie die Ladentür öffnete, ertönte die kleine rostige Glocke über dem Eingang.

»Komme gleich!«, rief es von irgendwoher.

Pandora's Antiques bestand aus drei vollgestopften Verkaufsräumen. Dem vorderen, in dem Fanny sich gerade befand, einem zweiten, der ein paar Stufen höher zum Hof hin lag, und dem dritten in der ersten Etage, der über eine Wendeltreppe mit dem Rest des Ladens verbunden war.

Fanny blieb mit ihrem Koffer neben der Ladentheke stehen und begrüßte Grandma Pandora. Natürlich nicht Grandma Pandora persönlich. Die Namensgeberin des Ladens war schon gestorben, als Fanny noch ein Baby war. Aber es hing eine goldgerahmte Fotografie von ihr an der Wand, und weil Harriet die Angewohnheit hatte, mit dem Bild ihrer Mutter zu sprechen, kam es auch Fanny unhöflich vor, den Laden zu betreten, ohne Pandora *Hallo* zu sagen.

»Bin schon da!«, schallte Harriets Stimme aus der oberen Etage herunter. Fanny hörte, wie Schritte auf den Holzstufen klackerten. Als Harriet ihre Nichte erblickte, legte sie verdutzt den Kopf schief.

»Du hast es vergessen!«, stöhnte Fanny.

»Was? Nein … Quatsch, natürlich nicht!« Harriet eilte auf Fanny zu, um sie in die Arme zu schließen.

»Du hast es *doch* vergessen, oder?«, fragte Fanny, als ihre Tante sie wieder aus der Umarmung auftauchen ließ.

»Na ja, vielleicht ein klitzekleines bisschen«, gab Harriet zu. »Tee?«

Fanny nickte, und Harriet verschwand durch den bunten Glasperlenvorhang in die Ladenküche. Bald darauf kam sie mit einem Tablett zurück, auf dem sie zwei Thermoskannen, drei Porzellantassen, etwas Gebäck und ein geblümtes Zuckerdöschen balancierte.

»Ich hab extra grünen Tee für deine Mutter gekocht«, erklärte sie und stellte das Tablett auf dem kleinen Tisch vor dem roten Samtsofa ab, das schon seit Jahren niemand kaufen wollte. Die Sprungfedern ächzten vertraut, als Fanny sich darauf niederließ. Sie nahm einen Butterkeks und dachte, dass auch der grüne Tee die frostige Stimmung zwischen Harriet und ihrer Mum nicht aufwärmen würde.

Fanny hatte nie einen speziellen Grund herausfinden können, warum die Schwestern sich so spinnefeind waren. Sie vermutete aber, dass es an ihrer Gegensätzlichkeit lag. Die eine war ordentlich und extrem penibel, die andere unordentlich und manchmal ziemlich kopflos. Eine stand auf Zartbitterschokolade, die andere auf Vollmilch-Nuss. Jennifer hatte blonde glatte Haare und liebte Katzen. Auf Harriets Kopf ringelten sich braune Locken, und natürlich mochte sie Hunde. Diese Liste hätte man endlos fortführen können.

Außerdem beschlich Fanny oft das Gefühl, ihre Mum wäre ein bisschen eifersüchtig auf Harriet. Vielleicht missfiel ihr, dass Fanny sich so gut mit ihrer Tante verstand. Wahrscheinlich störte es sie sogar, dass Fannys Haare braun wie Harriets waren und nicht blond wie ihre eigenen. Dabei hatte Fanny erstens blaue Augen genau wie ihre Mutter, und zweitens war das alles vollkommen bedeutungslos, weil Fanny nämlich adoptiert war. Ihre Augen- und Haarfarbe konnte mit keiner von beiden etwas zu tun haben.

»In dieser Gegend ist es wirklich unmöglich, einen Parkplatz zu finden«, schimpfte Jennifer Jones, als sie den Laden betrat.

Wie immer begrüßten sich die Schwestern mit einem steifen Küsschen auf die Wange, und dann begann dieser gezwungen fröhlich-freundliche Small Talk, den Fanny so hasste.

»Wann geht denn euer Flieger?«, fragte Harriet, während sie den grünen Tee eingoss.

»Morgen früh um sechs.« Fannys Mum nahm ein akkurat gefaltetes Papier aus ihrer Handtasche und reichte es ihrer Schwester. »Ich hab dir alles noch mal genau aufgeschrieben«, sagte sie. »Wir sind von morgen bis zum 28. Juli unterwegs. Auf dem Zettel sind alle Hotels mit Telefonnummern notiert, außerdem Henrys und meine Handynummer und auch die von Henrys Assistenten. Ach ja, und natürlich die Nummer von unserem Hausarzt, die von Fannys Zahnarzt und für den Notfall die der amerikanischen und der britischen Botschaft. Man weiß ja schließlich nie, was passiert …«

Aus den Augenwinkeln betrachtete Fanny Harriets Gesichtsausdruck. Sie wusste genau, was ihre Tante dachte.

Mindestens fünf Butterkekse lang plätscherte das Gespräch weiter so belanglos vor sich hin. Funnys Mum zählte alle siebzehn amerikanischen Städte auf, die sie und ihr Mann in den nächsten acht Wochen abklappern würden, um neue Kunden für ihre Schnürsenkelfirma *Jones and Sons – Nichts hält besser* zu werben. Danach führte Harriet stolz eine Sammlung von antiken Rückenkratzern vor, die sie für den Laden spottbillig erstanden hatte und die Jennifer mit höflich unterdrückter Abscheu bewunderte. Fanny hatte schon die Hoffnung, dieses Treffen würde einmal ohne Streit verlaufen. Doch dann stach sie plötzlich etwas ins Schulterblatt.

»Au!«, stieß Fanny aus. Sie versuchte mit der Hand die schmerzende Stelle zu erreichen, doch im selben Moment spürte sie den gleichen piksenden Schmerz auch im anderen Schulterblatt. »Au!«

»Fanny? Was ist denn?« Ihre Mutter griff blitzschnell nach ihrem Handy. Es sah aus, als wolle sie augenblicklich einen Notruf absetzen.

»Gar nichts, glaube ich«, beruhigte Fanny sie. »Mich hat nur irgendwas gestochen.« Mit dem Zeigefinger lüpfte sie den Kragen ihres T-Shirts und verrenkte sich den Kopf, um ihren Rücken hinunterschielen zu können. Deswegen bemerkte sie gar nicht, wie das Gesicht ihrer Mum von einer Sekunde auf die nächste versteinerte.

»Har-ri-et?«

Fannys Blick schnellte nach oben. Jennifer Jones' Stimme hatte diesen spitzen Unterton, den sie nur bei ihrer Schwester bekam und der so oft der Vorbote eines dicken Unwetters war. Fanny zog unmerklich den Kopf ein, doch ihre Tante wirkte nicht weiter beeindruckt.

»Das waren bestimmt nur die alten Sprungfedern, Jenny. Ich muss das Sofa irgendwann mal entsorgen. Das kauft sowieso keiner mehr.«

Harriet nahm in aller Ruhe einen Schluck Tee, aber irgendwie hatte Fanny das Gefühl, ihre Tante benutzte die Tasse nur, um sich dahinter zu verstecken.

Nur warum? Diesmal hatte sie ja überhaupt keinen Fehler gemacht. Für die blöden Sprungfedern konnte sie schließlich nichts!

Fannys Mum machte trotzdem keinerlei Anstalten, ihr Dobermanngesicht abzulegen.

»Du hast es mir versprochen«, zischte sie Harriet zu. Wie steinhart gefrorene Erbsen prasselten die Worte auf ihre Schwester nieder. Unwillkürlich wartete Fanny auf eine zweite eiskalte Salve, doch anscheinend war für Jennifer das Thema damit beendet – ebenso wie das Gespräch. Mit einem energischen *Ratsch* zog sie den Reißverschluss ihrer Handtasche zu.

Fanny entschied, besser draußen vor dem Laden Auf Wiedersehen zu sagen. Da war die Luft nicht ganz so dick. Natürlich hatte ihre Mutter noch tausend Ermahnungen auf Lager, doch Fanny ließ sie heute wortlos über sich ergehen. Erstens wusste sie, dass ihre Mum sich eigentlich nur Sorgen machte, und zweitens war sie unendlich dankbar, dass sie bei Harriet bleiben durfte.

Im Vorfeld war das nämlich Anlass zu tausend Diskussionen gewesen. Ursprünglich hatten Fannys Eltern sie auf die Geschäftsreise mitnehmen wollen. Doch die Ferien begannen erst in zwei Wochen, und Mrs Gardener, die Direktorin der Oakhill International School, hatte es nicht erlaubt. Mrs Gardener konnte ein ziemlicher Drache sein, und Fanny mochte sie nicht besonders, doch diesmal hatte die Direktorin ihr einen echten Gefallen getan. Schließlich war Fanny bereits zwölf. Wer wollte mit zwölf schon ganze acht Wochen lang gemeinsam mit seinen Eltern Schnürsenkel verkaufen? Auch wenn es in den USA war! Wahrscheinlich hätte Fanny die meiste Zeit im Hotelzimmer verbracht und mit sich selbst Scrabble gespielt.

Als klar war, dass Fanny nicht mitkommen konnte, wollte ihre Mum sie zuerst bei Grandma Jones unterbringen. Doch Fanny hatte deswegen einen ziemlichen Aufstand angezettelt. Grandma Jones war zwar furchtbar lieb, aber sie nahm ständig ihr Gebiss heraus und legte es irgendwo in der Wohnung ab, weil es sie angeblich beim Denken störte. Und sie war so schwerhörig wie ein Marmeladenbrot. Alles musste man viermal sagen. Schließlich hatten Fannys Eltern zugestimmt, dass sie bei Harriet bleiben durfte, worüber Fanny mehr als glücklich war. Normalerweise besuchte sie ihre Tante höchstens ein- oder zweimal im Monat, und jetzt durfte sie ganze acht Wochen im Pandora's Antiques verbringen.

»Was sollte das denn eben bedeuten?«, fragte Fanny, als sie zurück in den Laden trat. »Was hast du Mum versprochen?«

»Ach, das Übliche.« Harriet winkte ab. »Dass … ich auf dich aufpasse und so weiter. Du weißt doch, wie deine Mutter ist. Sie macht sich viel zu schnell viel zu viele Sorgen.«

Das stimmte ohne jeden Zweifel. Aber dass sich ihre Mum so

dermaßen über einen Pikser durch ein altersschwaches Sofa aufregte, kam Fanny trotzdem ziemlich ungewöhnlich vor …

Genau eine Woche später werkelte Fanny am Samstagnachmittag gut gelaunt im Laden herum. Es waren nur noch ein paar Tage bis zu den Sommerferien. Das Schlimmste war also geschafft. Bald konnte sie den ganzen Tag im Pandora's Antiques sein, anstatt sich mit Mrs Edwards Lateindeklinationen herumschlagen zu müssen. Die Aussichten hätten nicht besser sein können.

Pfeifend räumte Fanny ein Dutzend kleiner Kristallkaraffen in das Regal neben die Kaffeemühlen ein und versah danach die chinesischen Gürtelschnallen mit Preisen. Harriet lag auf dem Sofa und las einen Krimi.

Als Fanny mit den Gürtelschnallen im Arm am Tresen vorbeikam, stutzte sie.

»Harriet, wo ist mein Schokoriegel?«

»Dein was?«, fragte Harriet zerstreut. Sie schaute nicht einmal auf.

»Mein Schokoriegel. Der, den ich gestern hier neben die Kasse gelegt habe.«

»Keine Ahnung.«

»Wie, keine Ahnung?«

»Ja, keine Ahnung!«

»Hast du ihn gegessen?«, fragte Fanny.

»Nein, natürlich nicht.« Jetzt lugte Harriet doch hinter ihrem Buch hervor. »Ich ess doch nicht deine Sachen auf. Was denkst du denn?«

»Gar nichts denke ich«, sagte Fanny. »Ich weiß nur, dass ich ihn gestern genau da hingelegt habe. Zwischen die Kasse und die Vase mit dem Popo.«

»Welche Vase mit 'nem Popo?«

Fanny hielt die Vase in die Höhe.

»Das ist kein Popo. Das sind nur zwei Weintrauben.«

»Und wieso sind die rosa?«

Harriet gab zu, dass auf der Vase vielleicht doch ein Popo abgebildet war, aber was den Schokoriegel betraf, konnte oder wollte sie Fanny nicht weiterhelfen.

Das gleiche Spiel ereignete sich einige Tage später noch mit einer Packung Shortbread und mit einer Tüte extrasaurer Limonenbonbons. Danach ließ Fanny nichts mehr im Laden liegen.

Zu ihrer eigenen Überraschung konnte sie mehr und mehr verstehen, warum ihre Mum manchmal so genervt von Harriet war. Ihre Tante war absolut chaotisch! Die meiste Zeit verbrachte sie mit Suchen, da sie immer irgendetwas verschlampt hatte. Und weil Fanny Harriets Unordnung zunehmend auf den Wecker fiel, beschloss sie, im Pandora's Antiques aufzuräumen.

Eine gute Gelegenheit dafür ergab sich am späten Nachmittag des vorletzten Schultages. Harriet war auf einem Geburtstag eingeladen und konnte Fanny bei ihrem Vorhaben nicht im Weg stehen.

Als Erstes sortierte Fanny die alten Postkarten nach Ländern, dann wienerte sie den Boden und ordnete die historischen Glanzbildchen. Weil Harriet danach immer noch nicht zurückgekehrt war und sich auch kein Kunde blicken ließ, entstaubte sie eine mit Schnitzereien verzierte Truhe und rieb das gute Stück sogar sorgfältig mit Möbelpolitur ein. Dann war es Zeit für eine kurze

Tee- und Kekspause. Als Fanny nach einer Viertelstunde erneut nach ihren Putzutensilien griff und sich nach einem besonders lohnenswerten – das heißt besonders dreckigen – Objekt umsah, blieb ihr Blick an der Truhe mit den Schnitzereien hängen. Sie erstarrte. Der Deckel, der nach ihrer Putzaktion nussbraun geglänzt hatte, lag jetzt wieder unter einer dicken Staubschicht verborgen.

Nur um sicherzugehen, trat Fanny an die Truhe heran und wischte mit der Hand über den Deckel. Ihre Finger hinterließen schlanke, dunkle Spuren auf dem Holz – wie Schneisen im Schnee. Ein unangenehmer Schauer lief Fanny über den Rücken, dann fuhr sie zusammen, weil die Glocke über dem Eingang bimmelte. Gleich einem Wirbelwind kam Harriet in den Laden gesaust. Geräuschvoll lud sie ihr Schlüsselbund, die Handtasche und ihre Sommerjacke auf dem Tresen ab.

»Was ist denn mit dir los?«, fragte sie, als sie Fannys Gesichtsausdruck bemerkte.

Immer noch verstört, berichtete Fanny ihrer Tante von dem rätselhaften Geschehen. Kurz darauf wünschte sie jedoch, sie hätte den Mund gehalten. Denn Harriet trat an sie heran und legte ihr mit besorgter Miene eine Hand auf die Stirn.

»Ich hab kein Fieber«, wehrte Fanny ab. Sie griff nach dem Blusenärmel ihrer Tante und zog sie zu der Truhe hinüber.

»Guck! Die war eben noch blitzblank.«

Wie Fanny zuvor strich Harriet mit ihrem Zeigefinger über den Truhendeckel. Fanny bemerkte, dass das rechte Augenlid ihrer Tante kurz zuckte, aber dann sagte Harriet leichthin:

»Ja, siehst du, deswegen hab ich den Kampf aufgegeben. Der alte Kram hier zieht den Staub geradezu an. So schnell, wie alles wieder schmutzig wird, kannst du gar nicht hinterherputzen.« Sie hob bedauernd die Schultern und wischte den staubigen Finger an ihrer Jeans ab.

Fanny zog die Stirn kraus. Wie sollten Möbel derart schnell einstauben? Das war doch Blödsinn! Sie fühlte sich von Harriet nicht ernst genommen.

Immer wieder wurde ihr Blick von dem staubigen Truhendeckel angezogen. Fanny hatte ein merkwürdig beklemmendes Gefühl, das sie den ganzen restlichen Tag nicht mehr losließ. Nicht einmal die Tatsache, dass Harriet zum Abendbrot Pizza bei Fannys Lieblingsitaliener bestellte, konnte sie davon ablenken.

Noch im Bett wälzte Fanny sich unruhig von einer Seite auf die andere, und immer wieder sah sie die verstaubte Truhe vor sich. Um auf andere Gedanken zu kommen, griff sie schließlich nach dem Buch, das sie vor ein paar Tagen zu lesen begonnen hatte. Es war eine Geschichte über zwei verfeindete Zaubererfamilien in Paris und so spannend, dass Fanny gar nicht merkte, wie die Nacht weiter voranschritt.

Kurz nach Mitternacht schreckte sie von einem polternden Geräusch auf. Zuerst dachte sie, der Krach käme von draußen. Doch dann folgte eine Reihe weiterer dumpfer Schläge, und spätestens ab dem dritten war Fanny sicher, dass das Spektakel von unten aus dem Laden kam. Bei jedem Rums erzitterte Fannys Bettgestell leicht. Sie sprang auf. Was, wenn da Einbrecher am Werk waren? Aufgeregt eilte sie in Harriets Zimmer, knipste ohne Zögern das Licht an und rüttelte ihre Tante wach.

»Harriet, ich glaub, da ist jemand im Laden!«

»Hm, waaas?« Harriet blinzelte und strich sich die wirren Locken aus der Stirn. *Krawumm*, machte es da, und sofort saß auch Fannys Tante kerzengerade im Bett.

»Vielleicht sind das Diebe«, wisperte Fanny, doch Harriet schüttelte entschieden den Kopf.

»Ich weiß, was das ist«, sagte sie.

Auf einmal sah sie richtig wütend aus. Stampfend verließ sie den Raum und erschien kurz darauf mit einem Kehrbesen wieder. Wie wild begann sie, mit dem Ende des Besenstiels auf den Dielen herumzuhämmern.

»Was machst du denn?«, rief Fanny verwirrt.

»Ich – *rums* – stelle diesen – *rums* – Lärm ab – *rums*!«, schnaubte Harriet mit wehenden Haaren. Nach einigen weiteren Hieben ließ sie sich erschöpft zurück aufs Bett fallen.

Fanny lauschte einen Moment in die Stille hinein. Der Krach hatte tatsächlich aufgehört.

»Was war das?«, fragte sie.

»Ach, das sind die ganzen alten Rohre in diesem Haus. Irgendwo ächzt und poltert immer irgendwas.«

»Und da hilft es, mit einem Besenstil auf dem Boden rumzukloppen?«, fragte Fanny irritiert.

»Jep. Das hilft«, sagte Harriet knapp.

Sie erhob sich und stellte gähnend den Besen in die Zimmerecke. Auf dem Rückweg gab sie Fanny einen schmatzenden Kuss auf die Stirn und kuschelte sich dann wieder unter ihre Bettdecke. »Mach das Licht aus, ja?«, murmelte sie, dann war sie schon fast wieder eingeschlafen.

Fanny nickte ratlos. An der Tür kippte sie den Lichtschalter nach unten, und dann schlüpfte auch sie wieder in ihr Bett. Nervös spitzte sie noch einmal die Ohren, doch die Geräusche schienen wirklich verstummt zu sein. Zumindest die aus dem Laden. Draußen fuhren brummend mehrere Autos vorbei, und einmal kickte jemand auf der Straße eine Dose, sodass ein metallenes Scheppern zu Fanny heraufdrang.

Die Rohre, dachte sie und schüttelte in der Dunkelheit den Kopf. So ein Quatsch! Außerdem, welche Rohre verliefen denn unter dem Fußboden des ersten Stocks entlang? Fanny glaubte keine Sekunde an das, was ihre Tante behauptet hatte. Eine neue Welle des Unbehagens schwappte in ihr hoch.

Weshalb log Harriet?

Irgendetwas stimmte hier nicht, so viel war sicher!

Genauso sicher war allerdings, dass Fanny herausfinden würde, was es war.

Kapitel 2

Mit der Zeugnisvergabe am nächsten Vormittag begannen endlich die Sommerferien. Fanny nahm sich auf dem Nachhauseweg fest vor, die Wahrheit aus ihrer Tante herauszukitzeln. Leider betrat aber zusammen mit ihr eine ältere Dame in einem eleganten flaschengrünen Kleid das Geschäft. Bei jedem Schritt stützte sich die alte Frau auf einen schwarz glänzenden Gehstock.

»Mrs Pickwick?«, wandte sie sich an Harriet. »Ich bin Mrs Brown.« Ihre Stimme klang so rau, als würde eine Nadel über eine Schallplatte kratzen.

»Ach, Mrs Brown. Natürlich«, rief Harriet aus. »Jetzt hätte ich Sie fast vergessen.« Eilig kam sie hinter dem Tresen hervor und geleitete die Dame zum roten Sofa. Dann drehte sie sich noch einmal zu Fanny um. »Süße, könntest du mir wohl eben mal den Pümpel von oben holen?«, bat sie.

»Den was?«, fragte Fanny ratlos.

»Na, dieses Ding mit dem roten Gummikopf, mit dem man den Abfluss frei macht. Das Waschbecken in der Ladenküche ist verstopft, und ich will es nachher reinigen.«

»Ist gut«, seufzte Fanny. »Wo soll der denn sein?«

»Probier's mal im Bad«, schlug Harriet vor. »Und wenn er da nicht ist, guck in der Abstellkammer oder in der Küche, ja?!«

Widerwillig stapfte Fanny aus dem Laden und erklomm die Außentreppe zu Harriets Wohnung. Die flaschengrüne Dame interessierte sie. Es passte ihr gar nicht, dass sie gerade jetzt dieses Pümpel-Ding suchen sollte. In Windeseile klapperte sie alle genannten Orte ab, jedoch ohne fündig zu werden. Während sie sicherheitshalber noch das Regal in der Abstellkammer durchsuchte, reifte in Fanny immer mehr die Gewissheit heran, dass Harriet sie mit dem Pümpel-Auftrag nur aus dem Laden hatte schaffen wollen. Wahrscheinlich besaß sie so ein Ding überhaupt nicht. Das würde ihr ähnlich sehen! Bestimmt hatte sie mit dieser flaschengrünen Mrs Brown etwas Geheimes zu besprechen.

Fanny bedauerte sehr, dass es keinen direkten Zugang von der Wohnung zum Geschäft gab. Durch den hätte sie sich jetzt in den oberen Verkaufsraum schleichen und Harriets Gespräch belauschen können. Stattdessen huschte sie in aller Eile die Außentreppe wieder hinab und kauerte sich geduckt vor die Ladenfassade. Vorsichtig spähte sie durch das Schaufenster. Sie hatte Glück! Mrs Brown war noch da. Pech war allerdings, dass Fanny hier draußen kein einziges Wort verstand. Erstens war da die dicke Schaufensterscheibe, und zweitens dröhnte auf der Portobello Road zu dieser Tageszeit der Verkehr. Zu allem Überfluss gaffte auch noch Mr Peters von gegenüber. Schließlich beschloss Fanny, ihren Spähposten aufzugeben. Ohne weitere Umstände polterte sie zurück in Harriets Laden.

»Dann wäre ja alles geklärt«, hörte sie Mrs Brown mit ihrer heiseren Stimme verkünden.

»Prima. Und falls doch nicht, rufen Sie einfach an«, antwortete Harriet. »Warten Sie, ich bringe Sie zur Tür.«

Fanny ärgerte sich schwarz, nicht ein bisschen eher hereingekommen zu sein. Aber bei der Verabschiedung sagte Mrs Brown dann doch noch etwas sehr Interessantes:

»Ich freue mich wirklich, dass alles so gut geklappt hat, Mrs Pickwick.« Treuherzig schüttelte sie Harriets Hand. »In meinem Haus ist es jetzt so einsam. Da hab ich gern ein bisschen Gesellschaft, wissen Sie? Und wenn der Lärm mich stört, drehe ich einfach mein Hörgerät ab.«

Über Harriets Wangen huschte ein gequältes Lächeln.

»Prima«, sagte sie schon wieder und stieß eilig die Ladentür auf. Doch Mrs Brown verharrte trotz dieses Winks mit dem Zaunpfahl weiter auf der Schwelle.

»Da fällt mir noch eine Frage ein«, setzte sie an. »Was mache ich denn, wenn …«

»Das können wir doch alles am Telefon besprechen, Mrs Brown«, sagte Harriet schnell. Sanft, aber entschieden bugsierte sie die alte Dame aus dem Laden und schloss die Tür hinter ihr.

Fanny wartete einen Moment, ob Harriet von sich aus irgendeine Erklärung abgeben würde, aber das tat sie nicht. Stattdessen begann sie zerstreut, einige Rechnungen zu sortieren.

»Uuund? Was wollte die?«, fragte Fanny schließlich.

»Wer?«

»Na, die Dame von eben. Mrs Brown«, sagte Fanny gereizt, denn natürlich wusste Harriet genau, wen sie meinte.

»Ach, die wollte bloß ein Grammofon.«

»Ein Grammofon?«

»Ja, sie ist so einsam in ihrem großen Haus, weißt du? Da braucht sie ein wenig Musik.«

»Und da reicht ihr keine normale Musikanlage oder ein Radio?« Fanny war sicher, dass Harriet diese Grammofon-Geschichte gerade erfunden hatte. Allerdings passte sie hervorragend zu dem, was Mrs Brown an der Tür gesagt hatte, das musste Fanny ihrer Tante lassen. Offenbar war sie eine begabte Lügnerin.

»Du weißt doch, wie alte Leute sind«, sagte Harriet achselzuckend. »Mrs Brown will eben unbedingt ein Grammofon. Das erinnert sie an ihre Kindheit, hat sie mir erzählt.«

»Und welches hat sie sich ausgesucht? Sollen wir es ihr liefern?«, fragte Fanny.

Oben im zweiten Verkaufsraum lagerten zwei wirklich schöne Grammofone mit blank polierten Trichtern und hübschem Holzgehäuse.

»Keins«, murmelte Harriet. Übertrieben aufmerksam starrte sie auf einen ihrer Rechnungsbriefe. »Die beiden haben ihr nicht so zugesagt.«

»Aber sie hat doch eben gemeint, sie freut sich, dass alles so gut geklappt hat«, beharrte Fanny.

»Wie?« Jetzt hob Harriet den Blick. »Ach so, ja … ähm …« Sie blinzelte mehrmals. »Ich … ich hab ihr den Antiquitätenladen auf der Kensington Park Road empfohlen. Die haben vielleicht ein paar mehr Exemplare.«

»Hm«, machte Fanny nur.

Der Fall wurde immer klarer: Harriet hatte ein Geheimnis.

Sonst würde sie sich kaum so um Kopf und Kragen reden. Andernfalls wäre sie wirklich eine miese Verkäuferin. Welcher Ladenbesitzer verwies seine Kunden denn bitte an die Konkurrenz, wenn er die Ware selbst vorrätig hatte?

Weil Harriet nach dem Gespräch über die flaschengrüne Dame und ihr Grammofon ziemlich schlecht gelaunt wirkte, verzichtete Fanny erst mal auf weitere Nachfragen.

Doch was Harriets Qualitäten als Geschäftsfrau anging, wurde sie kurz vor Ladenschluss erneut Zeuge eines ziemlichen Desasters.

Gegen halb sechs betrat ein älterer Herr den Laden und erkundigte sich nach genau der Truhe mit den Schnitzereien, die Fanny am Vortag einen solchen Schrecken eingejagt hatte. Fanny konnte sie immer noch nicht ansehen, ohne dass sich ihr dabei die Nackenhaare aufstellten. Zu ihrem Erstaunen erklärte Harriet dem Mann, dass die Truhe nicht zu verkaufen sei. Zuerst wirkte der Kunde nur irritiert, aber dann begann er mit Harriet zu feilschen. Fanny dachte schon, ihre Tante würde nur raffiniert den Preis in die Höhe treiben. Doch als sie bei ganzen fünfhundert Pfund immer noch ablehnte, verließ der Mann schnaufend und hochrot im Gesicht das Geschäft.

Da konnte Fanny sich nicht mehr zurückhalten.

»Was sollte das denn?«

»Wieso?« Ihre Tante schob sich einen Haselnusskeks mit dicker Glasur in den Mund und begann langsam zu kauen.

»Er hat dir fünfhundert Pfund geboten!«

»Na und?«, entgegnete Harriet schmatzend. »Ich will die alte Truhe eben nicht weggeben.«

»Warum denn nicht?«, bohrte Fanny nach. »Stimmt damit doch irgendetwas nicht?«

»Fanny, bitte«, winkte Harriet ab. »Du spinnst ja! Ich hab mich an den alten Brocken gewöhnt, das ist alles.«

»Gewöhnt?« Fanny schüttelte fassungslos den Kopf. »Das hier ist doch ein Laden. Hier sollen Sachen verkauft werden. Für Geld. Oder nicht?« Sie stemmte die Hände in die Hüften. »Ich meine, es ist ja nicht so, als ob du es dicke hättest. Manche Teebeutel benutzt du sogar drei Mal. Da kannst du doch keine fünfhundert Pfund ausschlagen!«

Fanny merkte erst, dass sie zu weit gegangen war, als Harriets Wangen in einem tiefen Kirschmarmeladenrot angelaufen waren.

»Also, wie redest du denn mit mir?«, schnappte ihre Tante zurück. »Manchmal bist du echt genauso spießig wie deine Mutter, Fanny. Da fällt der Apfel echt nicht weit vom Stamm.«

Fanny zuckte zusammen. Gerade hatte sie noch überlegt, sich bei Harriet zu entschuldigen. Doch diese Der-Apfel-fällt-nicht-weit-vom-Stamm-Bemerkung traf sie an einer höchst empfindlichen Stelle. Wütend verschränkte sie die Arme vor der Brust.

»Sag mal, du weißt schon noch, dass ich adoptiert bin, Tante Harriet, oder?«

Mit einem Wimpernschlag fiel Harriet der zornige Ausdruck aus dem Gesicht.

»Mensch, Fanny«, sagte sie erschrocken. »Ich … ich wollte doch nicht –«

»Oder hattest du das vergessen – wie so viele andere Sachen auch?«

»Nein, natürlich nicht«, verteidigte sich Harriet. »Wenn überhaupt, dann hab ich es kurz verdrängt. Aber ist das denn so schlimm?«

Fanny holte tief Luft.

»Ihr könnt nicht immer alle so tun, als hätte diese Adoption nicht stattgefunden. So kann man damit nicht umgehen!«

»Und wieso nicht?«, fragte Harriet arglos. »Du gehörst eben zur Familie. Da ist es doch egal, ob –«

»Ist es eben nicht. *Mir* ist es nicht egal. Das ist ein ziemlich großes Ding für mich! Warum kapiert das denn niemand? Ich will wissen, wer meine richtigen Eltern sind und weshalb sie mich weggegeben haben.« Fanny war kurz davor, in Tränen auszubrechen.

Harriet entfuhr ein tiefer Seufzer.

»Jetzt nicht wieder *dieses* Thema, Fanny! Du weißt genau, dass wir nichts über deine echten Eltern wissen. Wie sollen wir dir da etwas über sie erzählen?«

»Ja, schon klar«, murrte Fanny.

Ihre Mum hatte ihr tausendmal gesagt, dass das Jugendamt damals keine Informationen herausgeben wollte. Und laut Jennifer Jones hatte sich seitdem nichts an der Haltung der Behörde geändert.

»Ach, Süße …« Harriet wuschelte Fanny versöhnlich mit der Hand über den Kopf. »Jetzt lass uns aufhören zu streiten, ja?! Ist doch alles gut.« Sie sah auf ihre Armbanduhr. »Ich hol uns Fish and Chips zum Dinner, okay?«

Ohne auf Fannys Zustimmung zu warten, griff Harriet nach ihrem Portemonnaie und schlüpfte zur Tür hinaus.

Leider war für Fanny aber überhaupt nichts gut. Als sie an diesem Abend in ihrem Bett lag, konnte sie erneut nicht einschlafen, und das aus mehreren Gründen: Es ärgerte sie, dass sie mit der Aufdeckung von Harriets Geheimnissen nicht weitergekommen war. Weder die Sache mit den Rohren noch die mit der flaschengrünen Dame oder der mysteriösen Truhe hatte sie aufklären können. Außerdem musste sie an den Streit mit Harriet und an ihre Adoption denken.

Weil Fanny niemand etwas zu ihrer Herkunft sagen konnte, hatte sie sich natürlich selbst schon jede Menge Theorien dazu ausgedacht. Die abenteuerlichsten davon – sie gingen in Richtung Mafia und Romanow-Familie – schwirrten ihr jetzt wie aufgescheuchte Fliegen im Kopf herum. Erst zwei Stunden später fiel sie endlich in einen unruhigen Schlaf, aus dem sie aber schon wenige Minuten später wieder erwachte. Müde sah sie auf das Display ihres Handys. 00:05 strahlten ihr die Leuchtziffern entgegen. Wovon war sie aufgewacht?

Rums, hörte sie einen donnernden Schlag. Er musste wieder aus dem Laden gekommen sein. Gleich darauf gab es noch einen zweiten. Es waren genau dieselben Geräusche wie in der Nacht zuvor. Fanny knipste ihre Nachttischlampe an. Sie atmete tief durch, bevor sie aus dem Bett stieg und sich Jeans, Pullover und ihre Sneaker anzog.

Die Angst schnürte ihr zwar jetzt schon die Kehle zu, doch sie musste endlich wissen, was hier los war. Und wenn ihre Tante ihr immer nur Märchen erzählte, würde sie die Sache eben selbst in die Hand nehmen.

Entschlossen griff Fanny nach ihrem Handy. Auf dem Flur

spähte sie durch die halb offene Tür in Harriets Schlafzimmer. Dort drinnen war es stockdunkel, aber Fanny nahm ein leises, gleichmäßiges Schnarchen wahr.

Krawumm, machte es von unten, doch bei Harriet rührte sich nichts. Sie schien einen beneidenswert tiefen Schlaf zu haben. Trotzdem hob Fanny den Schlüsselbund so leise wie möglich vom Haken. Auf Zehenspitzen schlich sie in die Küche und sah sich nach etwas um, was sie im Notfall als Waffe benutzen konnte. Die großen Messer ignorierte sie. Bei ihrem Glück würde sie damit wahrscheinlich die Treppe hinunterstürzen und unfreiwilliges Harakiri begehen. Also lieber den großen hölzernen Fleischklopfer!

So ausgerüstet stieg Fanny mit flatterndem Herzen die Außentreppe zum Laden hinab. Vor dem Schaufenster hielt sie kurz inne. Die Portobello Road war menschenleer. Es war ja auch Nacht und mitten in der Woche. Nur im Pub von Mr Glenn, ein paar Häuser weiter, brannte noch Licht. Im Pandora's Antiques war es finster wie in einer Bärenhöhle.

Rums, tönte es wieder. Allerdings viel dumpfer als in Fannys Schlafzimmer.

Zitternd schloss sie die Ladentür auf, aktivierte die Taschenlampenfunktion ihres Handys und leuchtete in den dunklen Verkaufsraum hinein. Auf den ersten Blick war nichts Ungewöhnliches zu entdecken.

»Hallo?« Fanny wartete eine Weile, doch es kam keine Reaktion. Könnte ein Tier den Lärm verursacht haben? Ein Fuchs vielleicht oder ein Waschbär? Aber mitten in London? Und wieso machte Harriet dann so ein Geheimnis aus der Sache?

Fanny schob die Tür weiter auf. Ihr (zugegebenermaßen nicht gerade sehr ausgefeilter) Plan sah folgendermaßen aus: Sie wollte sich langsam bis zum Lichtschalter auf der anderen Seite des Raums vorarbeiten, den ganzen Laden mit einem Schlag in Licht tauchen und dann den Verursacher des Lärms stellen. Bis sie den Schalter erreicht hatte, blieb ihr allerdings nur die Handylampe zur Orientierung. Den Fleischklopfer hoch erhoben, machte sie einen ersten vorsichtigen Schritt in den Laden hinein.

Die Alben mit den Briefmarken gerieten ins Handylicht, dann eine goldene Engelsstatuette, das Leinenkissen mit dem Mops darauf und – plötzlich starrte Fanny ein tiefschwarzes Auge entgegen! Vor Schreck schnappte sie nach Luft, doch dann erkannte sie zum Glück, was sie da aus dem Regal angaffte: Es war ein Glasauge des ausgestopften Erpels, den Harriet vor zwei Tagen bei der Haushaltsauflösung gekauft hatte.

»Reiß dich zusammen, Fanny Jones«, flüsterte Fanny sich zu. Dann wagte sie sich weiter in Richtung Lichtschalter vor.

Bei Nacht sah das Pandora's Antiques deutlich weniger anheimelnd aus als am Tag, fand Fanny. Es roch sogar anders. Irgendwie modrig, und darunter mischte sich der Duft der welken Veilchen, die Harriet immer noch nicht vom Tresen geräumt hatte.

Langsam setzte Fanny einen Fuß vor den anderen.

»Ha-hallo?«, rief sie nochmals in die Finsternis hinein.

Sie hatte den Lichtschalter fast erreicht. Nur noch zwei kleine Schritte.

Krawumm machte es da direkt neben ihr, in einer Lautstärke, die Fanny automatisch die Hände auf die Ohren schlagen ließ. Dabei fiel ihr das blöde Handy aus der Hand, natürlich mit der

Taschenlampenseite nach unten. Nun stand sie ganz im Dunkeln. Sie bückte sich und tastete den Boden nach ihrem Telefon ab. Im selben Augenblick bemerkte sie aus den Augenwinkeln, wie etwas Leuchtendes auf sie zukam. Panisch fuhr sie in die Höhe. Zuerst erkannte sie nur ein grelles Licht, eine weiß flimmernde Wolke, die in der Dunkelheit immer größer wurde. Doch plötzlich traten aus der Mitte zwei rot glühende Augen hervor, und darunter öffnete sich ein breites Maul mit einer Vielzahl langer, spitzer Zähne. Fanny wollte schreien, aber es ging nicht. Aus ihrer Kehle drang nur ein leises Röcheln.

Dann stürmte sie los.

Erst zu spät bemerkte sie, dass sie die falsche Richtung eingeschlagen hatte: nicht zum Ausgang, sondern tiefer in den Laden hinein, die Stufen in den ersten Verkaufsraum hinauf. Der Puls pochte hart in ihren Schläfen.

Jetzt saß sie in der Falle!

Aus Mangel an Alternativen lief Fanny weiter in die Dunkelheit hinein. Verzweifelt tastete sie sich die Wendeltreppe in den dritten Verkaufsraum hinauf.

Was war das bloß? Was war das für ein Ding?

Oben angekommen, presste Fanny sich an eine Wand. Bis auf ihren keuchenden Atem war nichts zu hören. Die Stille lag dick und lähmend da, und dann drang ein schwaches Licht durch die Öffnung der Wendeltreppe. Langsam, aber stetig wurde es heller: Das Ding kam die Treppe hinauf! Fannys Magen krampfte sich zusammen.

Wusste Harriet, was bei ihr im Laden hauste? War sie deshalb die ganze Zeit so seltsam gewesen?

Wut kroch in Fanny hoch. Wut auf Harriet und Wut auf sich selbst. Warum war sie nur allein hier runtergekommen?

Mit angehaltenem Atem löste Fanny sich von der Wand und schlich hinter einen alten Schrank. Der bot ihr zumindest ansatzweise Deckung. Aus dem Versteck heraus beobachtete sie, wie das von unten kommende Licht mehr und mehr an Leuchtkraft gewann. Krampfhaft umklammerte sie den Fleischklopfer. Sie würde auf einen Überraschungsangriff setzen. Etwas anderes blieb ihr gar nicht übrig. Sobald das Monster ihre Höhe erreicht hatte, würde sie aus ihrem Versteck hervorspringen, ihm eins mit dem Fleischklopfer überziehen und die Treppe hinunterfliehen.

Ja, so würde es funktionieren. Hoffentlich!

Fanny holte tief Luft. Sie versuchte, nicht an das riesige Maul mit den spitzen Zähnen zu denken. Jeder einzelne Muskel in ihrem Körper war angespannt, während die nächsten Sekunden sich dehnten wie ein Gummiband. Immer noch hörte sie kein Geräusch, nur das Licht wurde heller und heller. Sie wagte einen schnellen Blick. Da – die grell leuchtende Wolke schob sich über den Treppenabsatz. Fanny zögerte nur einen Herzschlag lang, bevor sie hinter dem Schrank hervorschoss. Mit wilder Kraft hieb sie auf das Wesen ein. Doch der Fleischklopfer fuhr ins Leere. Da war nichts, gar nichts! Nur grelles Licht.

Für einen winzigen Moment erstarrte Fanny. Dann rannte sie auf die Wendeltreppe zu und jagte die Stufen hinunter.

Kapitel 3

Blind stolperte Fanny durch die Dunkelheit Richtung Ausgang. Mehrfach krachte sie gegen Möbelstücke, stieß sich Knie und Ellenbogen an, rappelte sich aber immer wieder auf und hetzte weiter. Endlich erreichte sie die Tür. Sie gönnte sich keine Verschnaufpause, sondern fegte gleich die Treppe zu Harriets Wohnung hinauf. Zitternd versuchte sie, den Schlüssel in das Schloss zu bekommen. Nach drei Versuchen gelang es ihr schließlich. Sie rannte den Flur hinunter und stoppte erst, als ihr Schienbein mit voller Wucht gegen Harriets Bettgestell knallte.

»Umpf«, machte Fanny. Dann rüttelte sie ihre Tante an der Schulter. Harriet fuhr erschrocken auf. Zuerst verstand sie überhaupt nicht, worum es ging. Fanny brachte nur einzelne Laute heraus, zwischen denen sie immer wieder panisch nach Luft schnappen musste. Harriet warf sich den Morgenmantel über und führte ihre aufgelöste Nichte in die kleine bunte Wohnküche. Beruhigend tätschelte sie Fanny die Hand und drückte sie dann auf einen Küchenstuhl.

»So, jetzt noch mal ganz in Ruhe, meine Süße. Was ist passiert?«

Als Fanny stockend berichtete, was ihr widerfahren war, sah Harriet seltsamerweise überhaupt nicht schockiert aus. Ihre Gesichtszüge entspannten sich sogar, und sie schlug sich mit der Hand vor die Brust, als sei ihr ein zentnerschwerer Stein vom Herzen gefallen.

»Zum Glück!«, rief sie aus. »Ich hab schon gedacht, deinen Eltern wäre etwas passiert.«

Fanny sah ihre Tante irritiert an. Als Harriet bemerkte, dass ihre Reaktion auf Fannys Monsterbegegnung mehr als unpassend war, stieg ihr Röte ins Gesicht. Schnell erhob sie sich, um an der Spüle den Teekessel aufzufüllen. Dabei zitterte sie leicht. Fanny spürte sehr genau, dass ihre Tante ihr nicht in die Augen sehen wollte, was nur eins bedeuten konnte: Sie wusste über dieses Biest Bescheid!

»Harriet, du musst mir jetzt sofort sagen, was da in deinem Laden ist!«, forderte Fanny aufgebracht.

Ihre Tante zögerte, doch dann setzte sie sich zurück an den Tisch. Allerdings mied sie immer noch den Blickkontakt und starrte stattdessen lieber auf die Tischplatte.

»Ich darf nicht mit dir darüber reden. Ich hab's deiner Mutter hoch und heilig versprochen«, sagte sie.

An jeder Silbe hörte Fanny, dass Harriet eigentlich vor Sehnsucht platzte, ihr Geheimnis zu lüften. Es würde bestimmt nicht lange dauern, sie zum Reden zu bringen.

»Dann ging es bei eurem letzten Streit also um dieses Monster?«, hakte sie nach.

»Ja, nur … dass es im Grunde kein Monster ist.«

Fanny schnaubte empört. »Ich bin ihm eben begegnet, Tante

Harriet. Was immer das war, es hatte rot glühende Augen und ein Maul voller Reißzähne. Das Ding hätte mich fast umgebracht!«

Zu Fannys Ärger begann Harriet zu schmunzeln.

»Quatsch!«, sagte sie. »Das war garantiert Olivia, diese kleine Kröte. Die hat sich nur verwandelt, um dir Angst einzujagen.«

»Olivia?«

»Okay, hör zu, Fanny«, seufzte Harriet. »Ich sage dir jetzt, was da unten im Laden ist, aber nur, weil du ja sowieso nicht lockerlassen wirst. Und du musst mir versprechen, deiner Mutter unter keinen Umständen zu verraten, dass ich es dir erzählt habe, verstehst du? Sie würde mir das niemals verzeihen.«

Fanny legte eine Hand aufs Herz.

»Ich verspreche es«, sagte sie.

»Also gut«, begann Harriet. Sie räusperte sich. »Es ist so: Im Pandora's Antiques … nein, warte … das Pandora's Antiques ist … nicht nur ein Raritätenladen, sondern vor allem –«, sie stockte wieder und rang kurz nach Luft. »Sondern vor allem eine … Vermittlungsagentur für Geister.«

Sichtlich froh, diese Information endlich über die Lippen gebracht zu haben, atmete Harriet aus. »Die einzige in ganz England«, schob sie hinterher, als Fanny nicht reagierte. »Eigentlich von ganz Großbritannien. Fanny? Jetzt sag doch was!«

»Es gibt keine Geister«, war das Einzige, was Fanny dazu einfiel. Sie fühlte sich – milde ausgedrückt – verwirrt.

»Doch, die gibt es«, widersprach Harriet. »Du hast gerade einen kennengelernt.«

Immer noch etwas zittrig, fuhr Fanny sich mit der Hand durchs

Haar. Was war das hier? Irgend so ein abgefahrener Traum? Das konnte doch alles nicht real sein.

»Deine Grandma Pandora Pickwick hat die Agentur gegründet«, erklärte Harriet. »Damals, als sie den Raritätenladen von ihrem Vater übernommen hat. Und nach ihr hab ich dann damit weitergemacht«, fügte sie hinzu, als würde das für Fanny irgendetwas verständlicher machen.

»Wieso denn überhaupt *Vermittlungsagentur*?«, fragte Fanny. Es war ja schon verrückt genug, zu erfahren, dass es Geister tatsächlich geben sollte. Warum mussten die bitte schön auch noch vermittelt werden? Und wohin?

»Ganz einfach«, sagte Harriet. Sie erhob sich erneut und setzte jetzt doch den Kessel auf. »Gespenster spuken am liebsten in alten Schlössern oder Herrenhäusern. Sie brauchen Platz. So eine Dreizimmerwohnung eignet sich nicht für einen Geist.« Während sie weiterredete, holte sie zwei von den bauchigen lila Tassen aus dem Regal und stellte eine vor Fanny auf den Tisch. »In den letzten fünfzig Jahren sind viele der alten Schlösser verkauft worden. Die Leute haben kein Geld mehr für diese riesigen Kästen. Na ja, und die neuen Besitzer sind oft reiche Bänker oder Popstars oder so. Meistens nicht besonders traditionsbewusst. Die wollen keine Gespenster mehr in ihren Häusern. Sie schmeißen sie lieber raus.«

»Wie setzt man denn ein Gespenst vor die Tür?«

»Och, da gibt's viele Möglichkeiten«, sagte Harriet und schwang einen Teebeutel durch die Luft. »Koriander funktioniert gut, den mögen sie überhaupt nicht. Oder man lockt sie raus und zieht dann einen Schutzwall aus Salz um das Gebäude. Oder man engagiert eben gleich einen Geisteraustreiber. Die haben noch ganz andere Möglichkeiten.«

»Und die Gespenster, die aus den alten Schlössern rausgeekelt werden, kommen alle zu dir?«

»Nicht alle. Aber viele«, sagte Harriet mit einer deutlichen Portion Stolz in der Stimme. »Die Geister, die zu mir kommen, suchen einen neuen festen Spukplatz. Und bis jetzt hab ich auch noch für jeden einen gefunden.« Sie stellte die silberne Keksdose vor Fanny auf den Tisch, und die griff sich gleich einen Keks mit extraviel Schokolade heraus. Sie brauchte jetzt ein bisschen Nervennahrung.

»Es fällt mir echt schwer, das alles zu glauben. Obwohl ich dieses Ding in deinem Laden ja selbst gesehen habe«, murmelte sie.

Harriet nickte. »Kann ich mir denken. Das stellt die ganze Welt auf den Kopf, was?« Sie nahm sich ebenfalls einen Keks, dann hellte sich ihre Miene auf. »Ich hab eine Idee! Vielleicht mache ich dich einfach gleich mit der Bande bekannt. Dann siehst du, dass die Geister gar nicht so gruselig sind, wie du meinst.«

»Ich weiß nicht«, sagte Fanny zögernd. Sie erinnerte sich noch zu gut an die riesigen, spitzen Zähne. »Ich glaube, ich –«

»Papperlapapp, jetzt komm schon! Du musst keine Angst haben«, drängte Harriet, doch nach einem kurzen Blick auf die Küchenuhr ließ sie ihre Schultern enttäuscht sinken. »Mist, es ist ja schon nach eins!«

»Und?«, fragte Fanny.

»Die Geisterstunde ist vorbei«, sagte Harriet mit einem Gesichtsausdruck, als sei Fanny ein wenig begriffsstutzig.

»Was passiert denn nach der Geisterstunde?«

»Gar nichts passiert nach der Geisterstunde. Das ist es ja! Wir können die Gespenster dann nicht mehr sehen.«

»Man kann Gespenster also nur während der Geisterstunde sehen?« Verwundert stellte Fanny fest, dass ihr Gehirn wegen der ganzen neuen Informationen offenbar nur noch mit halber Geschwindigkeit arbeitete.

»Im Prinzip schon«, antwortete Harriet. »Viele Leute können aber überhaupt keine Gespenster sehen, selbst zur Geisterstunde nicht. Deine Mum zum Beispiel. Andere können sie während der Geisterstunde nur hören oder spüren. Aber ich kann sie sehen – genau wie deine Grandma Pandora. Und du kannst sie selbstverständlich auch sehen.«

»Wieso *selbstverständlich*?«, fragte Fanny, die das alles andere als einleuchtend fand.

Harriet fuhr sich mit der Hand über die Lippen.

»Ähm … ja … ich weiß nicht genau. Ich hab's mir bei dir halt irgendwie gedacht.«

Fanny hatte sich bis jetzt absolut nicht für eine Geisterseherin gehalten. Wie ihre Tante darauf kam, war ihr schleierhaft. Allerdings interessierte sie eine andere Frage viel brennender: »Und wieso wollte Mum nicht, dass du mir von der Vermittlungsagentur erzählst?«

In Harriets Stirn grub sich eine steile Falte.

»Das ist eine ellenlange Geschichte«, stöhnte sie.

»Erzähl's mir trotzdem.« Fanny wollte sich jetzt nicht wieder abspeisen lassen, wo das Eis endlich gebrochen war. Harriet biss aber erst mal verdrossen in ihren Keks und kaute eine Weile.

»Ich glaube, deine Mum ist immer schon neidisch gewesen, weil sie die Geister nicht sehen kann«, sagte sie schließlich. »Du weißt ja, nach dem Tod meines Dads waren wir nur noch zu dritt: unsere Mum, Jennifer und ich. Das mit den Geistern hat mich und Mum zusammengeschweißt, und Jenny war manchmal ein bisschen außen vor, fürchte ich. Nicht mit Absicht, aber –«

»Verstehe.« Fanny nickte langsam. »Und … du meinst, Mum hatte Angst, wieder als Außenseiterin dazustehen, wenn ich die Gespenster auch sehen kann?«

»Vielleicht«, meinte Harriet. »Oder so ungefähr«, fügte sie seufzend hinzu. Eine Weile schien sie ihren Gedanken nachzuhängen, doch dann hob sie den Blick.

»So, jetzt ist es aber Zeit fürs Bett«, sagte sie energisch. »Du willst doch morgen in der Geisterstunde fit sein, oder etwa nicht? Schließlich wollen wir da einer sehr frechen Gespensterdame eine ordentliche Standpauke halten!«

Der nächste Tag war Fannys erster Ferientag. Das war ein Glück, denn nach dieser aufregenden Nacht musste sie dringend ausschlafen. Am Vormittag war sie immer noch müde und zu nicht viel mehr in der Lage, als eine Kiste antiker Knöpfe zu sortieren. Dabei hatte sie reichlich Zeit, die Ereignisse der gestrigen Nacht zu überdenken: Fanny war sauer auf ihre Mum, weil sie Harriet gezwungen hatte, ihr die Sache mit der Agentur zu verschweigen. Doch irgendwie verstand sie es auch. Sie konnte sich gut vorstellen, wie es gewesen sein musste, in einem Haushalt voller Gespensterseher aufzuwachsen und selbst niemals einen Geist zu Gesicht zu bekommen.

Auf ihre erste eigene Geistersichtung hätte Fanny allerdings gerne verzichtet. Schon bei dem Gedanken daran verknotete sich ihr Magen. Sie konnte nur hoffen, dass ihre Tante recht hatte und die Geister gar nicht so unheimlich waren.

Je weiter der Nachmittag voranschritt, desto nervöser wurde Fanny. Gleichzeitig fieberte sie der Mitternachtsstunde aber auch entgegen. Der Abend zog sich unendlich in die Länge.

Als sie gemeinsam mit Harriet eine Viertelstunde vor zwölf endlich den Laden betrat, hatte sie sich in ein regelrechtes Nervenbündel verwandelt, bemühte sich aber, ihrer Tante das nicht zu zeigen.

Harriet entzündete ein Teelicht, dann hockten sie sich auf den Verkaufstresen und warteten. Die Schatten, die das Kerzenlicht über die Wände tanzen ließ, machten Fanny ganz verrückt.

»Können wir nicht lieber das Licht anschalten?«, fragte sie. Doch Harriet schüttelte den Kopf.

»Im Hellen sind sie nicht so gut zu sehen.«

Fanny kamen wieder die blitzenden Reißzähne in den Sinn. Vielleicht wollte sie gar nicht so viel von den Geistern sehen. Ängstlich kaute sie auf ihrer Unterlippe. »Wie viele sind es eigentlich?«, wollte sie wissen.

»Wie viele was?«

»Na, wie viele Geister?«

»Ach so … im Moment sind es drei«, sagte Harriet. »Obwohl – den einen kann man gar nicht richtig mitzählen.« Sie hielt kurz inne, ihre Miene spannte sich an, und dann rief sie in den Raum hinein: »KEIN GRUND, BELEIDIGT ZU SEIN, ALLY. DU WEIẞT SCHON, WIE ICH'S MEINE.«

Fanny atmete erleichtert auf. Nur drei Geister. Das war gut. Bei einer ganzen Agentur hatte sie irgendwie mit wesentlich mehr gerechnet.

»Und warum kann man den einen nicht mitzählen?«

»Weil Ally nicht vermittelt wird«, erklärte Harriet. »Er ist ein Vorfahre von uns und wohnt schon hier im Laden, seit ich denken kann.«

»Ein Vorfahre von *dir*«, verbesserte Fanny.

»Wie?«

»Na, weil ich doch –«

»Ach, jetzt fang nicht schon wieder damit an«, schnitt Harriet ihr das Wort ab.

Fanny wollte etwas erwidern, doch in diesem Moment nahm sie eine Bewegung wahr. Sie wandte den Kopf und zuckte sofort erschrocken zurück. Dabei war das, was da einige Meter vor ihr stand, nicht mal annähernd so angsteinflößend wie das schreckliche Monstrum von letzter Nacht.

Es war ein Mann, groß und schlank, und er leuchtete, als bestünde alles an ihm aus heißem Glas. Er trug einen Mantel mit einem gekreuzten Pistolenhalfter darüber, hatte zotteliges halblanges Haar und einen Bart, der zu einer Vielzahl von Zöpfen geflochten war.

»Da seid ihr ja. Hallo, Jim!«, rief Harriet der Leuchtgestalt freudig zu. Gleich darauf wurde ihr Tonfall förmlich. »Darf ich vorstellen: Dies ist Fanny Jones. Fanny, das ist Jim Stevenson. Einer der Geister aus meiner Agentur.«

Der hochgewachsene Mann neigte höflich seinen Kopf. Fanny konnte nicht anders, als ihn fasziniert anzustarren. Es war, als würden Hunderte kleiner Glühbirnen aus seinem Inneren heraus strahlen.

»Freut mich sehr, deine Bekanntschaft zu machen«, sagte der Geist. Dabei lächelte er Fanny mit dem ganzen Gesicht an, und Fanny lächelte zurück. Jim Stevenson hatte feine Züge und freundliche Augen, in denen aber eine Spur von Traurigkeit schwamm.

»Ally, jetzt komm doch zu uns!«, bellte Harriet in den Laden hinein. »Und wo ist Olivia?«

Bei Olivias Namen fuhr Fanny automatisch zusammen. Vorsichtig spähte sie an Jim Stevenson vorbei und entdeckte eine weitere flimmernde Gestalt auf dem Klavier. Olivia konnte es allerdings nicht sein, denn es handelte sich um einen Jungen – ungefähr so alt wie Fanny selbst. Er hatte ein Mondgesicht, trug weite Hosen und ein altmodisches Hemd mit Matrosenkragen. Aus großen, weit auseinanderstehenden Augen starrte er Fanny grimmig an.

»Ally!«, rief Harriet ungeduldig. »Jetzt komm schon näher.«

»Der Name ist Alastair«, sagte der Junge finster. »Und übrigens hättest du vorhin nicht so schreien müssen. Ich bin vor Mitternacht ja nicht taub!«

Harriet konnte auf die misslaunigen Worte nichts erwidern, denn genau in diesem Moment gab es einen gewaltigen Knall, und ein kugelrunder Lichtblitz fegte über ihre Köpfe hinweg. Wie ein Flummi sprang er anschließend von Möbelstück zu Möbelstück, von Wand zu Wand, und bei jedem neuen Aufprall erzeugte er einen ohrenbetäubenden Lärm.

»Verdammt, Olivia!«, brüllte Fannys Tante dem Blitz hinterher. »Hör sofort auf damit!«

Klong, *rums*, *dong*, machte es. Fanny krallte sich ängstlich am Tresen fest.

»Olivia!«, donnerte Harriet erneut. »Wenn du nicht aufhörst, streiche ich dich aus der Kartei, und zwar schneller, als du *Gespensteraustreiber* sagen kannst!«

Krawumm, machte es noch einmal, als der Kugelblitz vor dem Tresen aufkam. Doch dann wuchs aus dem gleißenden runden Lichtball binnen Sekunden eine ebenfalls leuchtende junge Frau, und sie hatte nichts, aber auch gar nichts mit dem Biest von gestern gemein. Ihre Beine steckten in ausgebeulten Jeans, und unter ihrer strubbeligen Kurzhaarfrisur blitzten ein paar freche Augen hervor.

»Ach, Mrs Pickwick«, beschwerte sich Olivia und stemmte ihre Hände in die Hüften. »Man wird ja wohl noch 'n bisschen Spaß haben dürfen!«

»Von dem hattest du in den letzten Tagen doch reichlich«, wetterte Harriet. »Ich dachte eigentlich, wir hätten eine Abmachung.«

Olivia grinste. »Sicher. Aber Sie können einem Poltergeist nicht verbieten zu poltern, Mrs Pickwick. Das wäre vollkommen widernatürlich!«

Harriet ärgerte sich sichtlich über Olivias Kommentar, doch statt dagegenzuhalten, winkte sie nur barsch ab.

»Ist ja jetzt auch egal!«, brummte sie. »Nur über diese Monsterverwandlungssache, über die reden wir noch! Das war absolut unnötig und kindisch. Solche Aktionen kannst du dir in Zukunft nicht mehr erlauben, hörst du? Ich will nicht, dass meine Agentur durch dich in Verruf gerät.« Sie bedachte Olivia mit einem letzten strengen Blick.

»Okidoki, Mrs Pickwick«, sagte Olivia und hob die Hand gehorsam an die Stirn. »Aber Sie müssen sich mit Ihrer Standpauke echt keine Mühe machen. Der da ist mir deswegen schon ordentlich auf's Dach gestiegen.« Mit ausgestrecktem Daumen deutete sie auf Jim Stevenson.

»Danke, Jim«, sagte Harriet zerstreut. Ihre Aufmerksamkeit galt inzwischen wieder dem Geisterjungen auf dem Klavier. »Ally, jetzt lass dich doch nicht zehnmal bitten!«

Als der Junge sich immer noch nicht bewegte, verriet Harriet Fanny lautstark: »Ally ist manchmal ein bisschen launisch. Daran musst du dich gewöhnen.«

»Na und!«, giftete der Geisterjunge. »Vielleicht bin ich launisch, aber dafür futtere ich nicht heimlich die Süßigkeiten von anderen Leuten auf!«

Fanny schaute verblüfft zu Harriet und verpasste so beinahe, wie der leuchtende Junge sich endlich vom Klavier erhob und aus der Dunkelheit des Ladens auf sie zuschwebte. Lautlos glitt er durch die Luft und verharrte schließlich neben Olivia.

»Du weißt doch, dass ich immer so schnell Unterzucker bekomme ...«, murmelte Harriet, ohne Fanny dabei anzusehen. Der Junge straffte indessen seine Schultern.

»Alastair Blake, fünfter Earl von Blake Castle«, stellte er sich vornehm näselnd vor. »Und das da drüben«, er wies mit seinem dünnen Zeigefinger auf die Truhe mit den Schnitzereien, »ist übrigens meine Truhe. Ich wohne darin, und ich würde es vorziehen, wenn du meinen Staub in Zukunft in Ruhe lassen würdest. Ich mag es nämlich gerne so.«

Fanny fühlte sich wie vor den Kopf geschlagen. Deswegen

war die Truhe so schnell wieder eingestaubt. Wahrscheinlich lag irgendein geheimnisvoller Geisterfluch darauf. Und deshalb wollte Harriet sie auch nicht verkaufen. Fanny hatte ja gleich gewusst, dass mehr dahintersteckte.

»Ach so. Ja, dann Entschuldigung. Kommt … kommt nicht wieder vor«, stammelte sie. Gleichzeitig merkte sie, dass sie Alastair nicht leiden konnte. Mit seinen großen Augen und dem zusammengekniffenen Mund wirkte er wie eine mies gelaunte Schnee-Eule. Doch davon einmal abgesehen fand Fanny die Geister mehr als interessant.

Auf jeden Fall würden das spannende Sommerferien werden!

PANDORA PICKW

Kapitel 4

»Dame auf D 6 bitte«, sagte Fanny konzentriert, doch Jim zögerte, die Figur vorzuziehen.

»Bist du sicher?«, fragte er stirnrunzelnd.

»Sicher bin ich sicher«, erwiderte Fanny ein wenig gereizt.

Nur weil Jim die Figuren auf seinem Geisterschachbrett für sie bewegen musste, bedeutete das noch lange nicht, dass er jeden ihrer Züge kommentieren durfte.

Aber genau das tat er.

»Wenn du mir immer Tipps gibst, ist es ja gar kein Spiel mehr«, erklärte Fanny, woraufhin Jim seufzend die weiße Dame bewegte und Fanny danach innerhalb von vier Zügen schachmatt setzte.

»Verdammt!« Zähneknirschend schlug Fanny Jim eine weitere Partie vor. Es wurmte sie, dass sie noch kein einziges Mal gegen ihn gewonnen hatte. Dabei spielten sie seit ihrem Kennenlernen vor einer Woche in fast jeder Geisterstunde. Die Partien waren allerdings deprimierend kurz. Der einzige Trost war, dass Jim Fanny in der verbleibenden Zeit aus dem kleinen Gedichtbüchlein vorlesen konnte, das er immer bei sich trug. Sonette von William Shakespeare. Die mochte Fanny. Einmal hatte Jim nach dem Vorlesen fallen lassen, dass der Dichter etwa hundert Jahre vor ihm geboren worden war. Daraufhin hatte Fanny natürlich sofort Shakespeares Lebensdaten gegoogelt und ausgerechnet, dass Jim mittlerweile um die dreihundert Jahre alt sein musste.

»Warum redest du eigentlich so … normal?«, fragte sie Jim, der bereits die Geisterschachfiguren für das zweite Spiel aufzustellen begann.

»Wie – normal?«, fragte er.

»Na ja, so modern. Nicht so wie die Schauspieler in diesen historischen Filmen.«

»Mmh.« Jim strich sich nachdenklich über seinen Leuchtbart. »Stimmt«, stellte er fest. »Ich schätze, ich rede modern. Wahrscheinlich habe ich mich einfach angepasst.«

»So was geht schnell«, mischte Harriet sich vom Tresen her in das Gespräch ein. »Ich hatte mal einen Freund, der nach Wales gezogen ist. Robert. Als der nach einem Jahr zurückkam, hab ich ihn kaum noch verstanden. Walisisch ist wirklich ein fürchterliches Kauderwelsch!« Sie seufzte in ihren Tee. Anscheinend war dieser Robert mehr als nur irgendein Freund gewesen.

»Wie war es denn so in deiner Zeit?«, wandte Fanny sich wieder an Jim.

»Dreckig«, sagte er schmunzelnd.

»Bist du … zur See gefahren?«

»Du meinst, ob ich Pirat war?«

Fanny nickte ertappt, und Jims Schmunzeln wurde breiter.

»Mein Vater war Handelsvertreter bei der britischen Ostindien-Kompanie«, erzählte er, während er eine Reihe Bauern auf das

Schachbrett stellte. »Als ich sechs Jahre alt war, wollte er mit meiner Mutter und mir nach Delhi übersiedeln, deswegen fuhren wir auf einem Handelsschiff Richtung Indien. Kurz hinter den Kapverdischen Inseln wurde das Schiff aber von Piraten angegriffen. Meine Eltern wurden getötet, und mich haben die Piraten zum Schiffsjungen gemacht. Mir blieb nichts anderes übrig, als bei ihnen zu bleiben. Später hab ich mich dann zum Schiffskoch hochgearbeitet.« Er sah auf. »Beantwortet das deine Frage?«

»Das ist ja eine schreckliche Geschichte«, sagte Fanny.

»Ist lange her«, erwiderte Jim zwinkernd.

»Und wie bist du zum Geist geworden?«

»Fanny!«, fuhr Harriet dazwischen. »Du kannst Jim doch nicht so ein Loch in den Bauch fragen. Vielleicht möchte er über diese Dinge gar nicht sprechen.«

»Ist schon gut.« Jim machte eine beschwichtigende Geste. »Es stört mich nicht.« Er lehnte sich in seinem Stuhl zurück. »Ich hab den Piraten die Sache mit meinen Eltern nie verziehen«, erklärte er. »Dadurch habe ich mir nicht viele Freunde gemacht. Und dann, während einer Meuterei, hat mich einer hinterrücks erstochen. Als ob das nicht ausgereicht hätte, musste der Mistkerl – entschuldige bitte – mich vorher auch noch verfluchen. Aber immerhin kann ich so jetzt hier mit dir schwatzen und Schach spielen.« Er lächelte milde. »Schwarz oder weiß?«

»Du meine Güte!« Fanny schlug sich die Hand vor den Mund und machte ein erschrockenes Gesicht. »Das hört sich ja alles furchtbar an. Bin ich froh, dass ich heute lebe.«

»Ich finde auch, dass die Zeiten heute besser sind«, erwiderte Jim. »Aber wahrscheinlich klingt das alles schrecklicher, als es war.

Ich hatte kein schlechtes Leben, und es gibt mit Sicherheit schlimmere Dinge, als zu sterben.«

»Welche denn?«, fragte Fanny, die sich eigentlich nichts Schlimmeres vorstellen konnte.

»Jemanden zu verlieren, den man liebt, zum Beispiel«, sagte Jim ernst.

»Deine Eltern?«

»Ja … die auch«, nickte Jim. Mit einem Mal sah er unsagbar traurig aus.

»Boah, jetzt hört doch mal mit diesen Schauergeschichten auf!«, rief Olivia von einem der Regale herab. Kopfüber stürzte sie sich in die Tiefe, vollführte eine schnelle Rolle in der Luft und landete auf ihren breiten Stiefeln. »Lasst uns lieber 'n bisschen Spaß haben«, grölte sie, nahm sich ein Ohr ab und warf es mit einem gekonnten Hakenwurf in den Mülleimer vor dem Tresen.

»Igitt«, kreischte Harriet auf. »Hol das da sofort wieder raus!«

»Kein Problem«, erwiderte Olivia, fischte das Ohr zwischen den Papieren heraus, öffnete den Mund und verschlang es mit einem großen Haps. Sie schluckte dreimal umständlich, und dann ploppte das Ohr an der richtigen Stelle wieder aus ihrem Kopf heraus.

»Wow«, sagte Fanny. »Kannst du alles an dir abnehmen?«

»Klar, ich kann –«

»Wehe!«, drohte Harriet. »Ich will hier keine abgetrennten Köpfe sehen, sonst bist du die längste Zeit in meiner Kartei gewesen!«

»Och, Mrs Pickwick!« Olivia setzte einen bettelnden Blick auf.

»Nein, keine Diskussion!«, sagte Harriet stur.

Alastair, der wie immer abseits saß, verzog genervt das Gesicht. »Könnt ihr mal ruhig sein? Ich versuche hier zu lesen!«, beschwerte er sich.

Fanny fand Olivia großartig.

»Wie hast du das eigentlich mit den roten Augen gemacht?«, fragte sie.

»Ganz einfach.« Olivia setzte eine wichtige Miene auf. »Ich muss nur meinen Po ganz fest anspannen und an Erdbeeren denken. Dann werden sie automatisch rot.«

»Echt?«, fragte Fanny, woraufhin Olivia in schallendes Gelächter ausbrach.

»Nein«, sagte sie feixend. »Ich weiß gar nicht, wie ich es mache. Ich denke daran, mich zu verwandeln, und dann ... passiert es eben.«

»Genial, das würde ich auch gern können!«, schwärmte Fanny. »So etwas wäre in manchen Situationen bestimmt total praktisch.«

»Ja, zum Beispiel beim Shoppen«, stimmte Olivia ihr zu. »Da hättest du den Grabbeltisch *ganz* schnell für dich allein.«

»Oder in der Schlange beim Supermarkt«, ergänzte Fanny, »wenn dir jemand ständig mit dem Einkaufswagen in die Hacken bollert.«

»Oder im Kino«, warf Harriet ein. »Ich hatte neulich so einen neben mir sitzen, der hat bei jedem Witz gewiehert wie ein Pferd ...«

»KÖNNT IHR JETZT ENDLICH STILL SEIN?«, schrie Alastair.

»Ist ja schon gut. Reg dich nicht so auf, Ally«, gab Harriet zurück.

Fanny schaute bewundernd zu Olivia. »Vielleicht werde ich später ja auch ein Gespenst«, überlegte sie. »Dann kann ich mich verwandeln, so wie du.«

»Ja, du musst unbedingt ein Poltergeist werden, wir können nämlich –«

In diesem Moment schlug Jim mit der flachen Hand auf sein Schachspiel. Die Hälfte der Figuren kippte um, allerdings kullerten sie nicht vom Tisch, sondern schwebten in alle Richtungen davon.

»An so was darfst du nicht mal denken«, fuhr er auf.

Fanny war ganz erschrocken. »Entschuldige«, brachte sie hervor. »Das war doch nur ein Witz, ich –«

Doch bevor sie ausgeredet hatte, verwischten Jim und die anderen Geister vor ihren Augen wie ein frisches Ölgemälde im Regen, und kurz darauf waren sie ganz verschwunden. Die Geisterstunde war vorüber.

Ein paar Tage später eröffnete Harriet Fanny beim Mittagessen, dass Olivia die Agentur bald verlassen würde.

»Was? Wieso das denn?«, fragte Fanny bestürzt.

»Sie zieht zu Mrs Brown«, erklärte Harriet kauend.

»Zu der flaschengrünen Dame?«

»Wer?«

»Na, die Dame in dem grünen Kleid. Die war dann neulich also wegen Olivia hier!«

Harriet nickte. »Tut mir leid, dass ich dich angeschwindelt habe, aber du weißt ja …« Sie zog ihre Augenbrauen leicht zusammen. »Mrs Brown wohnt allein in einem alten Herrenhaus in Watford. Ihre Familie hatte schon immer Gespenster, aber vor Kurzem ist der letzte Hausgeist bei einem Unfall verstorben.«

Fanny fiel eine Nudel aus dem Mund.

»Geister können sterben?«

»Tja, in der Gespensterdimension gibt's auch einige Gefahren.«

»Welche denn?«, fragte Fanny, doch das konnte Harriet ihr offenbar nicht beantworten. Sie empfahl Fanny, zu diesem Thema lieber die Geister selbst zu befragen.

»Jedenfalls bin ich froh, dass die alte Mrs Brown Olivia bei sich aufnimmt«, sagte sie. »Poltergeister sind für gewöhnlich äußerst schwer zu vermitteln. Bei den klassischen Spukgespenstern geht das sehr viel leichter.«

»Und Jim?«, fragte Fanny. »Ist der so ein klassisches Spukgespenst?«

»Ist er, ja.«

»Dann wird er also auch bald vermittelt?«

Fanny wurde mit einem Mal ganz flau im Magen. Bis jetzt hatte sie gar nicht darüber nachgedacht, dass alle Geister außer Alastair in der Agentur nur auf der Durchreise waren, was hieß, dass man dauernd Abschied nehmen musste.

»Über Jim mach dir mal keine Sorgen, der ist bestimmt noch eine Weile hier«, sagte Harriet, während sie einen ordentlichen Nachschlag Nudeln auf ihren Teller häufte. Fanny wunderte sich zum wiederholten Mal, wo ihre Tante all das Essen ließ, das sie täglich in sich hineinschaufelte.

»Aber du hast doch gerade gesagt, Spukgespenster wären leicht zu vermitteln«, hakte sie nach.

»Ja, schon. Aber bei Jim ist das etwas anderes. Er ist …« Harriet schien nach den richtigen Worten zu suchen. »Sagen wir mal, seine Situation ist speziell«, kürzte sie schließlich ab.

»Aha.« Fanny verstand überhaupt nichts. Und das sollte sie wohl auch nicht. »Wirst du jetzt wieder geheimnisvoll?«, stichelte sie.

»Nein, es ist nur …« Harriet wand sich. »Ich kann dir zu Jim nichts weiter sagen. Schweigepflicht sozusagen.«

Ratzfatz verputzte sie ihren Nachschlag, stand auf und räumte die Teller in die Spüle.

»Lust auf Plumpudding?«, fragte sie.

Weil Mrs Brown Olivia am Samstagnachmittag gegen fünf abholen wollte, musste Fanny der jungen Geisterfrau schon in der Nacht vom Freitag Auf Wiedersehen sagen. Schließlich würde Olivia bei der Abreise für Fanny gar nicht sichtbar sein. Zum Glück freute sich ihre neue Freundin riesig auf das große Herrenhaus. Wäre sie traurig gewesen, hätte Fanny das den Abschied noch schwerer gemacht. Doch Mrs Brown hatte versprochen, Olivia dürfe bei ihr in der Geisterstunde nach Herzenslust herumspuken und lärmen.

Am Samstag Punkt siebzehn Uhr rollte eine schwarze Limousine vor das Pandora's Antiques. Fanny und Harriet liefen nach draußen und sahen dabei zu, wie ein Chauffeur in ebenfalls schwarzer Livree Mrs Brown aus dem Wagen half. Nachdem die alte Dame sie begrüßt hatte, sperrte Harriet symbolisch die Ladentür auf.

»Tschüss, Olivia«, sagte Fanny im Flüsterton, damit keiner der Passanten es hörte, obwohl die sich vermutlich ohnehin nur um ihren eigenen Kram kümmerten. Betrübt starrte sie auf den langen schwarzen Wagen, und mit einem Mal kam es ihr so vor, als würde sie an der hinteren Tür einen Schatten wahrnehmen. Einen Schatten mit langen Beinen und strubbeligen Haaren.

Olivia?

Aber das konnte ja nicht sein! Schließlich waren Gespenster für Menschen nur zur Geisterstunde sichtbar. Fanny kratzte sich verwundert am Ohr. Sie hätte schwören können, dass sie etwas gesehen hatte. Aber neben der Limousine stand nur der Chauffeur, und der Wagen selbst war leer.

»Ob sie bereits eingestiegen ist, Mrs Pickwick?«, raunte Mrs Brown mit ihrer heiseren Stimme.

»Bestimmt«, nickte Harriet. »Olivia ist von der schnellen Sorte.«

»Das finde ich gut«, sagte Mrs Brown augenzwinkernd. »Das war ich früher nämlich auch.« Sie lächelte Harriet und Fanny verschwörerisch zu, bevor sie – gestützt auf ihren Gehstock – den Rückweg zum Auto antrat. Gemächlich fuhr die Limousine an und ließ eine traurige Fanny zurück.

»Freu dich doch für Olivia«, sagte Harriet, die ihre Nichte von der Seite beobachtet hatte. Und das versuchte Fanny auch. Von ganzem Herzen.

Kapitel 5

Ein paar Tage später – Harriet brachte gerade Mr Fletcher von nebenan ein Stück selbst gebackenen Apfelkuchen – vernahm Fanny im Laden ein seltsames Klackern. Wie ein schnelles Weckerticken hörte es sich an. Fanny schaute sich beunruhigt um. Sie konnte sich nicht erklären, woher das Geräusch kam.

»Hören Sie das auch?«, fragte sie einen Kunden, der sich die Taschenuhrketten in der Vitrine ansah.

»Wie bitte?«, fragte der.

»OB SIE DAS AUCH HÖREN?«

»Mädchen, ich hör nix mehr seit 1995«, brummte der alte Mann und wandte sich wieder den Uhrenketten zu.

Fanny durchquerte nervös den Verkaufsraum, doch immer, wenn sie sich dem Geräusch zu nähern schien, hörte sie es plötzlich aus einem anderen Winkel. Wie ein Irrlicht, das man nicht erwischen konnte.

»Was machst du denn?«, fragte Harriet, als sie kurz darauf den Laden betrat und Fanny Löcher in die Luft starren sah.

»Ich jage ein Geräusch«, klärte Fanny sie abwesend auf.

Da war es wieder – das Klackern. Es kam eindeutig vom Klavier, doch als Fanny dort ankam, hatte es sich bereits wieder entfernt.

»Mist! Hörst du das nicht?«, fragte sie Harriet.

»Was?«

»Dieses Klackern.«

»Nö, ich hör nichts«, sagte Harriet achselzuckend und kassierte den älteren Herrn ab, der sich inzwischen entschieden hatte.

»Das macht siebenundvierzig Euro.«

»Wie bitte?«, fragte der Mann.

»Siebenundvierzig Euro«, wiederholte Harriet.

»Wie?«

»SIEBENUNDVIERZIG!!!«

Fanny war sicher, dass das Klackern jetzt vom Ladeneingang her an ihr Ohr drang. Immer noch nicht bereit, aufzugeben, marschierte sie auf die Tür zu. Dabei fiel ihr Blick auf die Holzschublade, in der Harriet die alten Postkarten aufbewahrte. Fanny erstarrte.

»Ich glaub's ja nicht!«

»AUF WIEDERSEHEN. BIS ZUM NÄCHSTEN MAL«, brüllte Harriet dem Kunden hinterher, der an Fanny vorbei zum Ausgang schlurfte.

»Harriet, komm mal!« Mit spitzem Zeigefinger deutete Fanny auf die Schublade, in der ein wahres Postkarten-Massaker stattgefunden hatte. Alle Karten, die Fanny neulich bei ihrer Putzaktion sorgfältig nach Herkunftsländern sortiert hatte, lagen zu einem riesigen sinnlosen Haufen getürmt – umbrandet von einem kleinen Meer aus Postkartenschnipseln.

»Wie ist denn das passiert?«, fragte Fanny tonlos.

»Das war bestimmt Ally.« Harriet setzte ein verlegenes Lächeln auf. »Das ist bei Plagegeistern so. Die spielen gerne Streiche.«

Fanny traute ihren Ohren nicht. »Die spielen gerne Streiche?«, wiederholte sie fassungslos. »Aber der kann hier doch nicht alles auf den Kopf stellen, nur weil er ein … ein …« Sie kam nicht auf das Wort. Stattdessen fuchtelte sie mit den Händen herum.

»… ein Plagegeist ist«, vollendete Harriet. »Mmh«, machte sie nachdenklich. »Du hast wohl recht. Wahrscheinlich verhätschele ich ihn zu sehr, weil er zur Familie gehört.«

Harriet versprach, dem Gespensterjungen in dieser Angelegenheit noch ordentlich die Leviten zu lesen. Nur nicht zur heutigen Geisterstunde, denn an diesem Abend war sie mit Mrs Carter von gegenüber für die Oper verabredet.

»Das kann dauern«, sagte Harriet. »Die letzte Oper, die wir gesehen haben, war *Romeo und Julia*. Da hat allein der Schlussakt gefühlt eine ganze Stunde gedauert. Ich dachte schon, die sterben nie!«

»Wieso gehst du denn hin, wenn du die Oper gar nicht magst?«, fragte Fanny.

»Ach, wir haben da so ein gemeinsames Abo«, erklärte Harriet. »Ich will Mrs Carter nicht im Stich lassen.«

Kurz vor Mitternacht – Harriet war tatsächlich noch nicht aus der Oper zurückgekehrt – schlich Fanny sich allein in den Laden. Da konnte Alastair der Earl von ganz London sein, sie würde ihm heute die Meinung sagen! Und Jim war ja auch noch da, sodass sie zum Glück jemanden auf ihrer Seite hatte.

Fanny zündete das Teelicht auf dem Tresen an und wartete im

Halbdunkel. Um Punkt zwölf Uhr erstrahlte Jims hagere Gestalt. Er saß auf dem Samtsofa. Zumindest sah es für Fanny so aus. Bei einer Partie Schach hatte Jim ihr neulich erklärt, dass Geister nicht wirklich auf Menschenmöbeln sitzen konnten. Es sei reine Gewohnheit, dass sie sich ausgerechnet immer dort niederließen.

Alastair war ebenfalls erschienen. Von seiner Truhe aus blickte er Fanny frech entgegen.

»Das ist nicht witzig!«, fuhr sie ihn an. »Ich gebe mir hier echt Mühe, damit der Laden einigermaßen ordentlich aussieht, und du, du …«

»Ich bin ein Plagegeist«, erklärte Alastair. Er setzte ein hämisches Grinsen auf. »Plagegeister spielen immer Streiche.«

»Ach ja?« Fanny stemmte wütend ihre Hände in die Seiten. »Ich glaube kaum, dass es da ein Gesetz gibt«, giftete sie. »Wie hast du die ganze Unordnung überhaupt angerichtet? Du kannst Menschensachen doch gar nicht anfassen.«

Alastair grunzte überlegen.

»Das würdest du wohl gerne wissen, was?«

»Ach, weißt du …« Fanny betrachtete ihre Fingernägel. So dringend musste sie es nun auch nicht erfahren.

Und genau in diesem Moment hörte sie es wieder: das tickende Geräusch, das sie schon morgens wahrgenommen hatte.

»Also schön. Ich erklär's dir«, sagte Alastair gnädig. »Wir Gespenster können Energieströme erzeugen und mit denen –«

»Was ist das denn?«, unterbrach ihn Fanny.

»Energieströme? Na, das sind –«

»Nein, ich meine dieses Klackern!«

»Welches Klackern?«

»Ich weiß auch nicht. Hier klackert doch irgendwas. Bist du das, Alastair?«

»Ich klackere grundsätzlich nicht«, sagte Alastair und rümpfte die Nase.

»Das ist bestimmt Mr Tremble«, warf Jim ein. »Jetzt hätten wir ihn fast vergessen. Er ist gestern Nacht hier angekommen. Ein neuer Kunde für Harriet.«

»Wo ist er denn?«, fragte Fanny, die beim besten Willen keinen dritten Geist im Raum erkennen konnte. Doch auch Jim schien das nicht zu wissen. Er rief einige Male nach dem rätselhaften Mr Tremble, doch nichts regte sich.

»Er ist ein Vanisher«, erklärte er Fanny. »Ein Verschwinde-Geist. Diese Sorte kann sich sogar für andere Gespenster unsichtbar machen, und Mr Tremble ist anscheinend ein wenig ängstlich.«

Alastair verzog verächtlich das Gesicht.

»Er ist eine Memme«, brummte er und erntete dafür einen strafenden Blick von Jim.

»Mr Tremble ist noch lange keine Memme, nur weil er ein bisschen Angst vor Menschen hat«, sagte er. »Das ist nichts Ungewöhnliches. Ich hab auf meinen Reisen schon einige Geister mit Menschenphobie getroffen.«

Weil Alastair leise lachte, fügte Jim spitz hinzu: »Das ist eine Krankheit und bestimmt nicht lustig.«

Fanny war erstaunt, von einem Gespenst mit Menschenphobie zu erfahren. Diesen Mr Tremble wollte sie unbedingt kennenlernen.

»Vielleicht stelle ich mich vorn an die Eingangstür«, schlug sie vor. »Dann muss Mr Tremble keine Sorge haben, dass ich ihm zu nahe komme. Wenn Harriet ihn in die Kartei eintragen soll, muss er sich ja früher oder später sowieso sichtbar machen.«

Gesagt, getan. Fanny kauerte sich auf einen kleinen Hocker nahe dem Eingang. Doch die Geisterstunde war bereits zur Hälfte verstrichen, als Mr Tremble es endlich wagte, sich zu zeigen.

Zuerst fiel Fanny nur auf, dass es im Laden etwas heller geworden war. Als sie den Blick zur Decke richtete, entdeckte sie dort einen kleinen mageren Gespenstermann. Der scheue Mr Tremble hatte sich auf dem kristallenen Kronleuchter niedergelassen.

Er machte einen sehr gepflegten Eindruck, trug einen Anzug mit Weste und Fliege und hatte das schüttere Haar streng über den Scheitel gekämmt. Sein schmales Gesicht mit der spitzen Nase verlieh ihm etwas Maushaftes, und natürlich umgab ihn dasselbe geisterhafte Strahlen wie Jim und Alastair. Nun wusste Fanny auch, woher das tickende Geräusch kam: Mr Tremble klapperte unablässig mit den Zähnen.

»Gu-gu-guten A-A-Abend«, stotterte er.

Während der folgenden, etwas stockenden Unterhaltung wagte Fanny kaum, sich zu rühren. Sie wollte Mr Tremble nicht noch nervöser machen, als er ohnehin schon war. Umständlich berichtete der Geist, dass er vor Kurzem aus einem verlassenen Landgut ausziehen musste – nachdem er dort über hundert Jahre lang ungestört gespukt hatte.

»Eine Yo-Yoga-F-Farm haben sie aus m-meinem Zuhause gemacht«, erzählte er.

Durch die vielen Gäste in ihren grellen Gymnastikanzügen war Mr Tremble dermaßen aus der Fassung geraten, dass er augenblicklich die Flucht ergriffen hatte. Jetzt wusste er nicht, wohin. Verlassene Häuser gab es in England ja nicht wie Sand am Meer. »Und wenn, dann sind sie bereits besetzt«, klagte Mr Tremble. »A-am liebsten w-würde ich zu e-einer einzelnen D-Dame oder einem ä-älteren H-Herrn ziehen. B-bloß keine F-Familie«, sagte er mit angstgeweiteten Augen.

Fanny dachte sofort an Mrs Brown, aber diese Stelle war ja bereits vergeben. Sie versprach, ihrer Tante am kommenden Tag schon einmal von Mr Trembles Wünschen zu berichten.

Der eigentlich interessante Teil der Unterhaltung mit dem schlotternden Neuzugang begann dann allerdings erst kurz vor Ende der Geisterstunde. Mittlerweile hatte Mr Tremble sich so weit beruhigt, dass sein Stottern etwas nachgelassen hatte. Seine Zähne klapperten aber weiterhin hörbar aufeinander.

»K-kann es sein, dass Sie mich h-heute Morgen gehört haben, Miss Fanny?«, fragte er.

Wegen der Anrede wurde Fanny ein bisschen rot. *Miss* Fanny hatte sie bis jetzt noch niemand genannt.

»Ich glaube, ja«, gab sie zurück. »Kurz bevor ich Alastairs Chaos entdeckt habe. Ihr Zähneklappern war ziemlich laut.«

Mr Trembles Augen weiteten sich noch mehr. »A-aber, das ist ja unglaublich«, rief er aus. Von seinem Kronleuchter aus warf er Jim und Alastair vielsagende Blicke zu. »W-was sagen Sie dazu, m-meine Herren? Das ist doch unglaublich, o-oder nicht?«

Jim, der das Gespräch die ganze Zeit über stumm vom Sofa aus verfolgt hatte, wölbte die Augenbrauen.

»Sie wissen doch, dass das nicht sein kann. Fanny muss sich irren«, entgegnete er.

»Äh, nein«, sagte Fanny. Sie war sicher, dass sie sich nicht geirrt hatte. Schließlich war ihr das klappernde Geräusch im Pandora's Antiques vorher nie aufgefallen.

Einen Augenblick lang sagte niemand etwas, doch Mr Trembles Miene wurde mit einem Mal feierlich.

»W-wissen Sie, was das hier ist, M-Miss Fanny?«

Fanny schüttelte den Kopf.

»Ein historischer A-Augenblick, d-das ist es! Zum e-ersten Mal in der Geschichte hat ein Mensch einen G-Geist tagsüber gehört. Und *m-mein* Zähneklappern war der A-Auslöser dafür. Das macht mich wirklich stolz.« Mr Trembles Ergriffenheit war deutlich spürbar, doch Alastair zerstörte den Moment, indem er laut und spöttisch auflachte.

»Von wegen das erste Mal!«

Jim fuhr blitzschnell zu ihm herum. »Alastair!«

»Was denn?« Der Geisterjunge setzte einen störrischen Blick auf. »Ich will ja nur sagen, dass es nicht das erste Mal war. Und, dass ICH beim letzten Mal keine unwesentliche Rolle gespielt ha…«

»Alastair!« Jims Tonfall war schneidend. »Du weißt genau, in welcher Katastrophe das geendet hat, also hör jetzt auf, verstanden?«

»Aber das hatte doch gar nichts …«

In diesem Augenblick ertönte der Gong der alten Standuhr in der Ecke. Würdevoll dröhnte ihr dumpfer Schlag durch den Raum. Die Mitternachtsstunde war vorbei, und innerhalb von

Sekunden verflüchtigten sich die drei leuchtenden Gestalten, als wären sie nichts als Trugbilder gewesen.

Fanny blieb allein und ziemlich verwirrt zurück.

Sie starrte auf das Teelicht, das nun wieder die einzige Lichtquelle im Laden war. Von irgendwoher drang undeutliches Gemurmel an ihr Ohr. Fanny lüpfte das schwarze Rollo vor einem der Schaufenster und spähte auf die Straße, doch dort war niemand zu sehen. Nur eine Katze schlich um eine der Straßenlaternen herum.

»Das nächste Mal … sonst werde ich …«, schnappte Fanny einige wütende Sprachfetzen auf. War das Jims Stimme? Eine Weile folgte wieder nur verwaschenes Geflüster, doch schließlich hörte Fanny Jim ganz deutlich. Er wies Alastair scharf zurecht, und dabei sagte er etwas, das Fannys Mund trocken wie Schmirgelpapier werden ließ: »Wir müssen Fanny schützen.«

Danach schwirrten noch ein paar einzelne Wortfetzen durch den Raum, doch bald wurden auch die so leise, dass Fanny beim besten Willen nichts mehr verstehen konnte.

Frustriert richtete sie sich auf. Wie gern hätte sie ein wenig länger gelauscht. Zumindest wusste sie jetzt mit Sicherheit, dass Mr Tremble recht hatte: Sie konnte die Gespenster außerhalb der Geisterstunde hören. Wenn auch nur manchmal. Aber war das gut? Normal war es scheinbar nicht.

Weil Fannys Knie sich von der Aufregung ein wenig weich anfühlten, kramte sie den angefangenen Schokoriegel hervor, den sie vorhin in ihre Hosentasche gestopft hatte, damit Harriet ihn nicht wieder mopste. Nach dem dritten Bissen ging es ihr etwas besser.

Wen hatte Alastair da vorhin bloß gemeint? Wer noch außer ihr konnte tagsüber Gespenster hören? Und von welcher Katastrophe hatte Jim gesprochen? Vor was wollte er sie schützen?

Jetzt musste sie sich bis zur nächsten Geisterstunde gedulden, um ihre Trillionen Fragen loszuwerden. Das war wirklich riesengroßer Käse! Und dabei war sie noch nicht mal sicher, ob die Geister ihr überhaupt Antworten geben würden.

Kapitel 6

Fanny schlief mit einem düsteren Gefühl in der Brust ein, und ihre Laune besserte sich auch am nächsten Morgen nicht. Im Laufe des Vormittags wurde sie sogar noch schlechter. Harriet eröffnete ihr nämlich, dass sie in der kommenden Mitternachtsstunde gar nicht in den Laden gehen, sondern stattdessen eine Geisterbeschwörung in ihrer Küche durchführen wolle. Und anscheinend brauchte sie Fanny dafür dringend.

»Man nennt das Séance«, informierte ihre Tante sie, »und zu zweit ist die Energie viel stärker. Dann ist es einfacher, den Geist zu rufen. Ich muss unbedingt mit Olivia sprechen und sie fragen, wie es ihr bei Mrs Brown gefällt. Das mache ich bei all meinen Klienten so. In Olivias Fall bin ich schon ziemlich spät dran.«

Natürlich passte Fanny das überhaupt nicht. Sie redete auf Harriet ein, die Séance um eine Nacht zu verschieben. Doch ihre Tante ließ sich nicht erweichen – nicht einmal, als Fanny ihr von Mr Tremble berichtete.

»Ich will nicht, dass Olivia denkt, ich hätte sie vergessen«, sagte Harriet. »Das wäre unhöflich, und außerdem würde es ein schlechtes Licht auf meine Agentur werfen. Lass uns heute die Séance durchführen, und morgen kümmere ich mich dann um diesen Mr Trouble, ja?«

Es war keine echte Frage, denn Harriet stürzte mit einer Ladung Wäsche aus dem Raum, bevor Fanny antworten konnte.

Kurz vor Mitternacht saßen die beiden sich dann am Küchentisch gegenüber, und Fanny starrte wie hypnotisiert auf den Turban, den Tante Harriet für die Séance aufgesetzt hatte. Er bestand aus fliederfarbenem Samt, und aus den übereinandergelegten Stoffstreifen baumelte ein orangeroter Glasstein auf die Stirn ihrer Tante herab. Harriet erklärte, sie habe den Kopfschmuck auf einer Reise von einem indischen Guru geschenkt bekommen und er würde ihr helfen, ihre spiritistische Mitte zu finden.

Was auch immer das heißt, dachte Fanny verdrossen.

Punkt zwölf Uhr schaltete Harriet das Licht aus, zündete eine dicke Honigkerze an und platzierte sie mittig auf dem Tisch. An beiden Seiten der Kerze vorbei streckte sie Fanny ihre Hände entgegen.

»Ich praktiziere eine etwas ungewöhnliche, fernöstliche Form der Geisterbeschwörung«, informierte sie ihre Nichte. »Dafür müssen wir zuerst unsere Chakren miteinander verbinden, damit die Energien frei fließen können.«

»Aha«, sagte Fanny. Wenn sie ehrlich war, fühlte sie sich bei der ganzen Sache nicht wohl. Vor allem, weil sie überhaupt nicht wusste, was Chakren waren. Trotzdem ergriff sie gehorsam Harriets Hände.

»Ommm«, dröhnte ihre Tante mit einem Mal los, sodass Fanny

vor Schreck zusammenfuhr. »Du musst mitmachen«, zischte Harriet.

»Ommmm«, stimmte Fanny also ein. »Ommmm.«

Nach dem ungefähr zwanzigsten *Ommmm* hatte Harriet anscheinend das Gefühl, die Chakren seien genug verbunden, und Fanny stellte voller Überraschung fest, dass ihr das gemeinsame Ommen gutgetan hatte. Ihre Stimmung war jedenfalls deutlich besser.

»Ich werde jetzt einen Sprechgesang anstimmen, um den Geist zu rufen«, flüsterte Harriet mit ernster Miene, und schon holte sie tief Luft.

»Hallooo? Hallooo?«, rief sie mit dunkler Stimme in die Stille hinein. »Oliiivia Parker, wir ruuufen dich. Oliiivia Parker, komm zuuu uns.«

Im ersten Moment hätte Fanny fast losgeprustet, doch als Harriet in ihrem seltsamen Singsang nach Olivia rief, blieb ihr das Lachen in der Kehle stecken.

Ein eiskalter Windhauch fegte durch das Zimmer und löschte die Flamme der Honigkerze. Mit angehaltenem Atem beobachtete Fanny, wie im hereinfallenden Mondlicht der weißliche Kerzenrauch zwischen ihr und Harriet in die Höhe stieg.

»Harriet, ist das –«

»Pscht«, machte ihre Tante. »Gleich wird der Geist erscheinen.« Mit dem Kopf deutete sie auf die Rauchkringel, die nach und nach tatsächlich die Form eines Gesichts anzunehmen schienen. Allerdings war es nicht das von Olivia.

»Good evening«, knarrte ein älterer Herr mit einem flauschigen Backenbart ihnen aus dem Dunst entgegen.

Harriet stöhnte auf. »Mr Adams«, rief sie verärgert. »Wie oft habe ich Ihnen schon gesagt, Sie sollen meine Séancen nicht stören! Sie dürfen mich gern zur Geisterstunde im Laden besuchen, aber jetzt gehen Sie aus der Leitung, bitte schön.«

Mr Adams reckte beleidigt seine knubbelige Nase in die Höhe, und mit einem schaurigen *Puff* verschwand sein Gesicht aus den Schwaden. Der übrige Rauch verlor sich in dünnen Schlieren unter der Zimmerdecke.

»Mist!« Harriet raufte sich den Turban. »Jetzt können wir wieder von vorn beginnen.«

Beim zweiten Mal kürzte sie das Ommen etwas ab. Wahrscheinlich waren die Chakren von vorhin noch genug verbunden. Als der Windhauch die Kerze dann abermals löschte, wartete Fanny gespannt auf Olivias Gesicht, das sich jetzt hoffentlich zeigen würde. Im Mondlicht schimmerten die dünnen Rauchfäden über dem Tisch wie silbriges Lametta, und endlich wurde ein zweites Bild darin sichtbar. Zu Fannys Überraschung war es diesmal jedoch kein Gesicht, sondern ein Raum. Vielmehr ein Saal, dessen lang gestreckte Wände von zahllosen Ritterrüstungen gesäumt wurden. Wie ein rauchiges Hologramm schwebte die Erscheinung zwischen Fanny und Harriet – so deutlich, dass man jedes kleine Detail erkennen konnte: eine lange Tafel mit Stühlen daran, festliches Geschirr, einen großen Kamin an der Rückseite des Raumes und – thronend über allem – einen riesigen Kronleuchter, der mit Aberdutzenden von Kerzen bestückt war.

Das Bild flackerte leicht, als hätten unsichtbare Hände daran gezupft, und plötzlich strich ein Flüstern durch Harriets Küche.

»Die Brücke, sie wird kommen«, raunte eine Stimme, deren

unheilvoller Klang Fanny das Blut in den Adern gefrieren ließ. »Die Brücke, sie wird kommen.«

Kaum war der letzte Ton verhallt, lief eine weitere zitternde Welle durch den Dunst. Der Rittersaal verschwamm, und nur einen Sekundenbruchteil später schälte sich Olivias Gesicht aus den Schwaden.

Fanny hatte eine Gänsehaut am ganzen Körper.

»Äh … was war das gerade?«, fragte sie Olivia. Sie hörte selbst, wie brüchig und dünn ihre Stimme klang.

»Was war was?«, fragte Olivia zurück. »Und was ist das überhaupt für 'ne Begrüßung, hä?« Sie grinste Fanny frech entgegen. »Freu mich auch, euch zu sehen.«

»Hallo, Olivia«, sagte Harriet mit unbekümmerter Miene. Offensichtlich war sie gespenstische Zwischenfälle wie dieses schaurige Flüstern bereits gewöhnt.

»Entschuldige«, riss Fanny sich verwirrt zusammen. »Wie geht's dir denn?«

Zum Glück hatte Olivia nur Positives über ihr neues Zuhause zu berichten. Es schien ihr dort gut zu gefallen. Doch Fanny konnte sich kaum auf das Gespräch konzentrieren, weil sie das Flüstern nicht aus dem Kopf bekam.

Nachdem sie die Séance beendet hatten, sprach sie Harriet sofort darauf an, aber ihre Tante schien genauso ratlos wie ungerührt zu sein.

»Irritationen sind bei Séancen normal«, erklärte sie. »Ein Rittersaal ist mir dabei allerdings auch noch nicht untergekommen. Kam dir der Raum denn bekannt vor?«

»Nicht dass ich wüsste«, entgegnete Fanny.

»Mhm«, machte Harriet. »Ich dachte, es könnte vielleicht etwas mit deinem Prana zu tun haben, deiner Energie, verstehst du? Die ist sehr stark, das habe ich bei der Séance gespürt. Und wenn du vorhin an diesen Raum gedacht hast, dann –«

»Hab ich aber nicht.« Fanny schüttelte den Kopf. »Kann ich ja auch gar nicht. Ich hab ihn schließlich noch nie gesehen.«

Harriet winkte ab. »Dann war es wirklich nur ein Störbild.«

»Und was ist mit der Stimme?«, fragte Fanny. »Was soll das bedeuten: *Die Brücke, sie wird kommen*?«

»Was meinst du?« Harriet sah sie fragend an.

»Na, diese gruselige Stimme, die das mit der Brücke geflüstert hat.«

»Welche Stimme?«

Fanny wurde plötzlich wieder kalt. »Hast du nichts gehört? Da war eine Stimme«, beharrte sie.

Harriet strich ihr sanft über die Wange.

»Vielleicht war das alles ein bisschen zu aufregend für dich. So eine Seánce kann einen ganz schön aus der Balance bringen. Morgen wird's dir wieder besser gehen.«

Fanny kniff die Lippen zusammen.

Ihr ging es gar nicht schlecht, und sie hatte sich diese Stimme bestimmt nicht eingebildet. An ein Störbild wollte sie auch nicht glauben. Wie ein Tropfen Tinte in einem Glas Wasser machte sich in ihr eine dunkle Vorahnung breit. Es war das untrügliche Gefühl, dass die geflüsterte Botschaft etwas mit ihr zu tun hatte.

War die Stimme deshalb für Harriet unhörbar gewesen? Weil sie nur für sie selbst bestimmt war? Bei dem Gedanken entstand ein unangenehmes Kribbeln in Fannys Magengegend.

Den ganzen nächsten Tag konnte sie die Geisterstunde kaum erwarten. Es gab so viel, das sie mit den Gespenstern besprechen musste. Da sie von den Ereignissen der letzten Nacht jedoch ziemlich erschöpft war, beschloss sie gegen halb zehn, sich noch ein wenig im Bett auszuruhen. Zur Sicherheit stellte sie ihren Handywecker. Dann schloss sie die Augen …

»YORKSHIRE PUDDING!!!«

»Was? Wasnlos?«, lallte Fanny verschlafen.

Alastair hockte mit übereinandergeschlagenen Beinen auf ihrem Bettpfosten und sah sie amüsiert an.

Fanny richtete sich auf. »Was ist mit Yorkshire Pudding?«

»Gar nichts«, gab der Geisterjunge zurück. »Ich wollte dich nur wecken.« Für seine Verhältnisse wirkte er geradezu unverschämt gut gelaunt. »Und ich würde gerne mal wieder welchen essen. Dieser Geisterpudding ist einfach nicht dasselbe. Er wird aus Staub gemacht, weißt du? Aus Staub oder aus Spinnweben.«

»Igitt!«, sagte Fanny, während sie ihren Arm nach dem Handy ausstreckte. »Wie spät ist es denn?« Sie tippte auf dem Display herum, aber es blieb schwarz. Natürlich! Der Akku war leer. Eilig schwang sie die Beine aus dem Bett und schlüpfte in ihre rosa Flauschpantoffeln.

»Ist Harriet im Laden?«

»Ja, sie nimmt die Memme in die Kartei auf.«

»Du sollst ihn doch nicht mehr so nennen!« Fanny fand diese Bezeichnung für Mr Tremble genauso unhöflich wie Jim. Schließlich hatte ja jeder vor irgendetwas Angst.

»Ich nenne ihn, wie ich will«, funkelte Alastair sie streitlustig an. »Der blöde Pirat hat mir gar nichts zu sagen.«

Fanny ignorierte den Kommentar.

»Was machst du überhaupt hier?«, fragte sie und beobachtete erstaunt, wie ein Anflug von Unsicherheit über Alastairs Gesicht huschte.

»Ich … ich wollte … mir war nur ein bisschen langweilig«, murmelte er. »Außerdem dachte ich, du hast vielleicht noch Fragen, weil unser Gespräch vorgestern doch unterbrochen wurde.«

»Deswegen kommst du zu mir?«

Fanny fragte sich, wo dieser plötzliche Anflug von Freundlichkeit herkam. Bisher hatte sie nicht den Eindruck gehabt, dass Alastair etwas Uneigennütziges tun würde. Bestimmt gab es auch jetzt einen Hintergedanken. Doch im Moment war Fanny das egal. Die aufgeschobenen Fragen lasteten wie Bleikugeln auf ihrer Seele, und ohne Alastairs Yorkshire-Pudding-Weckruf hätte sie verschlafen und wieder bis zur nächsten Nacht auf Antworten warten müssen.

»Von wem hast du da vorgestern gesprochen?«, legte sie ohne weitere Umschweife los. »Als du gesagt hast, du kennst noch jemanden, der Gespenster außerhalb der Geisterstunde hören kann.«

Trotz des Leuchtens, das Alastair wie gewohnt umgab, kam es Fanny so vor, als legte sich mit einem Mal ein leichter Schatten auf sein Gesicht.

»*Kannte.* Ich *kannte* mal jemanden«, sagte er. »Außerdem konnte sie Geister nicht nur hören. Sie konnte uns sogar tagsüber sehen. Und zwar nur, weil ich es ihr beigebracht habe. Ganz allein!« Sein schmaler Brustkorb wölbte sich vor Stolz.

Fanny seufzte. Er war also nur zu ihr gekommen, um mal wieder anzugeben.

»Aber Gespenstersehen kann man doch gar nicht beibringen«, erwiderte sie. »Soweit ich weiß, wird man mit so einer Gabe geboren. Du weißt schon, entweder man sieht sie oder eben nicht.«

»Sicher wird man damit geboren«, murrte Alastair. »Aber man kann seine Fähigkeiten ausbauen, und dabei kommt es natürlich auf den Lehrer an!«

»Pff«, machte Fanny, der Alastairs Geprahle auf die Nerven ging.

Der Geisterjunge kniff beleidigt die Augen zusammen.

»Tja«, giftete er. »Ich dachte, du würdest wissen wollen, wie das Gespenstersehen geht. Aber wenn es dich nicht interessiert, kann ich ja auch wieder verschwinden.«

Mit hoch erhobenem Haupt schwebte er in Richtung Zimmertür. Allerdings bewegte er sich dabei so langsam wie eine frisch geschlüpfte Raupe. Es war nur allzu offensichtlich, dass er darauf wartete, von Fanny zurückgehalten zu werden. Und schließlich tat sie ihm den Gefallen – wenn sie auch ein kleines bisschen länger zögerte als nötig.

»A-las-tair!«, rief sie gedehnt, und schwups, schwebte der Geisterjunge wieder über ihrem Bettpfosten.

»Natürlich würde ich gerne wissen, wie das geht«, gab sie zu. »Aber vorher musst du mir erzählen, von welcher Katastrophe Jim gesprochen hat. Ist es gefährlich, seine Fähigkeiten auszubauen?«

»Überhaupt nicht!« Alastair winkte mit großer Geste ab.

Mit etwas zu großer Geste, wie Fanny fand. Sie schürzte die Lippen.

»Aber Tante Harriet hat neulich gesagt, dass irgend so ein Gespenst sogar in der Geisterwelt gestorben ist, und –«

»Du gehst ja gar nicht in die Geisterwelt«, unterbrach Alastair sie. »Ich bringe dir nur bei, wie du besser in sie hineinsehen kannst. Da kann gar nichts passieren, wirklich!«

Fanny überlegte eine ganze Weile, sodass Alastair schon anfing, nervös mit den Beinen zu schlenkern.

»Also gut«, sagte sie schließlich. »Erklär erst mal. Wenn es zu gefährlich klingt, kann ich ja immer noch Nein sagen.«

Alastairs Mund verzog sich zu einem breiten Halbmond.

Bevor er mit *Lektion 1* (wie er es nannte) begann, rang er Fanny allerdings noch ein Versprechen ab: Sie sollte Jim nichts davon sagen, dass Alastair sie in die Geheimnisse der Geisterseherei einweihte. Nicht, weil es so gefährlich war (das betonte Alastair drei Mal)! Sondern weil Jim so leicht etwas in den falschen Hals bekam, und da war es besser, wenn er erst gar nichts davon erfuhr. Bestimmt würde er sich sonst nur unnötig Sorgen machen.

Ja klar, dachte Fanny. *Als ob dich das kümmert!*

Kurz kam ihr der Satz in den Sinn, den sie vor zwei Nächten unbeabsichtigt belauscht hatte: *Wir müssen Fanny schützen!*

Offenbar gab es in diesem Haus immer noch Dinge, die man vor ihr geheim hielt, und über diese Dinge musste sie mehr herausfinden. Deshalb widersprach sie Alastair nicht, sondern nickte nur und lauschte dann gebannt, während er ihr *Lektion 1* der Geisterseherei erklärte.

Kapitel 7

Gegen fünf Uhr am nächsten Nachmittag hockte Fanny auf der Treppe zu Harriets Dachboden und starrte auf die veilchenlila gestrichene Tür der Dachkammer, als wollte sie sie hypnotisieren. Dabei hatte sie etwas ganz anderes im Sinn.

Alastair hatte ihr erklärt, dass der Mensch eine automatische Blockade besaß, wenn es um die Geisterwelt ging. Er verschloss sich unbewusst vor ihr, weil er sie als etwas Unheilvolles betrachtete. Nur in der Zeit der Mitternachtsstunde, wenn die Dimensionen einander näher rückten, seien einige wenige dazu in der Lage, ihren inneren Widerstand zu überwinden.

Fanny musste nun versuchen, ihren inneren Widerstand zur Teestunde zu brechen, was natürlich eine zusätzliche Hürde darstellte. Der erste Schritt dazu war laut Alastair, sich die Grenze zum Geisterreich vorzustellen. *Visualisieren* nannte er das hochgestochen.

»Am besten funktioniert es mit Kellertüren, weil die meisten Menschen Keller als etwas Schauriges empfinden. In unserer Übung entspricht der Keller also dem Geisterreich, kapiert?«

Da Harriets Haus leider nicht unterkellert war, musste Fanny mit der Dachbodentür vorliebnehmen. Alastair meinte aber, das würde bestimmt auch in Ordnung gehen. Außerdem fand Fanny den Dachboden tatsächlich ein wenig gruselig. Erstens gab es dort Spinnen. Dicke, haarige Spinnen. Und außerdem lagerte Harriet hier oben Möbelstücke, die sie im Laden nicht mehr unterbringen konnte und die unter ihren weißen Laken ziemlich gespenstisch aussahen.

»Wenn du die Blockade umgehen willst, musst du dein Gehirn überlisten«, hatte Alastair Fanny weiter erklärt. »Stell dir die Grenze zur Geisterdimension als etwas Positives vor.«

Er hatte Fanny verraten, dass die Lieblingsvorstellung seines letzten Schülers eine Grenze aus rot-weißen Zuckerstangen gewesen war. Die Identität dieser geheimnisvollen Person wollte er allerdings immer noch nicht preisgeben. Er merkte nur an, dass die Zuckerstangen sich im Nachhinein als ziemlicher Bockmist herausgestellt hatten.

»Such dir lieber etwas aus, das ein wenig durchscheinender ist.«

Positiv und durchscheinend – erst mal fiel Fanny dazu leider überhaupt nichts ein. Am Ende entschied sie sich für Orangenmarmelade. Süße Orangenmarmelade. Die mochte Fanny gern, und abgesehen von den Orangenstückchen war sie auch recht transparent.

Bereits eine halbe Stunde harrte sie jetzt schon auf dem Treppenabsatz aus und versuchte sich vorzustellen, die Dachbodentür bestünde aus süßer, klebriger Orangenmarmelade. Leider ohne Erfolg.

Fanny wünschte sich, Alastair könnte ihr beim Üben helfen. Da sie ihn tagsüber ja aber weder sehen noch hören konnte, war dies schlecht möglich. Sie würde sich mit ihm in der Geisterstunde abstimmen müssen, und das auch noch so, dass Harriet und die anderen nichts davon mitbekamen.

Ganze drei Stunden lang verbrachte Fanny auf der Dachbodentreppe. Ergebnis: Ihr tat der Hintern weh, und nach wie vor sah sie nur die veilchenlila Tür vor sich. Etwas Hoffnung gab ihr jedoch, dass sie einen Augenblick lang den herb-süßen Duft der Marmelade in der Nase zu haben meinte.

Allein auf diesen wagen Erfolg bauend, machte sie gleich nach dem Frühstück am nächsten Tag weiter. Und tatsächlich: Über den Duft (der keine Einbildung gewesen war) kam irgendwann das erste Bild! Fanny konnte es zuerst kaum glauben, als sie wirklich einen kleinen Klecks Marmelade neben der Türklinke glitzern sah. Nach und nach und mit enormer Anstrengung schaffte sie es bis zum Ende des Tages, die ganze Tür in ihrer Vorstellung damit zu überziehen.

Stolz berichtete sie Alastair in der Geisterstunde von ihrem Erfolg.

»Ich hab's geschafft«, flüsterte sie ihm in einem günstigen Moment zu. »Ich hab die Grenze ganz deutlich gesehen.«

»Prima«, lobte Alastair, sah allerdings zu Fannys Ärger nicht sehr beeindruckt aus. »Dann kommt jetzt Lektion zwei«, verkündete er und setzte zu seinem Oberlehrerton den passenden Gesichtsausdruck auf. »In Lektion zwei stellst du dir eine ganze Wand als Grenze vor. Egal welche. Von mir aus eine in deinem Zimmer.«

»Und Lektion drei?«

»Bei Lektion drei musst du die Grenze mitten in den Raum stellen, und du darfst keine Türen oder Wände mehr als Hilfsmittel benutzen. Aber so weit bist du noch laaange nicht.«

Fanny fand nicht, dass Alastair ein besonders motivierender Lehrer war. Trotzdem übte sie in den nächsten Tagen soviel sie konnte. Die Wand in ihrem Zimmer mit Marmelade zu überziehen, kostete sie nur ein paar Stunden. Natürlich geschah das Ganze lediglich vor ihrem inneren Auge, doch mehr wurde ja auch nicht verlangt.

Ha, dachte sie triumphierend. *Von wegen: So weit bist du noch laaange nicht.*

Lektion drei erwies sich dann leider als etwas schwieriger. Erst nach zwei weiteren Tagen konnte Fanny die Grenze mitten im Raum erscheinen lassen. Inzwischen war ihr auch klar geworden, warum Alastair ihr nahegelegt hatte, ein durchscheinendes Material zu wählen: Wenn sie ihre Marmeladenwand im Pandora's Antiques heraufbeschwor, konnte Fanny dahinter bereits die Schemen der drei Geister erkennen. Offensichtlich leuchteten sie bei Tag nicht, denn die Umrisse ähnelten eher blassen Schatten.

Fanny nahm sich vor, Alastair in der kommenden Geisterstunde danach zu fragen. Doch vorher musste sie noch einen Nachmittag lang Dienst im Geschäft schieben, da Harriet Mrs Carter bei ihrer Inventur half.

Es war nicht viel los. Höchstens eine Handvoll Kunden verirrte sich heute in den Raritätenladen. Zur Teezeit schepperte die Türglocke, und ein dicker Mann mit Schnauzbart betrat das Geschäft. Fanny hatte ihn hier vorher noch nie gesehen. Er war mittelalt, hatte kleine rehbraune Augen, eine rosige Haut und trug einen teuer aussehenden Anzug. Mit offenkundiger Begeisterung sah er sich im Laden um.

»Ja, was haben wir denn hier?«, dröhnte er.

Mit einem breiten Lächeln, bei dem ein goldener Backenzahn aufblitzte, wandte er sich Fanny zu und reichte ihr seine schaufelgroße Hand.

»Gilbert Pennyhold, mein Name. Kunsthändler aus Bristol und für ein paar Tage in der Stadt«, bellte er. Mit federnden Schritten durchquerte er den ersten Verkaufsraum. Dabei schien er jeden einzelnen Gegenstand mit seinem Blick förmlich zu scannen. Vor der orientalischen Spieldose mit den bunten Ornamenten verharrte er eine Weile, dann besah er sich ebenso aufmerksam den versilberten Samowar, und schließlich blieb er vor Alastairs Truhe stehen. Er wischte über die Staubschicht auf dem Deckel, bevor Fanny ihn in irgendeiner Weise davon abhalten konnte. Alastair würde darüber bestimmt nicht amüsiert sein. Schnell baute Fanny die Grenze neben sich auf, doch sie konnte den Schemen des Geisterjungen nirgends entdecken.

Gilbert Pennyhold schnappte indes hörbar nach Luft. Langsam und ächzend ging er in die Knie, um das Möbelstück genauer betrachten zu können. Jedes einzelne der geschnitzten Blütenblätter auf der Vorderseite fuhr er mit seinen rosa Wurstfingern nach. Fanny brach buchstäblich der Schweiß aus. Fieberhaft überlegte sie, wie sie den Mann von der Truhe weglocken konnte. Da bimmelte die Türglocke erneut, und eine schwer bepackte Harriet wankte in den Laden. Offensichtlich hatte sie noch ein paar Einkäufe erledigt. Ohne den Kunden bei der Truhe zu bemerken, wuchtete sie mit viel Gestöhne zwei Einkaufsbeutel auf den Tresen. Aus einem kramte sie einen eingeschweißten Früchtekuchen hervor und drückte ihn Fanny in die Hand.

»Hier, reiß mal auf!«, wies sie Fanny an. »Ich hole uns ein Messer. Ich brauch jetzt dringend was Sü–« Schon war sie direkt in den knienden Mr Pennyhold hineingekracht. Der arme Mann stürzte nach vorn und konnte sich gerade noch mit den Händen abfangen.

»Oh mein Gott, entschuldigen Sie, ich hab Sie da unten gar nicht gesehen!«, rief Harriet bestürzt. Mit beiden Händen half sie Mr Pennyhold wieder auf die Beine und strich ungeschickt sein Jackett und die glänzende Krawatte glatt.

Der Mann stand da wie vom Donner gerührt. Er schaute von Harriet zur Truhe und wieder zurück. Kurz sperrte er den Mund auf, doch es kam nichts heraus. Nervös zupfte er an seinem Krawattenknoten.

»Ähm … sagen Sie … was … was kostet diese Truhe?«, würgte er schließlich mühsam hervor. Seine Stimme, die Minuten zuvor die Schränke zum Zittern gebracht hatte, klang plötzlich dünn. Fast so durchscheinend wie die Orangenmarmelade kam sie Fanny vor.

»Welche Truhe?«, fragte Harriet verwirrt. »Ach so, *diese* Truhe.« Sie seufzte. »Die ist leider nicht zu verkaufen, tut mir leid.« Sie schenkte Mr Pennyhold einen entschuldigenden Augenaufschlag, und weil der nichts weiter sagte, eilte sie in die Ladenküche, um endlich das Messer für den Kuchen zu holen. Bei ihrer Rückkehr stand Mr Pennyhold immer noch an derselben Stelle. Seine rosigen Wangen glühten wie ein Sonnenuntergang.

»Nicht zu verkaufen, sagen Sie …«, murmelte er. Hastig kramte er ein Taschentuch aus seinem Jackett hervor und betupfte sich damit die Stirn. Offensichtlich hatte die Truhe es ihm angetan. Fanny war sicher, dass er gleich beginnen würde, Harriet Geld zu bieten – wie der ältere Herr neulich. Nach seinem teuren Anzug zu urteilen, konnte Mr Pennyhold für die Truhe bestimmt einen ordentlichen Batzen auf den Tisch legen.

Fanny nahm sich ein Stück Früchtekuchen und wartete gespannt, doch nichts passierte. Pennyhold stand einfach nur da. Erneut wanderte sein Blick zwischen Harriet und der Truhe hin und her, und zwischendurch sah er immer wieder nach oben, als würde er stumme Stoßgebete gen Himmel schicken.

»Verzieh dich!«, hörte Fanny plötzlich eine Stimme zischen. Fast verschluckte sie sich an ihrem Kuchen, doch es war nicht Mr Pennyhold, der das gesagt hatte. Auch nicht Harriet. Es schien sogar so, als hätten die beiden es nicht einmal gehört.

Blitzschnell errichtete Fanny die Grenze vor sich. Durch die Marmeladenschicht hindurch nahm sie eine schattige Gestalt wahr, die vom Kronleuchter herunterbaumelte. Wegen der akrobatischen Position ging Fanny davon aus, dass es sich diesmal um Alastair handelte und nicht um den gesitteten Mr Tremble.

Als sie wieder zu Mr Pennyhold sah, musste Fanny mit Entsetzen feststellen, dass sein nervöser Blick genau auf den Geisterjungen gerichtet war. Ihr lief eine Gänsehaut über den Rücken.

»Kann ich Ihnen sonst noch irgendwie weiterhelfen?«, fragte Harriet.

Pennyhold schüttelte sich aus seiner Trance. »Nein, ähm … nein«, stammelte er. Er trat einen Schritt vor, fasste in sein Jackett und reichte Harriet eine rechteckige Visitenkarte mit Goldrand.

»Gilbert Pennyhold. Kunsthändler aus … ähm –« Er schluckte schwer. »Wissen Sie was? Ich komme bald wieder.« Mit einem angespannten Lächeln auf den Lippen stolperte er rückwärts aus dem Laden.

Harriet winkte ihm erstaunt mit dem Küchenmesser hinterher.

»Komischer Kauz«, brummte sie stirnrunzelnd.

Fanny fuhr sich mit der Hand über den Nacken. Die Gänsehaut auf ihrem Rücken prickelte immer noch.

Hatte dieser Mr Pennyhold Alastair gerade tatsächlich auf dem Kronleuchter entdeckt? Oder hatte sie sich das nur eingebildet?

Sie schüttelte sich, um das unbehagliche Gefühl loszuwerden. Kurz vor Ladenschluss erklärte sie Harriet dann unter ausführlichem Strecken und lautstarkem Gähnen, dass sie hundemüde sei und die Geisterstunde heute ausfallen lassen würde. Sie hoffte sehr, dass Alastair ihren Wink mit dem Zaunpfahl verstand. Es gab jede Menge zu besprechen, und das wollte Fanny heute in Ruhe tun, ohne die ständige Angst, von den anderen gehört zu werden.

Um Mitternacht saß sie mit angewinkelten Beinen auf ihrem Bett und starrte die fahle Raute aus Licht an, die der Mond zu ihr ins Zimmer warf.

Ob Pennyhold ein Gespensterseher ist? Weiß er, dass die Truhe einem Geist gehört? Und ist das der Grund, warum er sich für sie interessiert?

Fanny war so mit ihren Gedanken beschäftigt, dass sie gar nicht bemerkte, wie Alastairs leuchtender Kopf sich aus der Wand über ihrem Nachtschrank hervorschob.

»Mannomann, ging's vielleicht noch ein bisschen auffälliger?«, motzte er ohne Begrüßung los.

»Was?«, stieß Fanny hervor.

»Na, dieses alberne Gähn- und Strecktheater«, schimpfte Alastair. »Und wie du geredet hast! Wie ein Zirkusdirektor. Warum erzählst du Jim nicht gleich, dass wir Gespenstersehen üben, damit er mich den Geisterwürmern zum Fraß vorwerfen kann?«

Fanny verschränkte beleidigt die Arme vor der Brust. Sie fand die Anschuldigung absolut ungerecht. Gut, unter Umständen hatte sie vorhin beim Sprechen die Silben ein we-nig zu deut-lich be-tont, aber sie hatte schließlich sichergehen wollen, dass Alastair ihren Hinweis auch mitbekam.

»Meinst du, Jim hat etwas gemerkt?«, fragte sie besorgt.

»Nein«, knurrte Alastair. »Ich hab ihm vorgelogen, dass ich in die Geisterbibliothek fliegen will.«

»Es gibt eine Geisterbibliothek?«

»Pff, nicht nur eine!« Alastair rollte mit den Augen. »Allein in Großbritannien gibt es über zweihundert. Aber jetzt muss ich nachher wirklich noch hinfliegen«, maulte er. »Jim hat mich gebeten, ihm ein Buch mitzubringen. Vielen Dank auch!«

»Jetzt sei nicht sauer«, sagte Fanny beschwichtigend. »Ich muss ein paar Sachen mit dir besprechen.«

Um zu verhindern, dass Alastair weiternörgelte, schilderte sie ihm schnell, was sie heute Nachmittag im Laden beobachtet hatte. Noch bevor sie fertig war, schüttelte Alastair entschieden den Kopf.

»Du meinst diese Bockwurst im Anzug? Der hat mich nicht gesehen. Niemals! Menschen können so was gar nicht. Der hat nur durch mich hindurchgestarrt.«

»Wenn Menschen so was nicht können, wieso kann ich es dann?«, merkte Fanny empört an, woraufhin Alastair überrascht seine Augenbrauen in die Höhe riss.

»Kannst du es denn?«

Fanny grinste, und dann berichtete sie dem Geisterjungen von ihren neuesten Fortschritten. Diesmal geriet Alastair vor Begeisterung richtig aus dem Häuschen.

»Dann können wir jetzt ja zusammen üben! Das ist grandios«, rief er. »Am besten treffen wir uns schon morgen um sechs für die erste Unterrichtsstunde. Wahrscheinlich ist der Dachboden der sicherste Platz«, überlegte er.

»Morgen Nachmittag muss ich aber Harriet wieder im Laden helfen«, wendete Fanny ein.

»Nicht sechs Uhr am Nachmittag.« Alastair schüttelte nachsichtig den Kopf. »Sechs Uhr morgens, Dummerchen. So haben wir zwei ganze Stunden, bevor die anderen aufstehen. Es ist zu auffällig, wenn wir immer zusammen fehlen.«

Fanny starrte schockiert auf die Zeitanzeige ihres Handys. »Dann kann ich ja höchstens noch fünf Stunden schlafen!«, protestierte sie.

»Fünfeinhalb, wenn du gleich einschläfst«, verbesserte Alastair. Er schwebte vom Bettpfosten auf. »Also dann, Decke drüber und Augen zu«, wies er Fanny an, und mit einem spöttischen »Huiiih« verschwand er durch die Wand.

Kapitel 8

»FALSCH«, rief Alastair. »VÖLLIG FALSCH! ES SOLLTE EINE GANS SEIN, KEINE ENTE.«

So früh am Morgen war es auf dem Dachboden kühl. Fanny fröstelte, obwohl sie ihren dicken Wollpullover trug. Aber ihr Körper war wahrscheinlich noch genauso müde wie sie und verstand nicht, warum er zu dieser Uhrzeit keine Bettwärme mehr genießen durfte.

Die erste Unterrichtsstunde hatte Alastair mit einigen Hörübungen begonnen. Zwar nahm Fanny durch die Marmeladengrenze hindurch bereits Stimmen wahr, doch sie klangen sehr dumpf und undeutlich. Das wollte Alastair ändern. Zuerst schwebte er auf dem Dachboden hin und her und machte laute Geräusche, bei denen Fanny angeben musste, aus welcher Richtung sie kamen. Dann ahmte er Tiergeräusche nach.

»Wer bitte kann um sechs Uhr morgens eine Gans von einer Ente unterscheiden?«, meckerte Fanny. »Nimm doch wenigstens was Einfaches. Es kommt ja nur darauf an, dass ich es überhaupt höre!«

»Erstens können schon Kleinkinder Gänse von Enten unterscheiden«, gab Alastair zurück, wobei er sich bemühte, besonders laut und deutlich zu sprechen, damit Fanny ihn verstand, »und zweitens bin *ich* hier der Lehrer, und *ich* sage, was gemacht wird, klar?!«

»Hmpf«, machte Fanny nur.

Aber nachdem Alastair dann auch noch eine Drossel und einen Eichelhäher nachgeahmt hatte – Fanny war natürlich in beiden Fällen völlig ahnungslos, um welche Vögel es sich handelte –, reichte es ihr wirklich. Wütend gab sie ihm zu verstehen, dass sie keine Vogelkundlerin sei und nicht vorhabe, eine zu werden, und dass er ganz fix mit einer anderen Übung weitermachen solle, bevor sie keine Lust mehr auf seinen Unterricht habe.

»Hatte ich sowieso gerade vor«, erwiderte Alastair beleidigt und murmelte noch irgendwas von Perlen und Säuen, was Fanny aber durch die Grenze nicht gut genug verstand, um ihn zur Rede zu stellen. Erfreut bemerkte sie aber, dass sie nun auch schwache Laute von drüben schon etwas besser wahrnehmen konnte.

Als Nächstes ordnete Alastair an, dass Fanny ihn mit den Augen durch den Raum verfolgen sollte. Ziel dieser Übung sei es, ihre Fähigkeit zu verbessern, die Grenze schnell von einer Stelle auf eine andere zu projizieren. Trotz der etwas angespannten Stimmung zwischen ihnen schien er jede Menge Spaß zu haben. Er drehte einen Looping nach dem anderen, und zwei Mal verschwand er durch das Dach nach draußen – nur um Fanny zu ärgern.

Fanny selbst hatte weniger Spaß an der Übung. Sie musste sich sehr konzentrieren, um Alastair durch die Marmeladenwand nicht aus den Augen zu verlieren. Nach einer halben Stunde bat sie erschöpft um eine Pause.

»Pause?«, rief Alastair fassungslos. »Hier gibt es keine Pausen. Pausen sind für Weicheier!«

»Ach ja? Also, soweit ich weiß, sind Pausen die Salamischeiben auf der Pizza des Lebens«, wiederholte Fanny ein Zitat, das ihr Vater öfters benutzte. Trotzig hockte sie sich neben einer alten Spiegelkommode auf den Boden.

»Naaa gut«, gab Alastair gnädig nach. »Fünf Minuten. Aber danach machen wir mit Lektion vier weiter.«

»Was passiert denn in Lektion vier?«, fragte Fanny matt.

»Da musst du die Grenze durchsichtig machen«, erklärte Alastair. »*Richtig* durchsichtig. Ich schlage vor, als Hilfe stellst du dir eine Glaswand vor. Von der kannst du deine Marmelade einfach heruntertropfen lassen.«

Fanny nickte. Das hörte sich logisch an. »Wie viele Lektionen sind es eigentlich insgesamt?«, fragte sie vorsichtig. Für ihr Empfinden reichte es langsam mit dem Üben. Ihr war immer noch kalt, und sie hatte Hunger auf Tante Harriets Porridge.

»Nach Lektion vier kommt die letzte«, sagte Alastair.

»Und die wäre?«

»Lektion fünf natürlich.«

Fanny seufzte. Konnte Alastair nicht mal eine Gelegenheit auslassen, sich wichtigzumachen?

»Uuuund, was ist Lektion fünf?«

Alastair setzte hinter der Grenze eine Miene auf, als hätte er gerade die Glühbirne erfunden.

»In Lektion fünf wirst du dir die Grenze wegdenken«, sagte er.

»Was?«, fragte Fanny verwirrt.

»NA, WEGDENKEN. DIE GRENZE!«, rief Alastair, der dachte, sie hätte ihn wieder nicht richtig gehört.

»Wieso musste ich mir die Grenze denn erst vorstellen, wenn ich sie jetzt wieder wegdenken soll?«, fragte Fanny ärgerlich. Sie kapierte wirklich nicht, was das für einen Sinn hatte.

»Erstens sehen die Lektionen das nun mal so vor«, trompetete Alastair, »und zweitens kann man sich ja nichts wegdenken, was man sich vorher nicht hergedacht hat.«

Auf eine sehr verdrehte Art und Weise erschien Fanny diese Erklärung tatsächlich einleuchtend, und nach ein paar tiefen Atemzügen stellte sie sich tapfer für die neue Übung auf. In Alastairs Gegenwart konnte man ja sowieso keine Pause genießen.

»Das mit der Glaswand finde ich aber doch nicht so gut«, überlegte sie laut. »Da muss ich das Glas hinterher ja auch wieder wegdenken, oder nicht?« Sie legte einen Finger an die Lippen. »Vielleicht stelle ich mir einfach vor, dass die Marmelade ganz durchsichtig wird. Was meinst du? Alastair? Hallo?«

Eine Weile sah Fanny nur Alastairs Schemen, der hinter der Grenze bewegungslos auf derselben Stelle verharrte.

»Wenn du meinst, du bist schlauer als ich – bitte schön!«, erwiderte er schließlich spitz. Sein beleidigter Ton brachte Fanny so auf die Palme, dass sie entschied, die Glaswand auf jeden Fall wegzulassen.

Sie begann damit, sich die Fruchtstückchen aus der Marmelade wegzudenken, und dann stellte sie sich im Gelee kleine, durchsichtige Löcher vor. Nach einer intensiven Übungsstunde hatte ihre Grenze viel Ähnlichkeit mit einem Schweizer Käse. Fanny fand es unglaublich, dass sie nun wirklich in die Geisterwelt hineinsehen konnte.

»Bei Tag siehst du aus wie ein Schwarz-Weiß-Foto«, berichtete sie Alastair gut gelaunt und kassierte dafür sofort einen giftigen Blick.

»Das sollte keine Beleidigung sein«, fügte Fanny entschuldigend hinzu, »ich mein ja nur –«

Sie stockte. Da war etwas. Auf dem Fußboden. Ein schwarzer Punkt. Zuerst hielt sie es für Dreck, doch der Punkt wuchs rasend schnell, zog sich in die Länge und wurde breiter – bis ein dunkles Loch entstanden war, das aussah wie der Eingang zu einem Brunnenschacht.

»Was ist denn …?«, fragte Fanny irritiert. Weiter kam sie nicht, denn als Alastair den schwarzen Krater entdeckte, stieß er einen gellenden Schrei aus. Mit panisch verzerrtem Gesicht stob er ohne ein weiteres Wort durch die Wand nach draußen und ließ Fanny allein zurück.

»Alastair?«, rief Fanny heiser. Sein Schrei war ihr durch Mark und Bein gegangen. Hastig atmend wich sie in Richtung Dachbodentür zurück, das dunkle Loch immer im Auge behaltend. Was war das?

Ihre Schritte knarzten auf dem Dielenboden, doch dann wurden sie plötzlich von einem hohen, schmatzenden Geräusch übertönt, das aus dem Loch drang. Fanny horchte auf. Ihre Augen weiteten sich vor Schreck. Aus dem Krater begann sich ein riesiges, längliches Tier hervorzuwälzen. Es sah aus wie eine gigantische, silbrig schimmernde Made ohne Augen, aber mit aufgeblähten schwarzen Nüstern und einem breiten Maul.

Vor Entsetzen völlig gelähmt, sah Fanny dabei zu, wie sich das Tier Meter für Meter aus dem Loch schob. Mit einem röhrenden Laut reckte es seinen Kopf in die Höhe und ließ ihn dann mit Wucht in den Raum schnellen – fast genau an die Stelle, wo Fanny stand.

Da löste sich endlich ihre Starre. Sie fuhr herum und rannte auf die Tür zu, während der Wurm sich in wildem Zucken hinter ihr herwälzte. Sie rüttelte hektisch an der Türklinke und hielt sie plötzlich in der Hand.

Echt jetzt?, schoss es ihr durch den Kopf.

Fassungslos starrte sie auf den abgebrochenen Messinggriff in ihrer Faust und dann auf die Tür, die immer noch verschlossen war. Verzweifelt warf sie sich dagegen.

Das blinde Vieh in ihrem Rücken schien nach ihr zu suchen. Wie ein Geschoss schnellte sein Kopf in alle Richtungen.

Ob sie den Griff wieder anschrauben konnte?

Fanny hantierte an der Tür herum. Die röhrenden Laute des Wurms ertönten jetzt direkt über ihrem Kopf, und als sie aufsah, blickte sie in sein weit geöffnetes Maul. Im selben Augenblick fuhr der Wurm auch schon auf sie nieder.

Fanny schloss die Augen. *Jetzt kommt der Schmerz*, dachte sie. Doch es passierte nichts. Sie spürte nichts. Blinzelnd öffnete sie die Lider, schloss sie aber sofort wieder, denn das riesige Tier setzte gerade zum zweiten Angriff an.

Und da durchzuckte die Erkenntnis Fanny wie ein Blitz: *Er kann mich nicht berühren. Er ist in der Geisterwelt!*

Warum war ihr das nicht früher klar geworden?

Alles war so schnell gegangen und wirkte so real. Durch die

Grenze hindurch, die immer noch in Fetzen vor Fannys Augen hing, wirkte es tatsächlich so, als befände sich der Wurm gemeinsam mit ihr auf dem Dachboden und nicht unerreichbar in einer anderen Dimension.

Endlich schien auch der Wurm zu begreifen, dass er in Fanny keine Beute finden würde. Er ließ von ihr ab, stieß noch einen letzten zornigen Schrei aus und glitt dann zurück in dasselbe Loch, durch das er gekommen war. Hinter ihm schloss sich der schwarze Krater in Sekundenschnelle, als wäre er nie dort gewesen.

Fanny atmete aus. Erst jetzt bemerkte sie, dass sie sich auf dem Boden zusammengekauert hatte. Mühsam zog sie sich an der Tür in die Höhe und versuchte erneut, die Klinke einzuhaken. Es war auch jetzt nicht leicht, der Dorn sackte immer wieder in das Türblatt, sodass Fanny ihn mehrmals mit spitzen Fingern hervorziehen musste. Doch schließlich fand der Griff Halt. Vorsichtig drückte Fanny die Klinke herunter.

»Fanny!«, brüllte es da hinter ihr. Sie wirbelte herum. Es war Alastair. Zuerst lugte nur sein Kopf neben einem der Dachbalken heraus. Als er sah, dass die Luft rein war, flog er sofort an Fannys Seite.

»Alles okay?«, fragte er.

Ein Zittern durchlief Fanny.

»Sag mal, spinnst du?«, stieß sie hervor und spürte dabei, wie ihr Tränen in die Augen schossen. »Du kannst mich doch nicht mit so einem Ding alleine lassen!«

Alastair sah sie betroffen an. »Entschuldige. Das … das war ein Geisterwurm«, stammelte er. »Ich wusste, dass er dir nichts tun kann, deswegen –«

»Deswegen haust du einfach ab?«

»Na ja … ja.« Alastair machte ein zerknirschtes Gesicht.

Stille breitete sich aus.

Fanny schniefte. »Es stimmt ja. Er konnte mir nichts tun«, gab sie zu. »Es hat nur leider etwas gedauert, bis ich das kapiert hatte.« Sie musterte den Geisterjungen. »Was kann er dir denn tun?«

»Das weiß keiner so genau«, seufzte Alastair. »Wahrscheinlich würde er mich vernichten. Jedenfalls kann er Geister verschlingen, und was danach mit ihnen passiert …« Er hob die Schultern. »Schon die schwarzen Löcher sind gefährlich. Von ihnen geht ein Sog aus, und manchmal schließen sie sich nicht, nachdem der Wurm verschwunden ist. Wer da reinfällt, kommt nie wieder raus. Die meisten Geister glauben, diese Löcher führen ins Nichts«, erklärte er in einem schaurigen Flüsterton. Dabei suchte er mit den Augen den Fußboden ab.

»Es hat sich geschlossen. Ich hab's genau gesehen«, beruhigte Fanny ihn. Sie wischte sich über die Stirn, auf der immer noch ein kalter Schweißfilm klebte. »Und diese Würmer können ständig überall auftauchen?«, fragte sie.

Wie sollte man sich in einer Welt mit solchen Bestien auch nur fünf Minuten entspannen?

»Theoretisch schon«, sagte Alastair. »Zum Glück sind sie aber extrem selten. Das eben war der zweite, den ich in zweihundert Jahren gesehen habe.«

Fanny war es vollkommen egal, wie häufig diese Monster vorkamen. Es reichte ihr, dass sie überhaupt existierten. Erschöpft erklärte sie Alastair, dass sie vorerst die Nase voll vom Üben hatte. Diese Begegnung musste sie erst mal verdauen. Natürlich setzte

Alastair zum Protest an, doch Fanny ließ ihn gar nicht zu Wort kommen. Sie stürmte einfach die Treppe hinab. Den Rest des Tages versuchte sie, nicht mehr an Gespenster und Würmer zu denken. Sogar die Geisterstunde ließ sie ausfallen, so tief saß der Schock über das, was sie auf dem Dachboden erlebt hatte.

Am nächsten Morgen sah die Welt aber zum Glück schon wieder rosiger aus. Zwar hatte Fanny immer noch ein mulmiges Gefühl, wenn sie an die Geisterwurm-Attacke dachte, doch sie wusste ja jetzt, dass ihr eigentlich nichts geschehen konnte. Das nächste Mal musste ihr das einfach nur etwas früher einfallen.

Nach dem Frühstück und mit einem kleinen Rest Herzklopfen nahm sie ihre Übungen wieder auf. Vorerst ohne Alastair, denn sie wollte das Tempo selbst bestimmen. Aber obwohl sie ohne Lehrer übte, stellte sich in kürzester Zeit ein Erfolg nach dem anderen ein. Die Löcher in der Grenze schienen wie von selbst immer größer zu werden, ohne dass Fanny sich besonders anstrengen musste.

Und dann, am Mittwochnachmittag, passierte es: Fanny war gerade damit fertig, eine Kartonladung alter Schrankschlüssel in die Körbe im ersten Verkaufsraum einzusortieren. Sie wandte sich zum Gehen, als sie plötzlich Jim auf dem Sofa sitzen sah – glasklar und ohne eine Spur von Marmelade weit und breit. Sogar der Orangengeruch fehlte.

Fanny fuhr vor Schreck zusammen. Sie bückte sich rasch zu dem Ständer mit den antiken Regenschirmen hinab, zog einen heraus und begann sinnlos daran herumzuwischen.

Aus den Augenwinkeln schielte sie zum Sofa. Jim hatte offenbar nichts bemerkt. Er war tief in das Buch auf seinem Schoß versunken.

Fanny versuchte, ruhig zu atmen. Sie durfte sich jetzt auf keinen Fall etwas anmerken lassen. Möglichst natürlich widmete sie sich wieder ihren Aufgaben, doch nebenbei spielte sie Mäuschen bei den Geistern.

Weiterhin ganz ohne Marmelade konnte sie zunächst eine Schachpartie zwischen Mr Tremble und Jim beobachten. Tremble sprang dabei zweimal quiekend vor Schreck auf, weil Kunden den Laden betraten, und jedes Mal fegte er gut die Hälfte der Steine vom Brett. Anschließend wurde sie Zeuge eines Streits zwischen Jim und Alastair, der sich um ein nicht zurückgegebenes Geisterbibliotheksbuch drehte. Ihr persönlicher Höhepunkt war jedoch, als Jim kurz vor Ladenschluss eine alte Seefahrerballade zum Besten gab.

Erst abends, als Fanny allein in ihrem Bett lag, wurde ihr aber vollends bewusst, was heute geschehen war:

Sie konnte in die Geisterwelt sehen!

Die Freude blubberte in ihr hoch wie tausend kleine Sprudelbläschen.

Es hatte geklappt! Und das war wirklich fantastisch – Geisterwürmer hin oder her.

Kapitel 9

Alastair war ganz außer sich, als Fanny ihm berichtete, was geschehen war, und von diesem Moment an wich er ihr kaum mehr von der Seite. So wurden Fanny schnell auch die Nachteile der Gespenstersehererei bewusst:

War die Grenze einmal durchsichtig, ließ sie sich leider nicht wieder schließen. Wenn ein Geist im Raum war, hörte und sah Fanny ihn jetzt, ob sie wollte oder nicht. Und Alastair, der sich chronisch zu langweilen schien, nutzte diesen Umstand schamlos aus. Von seiner anfänglich mürrischen Zurückhaltung war mit einem Mal genauso viel übrig wie von der Packung Haferkekse, die Harriet neulich ganz allein (ohne Fanny) aufgefuttert hatte.

Wenn Jim oder Mr Tremble nicht in der Nähe waren, quasselte Alastair jetzt ohne Punkt und Komma. Über englische Schlösser im Allgemeinen und im Besonderen, über Schule früher und heute, über fleischfressende Schildkröten, ob man Kirschkerne oder Pflaumenkerne besser weit spucken konnte, und am schlimmsten: Krocket – anscheinend eine sehr beliebte Geistersportart, die Fanny nicht die Bohne interessierte.

Einmal steckte Alastair sogar seinen Kopf durch die Badezimmertür, als Fanny gerade auf dem Klo saß. Das Comicheftchen, das sie nach ihm warf, stellte sich natürlich als absolut nutzloses Geschoss heraus, denn es plumpste einfach durch ihn hindurch.

Doch das alles war harmlos gegen eine Begegnung, die Fanny an einem besonders schwülen Nachmittag hatte.

Die Hitze war derart brütend – die Luft über der Portobello Road flimmerte regelrecht. Kein Wunder, dass der Antiquitätenladen leer blieb. Jeder, der nur halbwegs bei Verstand war, verbrachte seine Zeit in der Badeanstalt oder unter der Gartendusche. Nur Harriet tätigte ein paar Einkäufe für den alten Mr Fletcher, weil sie ihn bei der Gluthitze nicht auf die Straße lassen wollte.

Alastair und Mr Tremble waren ebenfalls ausgeflogen, sodass sich außer Fanny nur Jim im Laden befand, der wie so oft auf seinem Sofa hockte und las.

Fanny als Ladenhüterin lutschte gelangweilt ein Fruchteis nach dem anderen und bemühte sich, in der Hitze nicht zu zerfließen.

Da fiel ihr mit einem Mal eine Gestalt auf der gegenüberliegenden Straßenseite auf. Zuerst dachte Fanny, sie hätte den Mann nur bemerkt, weil die restliche Portobello Road wegen des Wetters wie leer gefegt war. Doch es lag wohl eher an seinem ungewöhnlichen Äußeren. Er wirkte völlig verwahrlost, trug abgewetzte Hosen und keine Schuhe. Das Auffälligste an ihm war jedoch nicht seine verlotterte Kleidung, sondern der Galgenstrick um seinen Hals und die schwarzen Würgemale, die sich quer über seine Kehle zogen.

Ein Geist!

Der Anblick des Mannes erfüllte Fanny mit Entsetzen. Von Alastair wusste sie, dass Geister meist von den Umständen ihres Todes gezeichnet waren. Zum Glück gab es bei Jim und Alastair keine sichtbaren Merkmale. Der Mann auf der anderen Straßenseite aber war eindeutig am Galgen geendet.

Warum er wohl hier ist?, dachte Fanny. *Will er sich in der Agentur anmelden?*

Es sah nicht danach aus. Zumindest machte der Geist keinerlei Anstalten, dem Laden näher zu kommen.

Schaute er sie an? Fanny tat kurz so, als müsse sie etwas in den Rechnungen neben der Kasse nachschauen, dann spähte sie vorsichtig wieder hinaus.

Es gab keinen Zweifel. Der Mann beobachtete sie.

Mit seinen wulstigen Lippen und der breiten Nase hatte sein Gesicht etwas Grobes. Er schien nicht mal zu blinzeln, während er sie anstarrte.

Jetzt hob er die Hand. Er winkte ihr!

Fanny keuchte.

Sie sah sich zu Jim um, doch der war tief in seine Lektüre versunken und bekam anscheinend gar nichts mit.

Als Fanny den Kopf wieder umwandte, schwebte der fremde Geist plötzlich direkt vor der Schaufensterscheibe. Fanny schreckte zurück, doch offenbar schien der Gehenkte keine bösen Absichten zu haben. Jedenfalls lächelte er sie an und machte mit der Hand eine einladende Geste. Er wollte, dass sie zu ihm hinauskam. Konnte sie das wagen?

Fanny blickte vom Schaufenster zum lesenden Jim und wieder zurück.

Vielleicht wollte der Mann sie etwas wegen der Agentur fragen, aber warum kam er dann nicht einfach herein? Und woher wusste er überhaupt, dass sie ihn sehen konnte?

Die Neugier packte Fanny. Warum sollte sie nicht kurz hinausgehen und fragen, was er wollte? Schließlich konnte der Kerl ihr nichts anhaben.

Das einzige Problem war Jim. Sie musste dafür sorgen, dass er nichts merkte.

Unauffällig gab sie dem Fremden mit einem schnellen Winken zu verstehen, dass er von der Schaufensterscheibe verschwinden sollte. Es funktionierte. Er schwebte tatsächlich weiter nach rechts und außer Sichtweite.

»Ähm, falls mich gerade irgendjemand hört …«, rief Fanny in den Verkaufsraum hinein. Dabei ließ sie ihre Augen ziellos über die Möbel schweifen und vermied es absichtlich, in Richtung Sofa zu schauen. »Ich … ich gehe kurz mal runter zum Supermarkt und hole neues Eis. Ich schließe solange ab. Dauert nur fünf Minuten.«

Sie nahm den Ladenschlüssel vom Haken und schritt auf den Ausgang zu. Dabei pochte ihr das Herz so laut in den Ohren, dass sie für einen Moment fürchtete, Jim könne es hören.

»Fanny?«

»Ja?« Fanny fuhr herum. Im gleichen Moment hätte sie sich am liebsten selbst geohrfeigt. Jetzt hatte sie sich verraten.

Jim stand neben dem Sofa mit einem Blick, der Bände sprach.

»Du … du hast ihn gesehen?« Seine Stimme knisterte wie trockenes Laub. »Und du kannst *mich* sehen?«

Fanny nickte nur. Irgendetwas drückte ihr mit einem Mal die

Stimmbänder zusammen. Warum war sie nur so blöd gewesen, sich umzudrehen?

»Ich …«, setzte sie an, doch in diesem Moment schwebte Alastair durch die Wand herein. Jim ging sofort auf ihn los.

»Hast *du* das angerichtet?«

»Was? Wieso …?«, stammelte Alastair.

»Alastair hat nichts damit zu tun«, log Fanny, die nicht wollte, dass der Geisterjunge ihretwegen Ärger bekam. »Es ist einfach so passiert. Ehrlich! Erst konnte ich nur eure Umrisse erkennen, und dann vor einer Woche –«

»Du kannst uns schon *eine* Woche lang sehen und hast nichts gesagt?« Jim rang sichtlich um Fassung. »Weißt du denn nicht, dass es für Menschen gefährlich ist, der Geisterdimension zu nahe zu kommen?«

»Aber das tue ich doch gar nicht«, rief Fanny. »Alastair hat gesagt –« Sie biss sich auf die Lippe. *Oh, verflucht!* Jetzt hatte sie sich schon wieder verraten.

Jim schnaubte wütend durch die Nase.

»Also doch!«, fuhr er auf. »Bist du völlig verrückt, Alastair? Weißt du, was du getan hast? Hier war eben ein Geist, der Fanny aus dem Laden locken wollte!«

»Aber der kann mir doch gar nichts tun«, grätschte Fanny dazwischen. »Ich sehe ja nur hinein in eure Dimension. Was soll daran gefährlich sein?«

»Ich finde auch, dass –«, setzte Alastair an.

»Was daran gefährlich sein soll?« Jim starrte Fanny an, als wäre sie nicht ganz bei Trost. »Du hast ja überhaupt keine Ahnung, was in unserer Dimension für Gefahren lauern. Hast du schon mal von Schattenfeen gehört, von Geisterhunden oder Gingernickles? Nein? Und wahrscheinlich sind die alle noch harmlos. Die schlimmsten Monster von allen sind wir selbst.« Nach diesem Ausbruch sackten Jims Schultern schlaff nach vorn. Er sah so elend aus, dass Fanny und Alastair sich nicht trauten, einen weiteren Kommentar abzugeben.

Dabei verstand Fanny Jims Aufregung wirklich nicht.

Noch am gleichen Tag weihte sie Harriet in ihr Geheimnis ein. Schließlich würde die es von Jim sowieso erfahren.

Ihre Tante verzog ebenfalls sorgenvoll die Stirn.

»Das musste ja so kommen«, stöhnte sie. »Wenn deine Mutter das erfährt, macht sie endgültig Hackfleisch aus mir.« Schlecht gelaunt schredderte sie eine Handvoll alter Rechnungen. »Aber, Fanny?« Sie sah ihre Nichte durchdringend an. »Keine weiteren Experimente mehr, okay?!«

»Was denn für Experimente?«, fragte Fanny, die keine Ahnung hatte, was ihre Tante meinte.

»Ach, ich weiß auch nicht«, winkte Harriet ab. »Sei einfach vorsichtig!«

Der Einzige, der sich neben Alastair ungetrübt über Fannys neue Gabe freute, war Mr Tremble. Immer wieder stammelte er, wie außergewöhnlich das alles doch sei und dass es ihn mit Stolz erfülle, Zeuge von solch geschichtsträchtigen Ereignissen zu sein.

Jim blieb mürrisch. In den nächsten Tagen beschränkte er sich in seinen Wortwechseln mit Fanny und Alastair auf das Nötigste. Schon allein deswegen verzichtete Fanny jetzt auf die Mitternachtsstunde im Laden. Da alle nun wussten, dass sie die Geister auch tagsüber sah, konnte sie ebenso gut durchschlafen. Jedenfalls stellte sie sich das so vor. Ihr Körper schien anderer Meinung zu sein. Offenbar hatte er sich so an den neuen Schlafrhythmus gewöhnt, dass er sie jede Nacht gegen zwölf Uhr aufschrecken ließ. Meist holte Fanny sich dann ein Glas Milch aus der Küche – das Allheilmittel ihrer Mum gegen Schlaflosigkeit – und zog sich danach wieder die Decke über den Kopf.

Das ging drei Nächte lang so. In der vierten tapste Fanny gerade wie eine Schlafwandlerin über Harriets dunklen Flur, als sie mit einem Mal Geräusche aus der Küche vernahm. Sie stockte.

Es war ein Flüstern.

Hatte Harriet um diese Uhrzeit noch Gäste?

Fanny überlegte, sich schnell einen Bademantel über ihr Schlafshirt zu ziehen, um nicht halb nackt in die Küche zu platzen, da hörte sie ihren Namen. Harriet sprach mit jemandem über sie!

Langsam und lautlos schlich Fanny weiter über den Flur und drückte sich neben der Küche an die Wand.

»… musst du mir nicht erklären. Ich weiß es ja selbst. Aber was soll ich denn machen?«, zischte Harriet. »Ich kann ihr doch nicht einfach die ganze Geschichte erzählen.«

»Du solltest mit Jennifer reden.« Fanny erkannte Jims Stimme. Er musste nach oben gekommen sein, um sich in Ruhe mit Harriet zu besprechen. Ärger kroch in Fanny hoch. Was verheimlichten die beiden da schon wieder vor ihr?

»Und so lange müssen wir sie gut im Auge behalten«, sagte Jim. »Neulich wäre sie fast diesem Kerl auf die Straße gefolgt. Sie ist vollkommen arglos.«

Arglos? Jetzt wurde Fanny richtig wütend. Sie war überhaupt nicht arglos! Nach allem, was sie bisher gelernt hatte, war sie davon ausgegangen, dass der Mann ihr keinen Schaden zufügen konnte!

»Übertreibst du da nicht?«, fragte Harriet. »Diese Geister können ihr doch nicht wirklich etwas antun.«

»Du weißt nicht, welches Gesindel es unter uns gibt«, rief Jim.

»Pscht!«, machte Harriet, und Jim fuhr leiser fort:

»Die finden Mittel und Wege, ihr zu schaden. Da bin ich mir sicher!«

Harriet seufzte. »In ein paar Wochen ist Jenny wieder zu Hause. Soll sie entscheiden. Vielleicht hast du recht, und für Fannys Sicherheit wäre es jetzt besser, ihr alles zu sagen. Aber du weißt ja, wie Jenny ist ...«

Fanny hörte, dass Harriet den Deckel der Keksdose schloss. »Kommst du mit nach unten?«, fragte sie Jim. »Ich muss mit Tremble reden. Heute Nachmittag hat ein Interessent für ihn angerufen. Ein älterer Herr aus Bradford.«

Stuhlbeine schabten über den Boden, und Fanny stahl sich eilig in ihr Zimmer zurück. Dort zog sie die Decke bis unter das Kinn und lauschte angespannt, wie Harriet die Wohnung verließ. Ihr ganzer Körper kribbelte vor Aufregung und vor Zorn.

Was wollten sie ihr schon wieder nicht sagen?

Was sollte ihre Mum entscheiden?

Das Schlimmste war, dass bestimmt weder Harriet noch Jim ihr diese Fragen beantworten würden.

In dieser Nacht schlief Fanny nicht mehr viel.

Kapitel 10

»Ich spring schnell rüber zu Mrs Carter, bevor der Regen einsetzt. Kann sein, dass ich erst nach Feierabend zurück bin. Ruf mich einfach auf dem Handy an, wenn irgendwas ist, ja?«

Fanny nickte stumm. Es war gleich 16 Uhr, und draußen braute sich giftgelb ein Gewitter zusammen. Die Luft war zum Schneiden dick. Schon kurz nachdem Harriet den Laden verlassen hatte, klatschten schwere Regentropfen auf das Pflaster der Portobello Road. Im Laden roch es nach den frischen Veilchen, die Harriet auf den Tresen gestellt hatte. Fanny ging schon seit Stunden in Gedanken immer wieder das belauschte Gespräch der letzten Nacht durch. Am liebsten hätte sie Harriet beim Frühstück sofort zur Rede gestellt, doch dafür war sie viel zu wütend gewesen. Und es hätte wohl auch ohnehin nichts gebracht. Sicher hätte Harriet wieder alles abgestritten. Irgendwie hatte sich bei Fanny die Idee festgesetzt, dass Harriets und Jims Geheimnis mit ihrer Herkunft zu tun haben musste. Wieso sonst wollte Harriet ihrer Schwester die Entscheidung überlassen, ob Fanny eingeweiht werden konnte?

Das würde allerdings bedeuten, Jim und Harriet wussten, wer ihre Eltern waren. Und ihre Mum und ihr Dad ebenfalls. Traf Fannys Theorie zu, hätten alle sie jahrelang belogen. Der Gedanke war kaum auszuhalten.

Zum Glück war Jim in die Geisterbibliothek geflogen, sodass sie ihn nicht sehen musste.

Zur Abwechslung lag Alastair auf dem roten Sofa und schlief. Mr Tremble hielt sich auf dem Schrank mit den Klauenfüßen im zweiten Verkaufsraum auf, und Fanny schaute finster in den Regen. Sie war so gedankenversunken, dass sie den Mann vor dem Schmuckgeschäft auf der anderen Seite erst nach einigen Minuten bemerkte. In einen langen grünen Kapuzenumhang gehüllt, schwebte er genau dort, wo Fanny vor einigen Tagen den Geist mit dem Galgenstrick entdeckt hatte. Der Regen machte ihm offensichtlich nicht das Geringste aus. Die Tropfen fielen einfach durch seinen rauchigen Körper hindurch.

Unwillkürlich zog Fanny den Kopf ein, doch anders als der Gehenkte starrte der Geist mit dem Umhang nicht in den Laden hinein, sondern schien aufmerksam die Straße zu beobachten.

Erst jetzt fiel Fanny auf, dass Jims Worte ihr doch Angst eingejagt hatten. Wieso tauchten hier plötzlich all diese Geister auf?

»Alastair?«, flüsterte Fanny und fragte sich sofort, warum sie so leise sprach.

»Alas-«, setzte sie erneut und etwas lauter an, stockte jedoch mitten im Wort, denn über der antiken Reisetruhe schwebte mit einem Mal eine weitere fahle Gestalt. Das Gespenst musste gerade eben erst in den Laden gekommen sein.

Fannys erster Impuls war, sich hinter dem Tresen zu verstecken, doch wie es aussah, hatte der Geist sie bereits bemerkt.

»Good evening«, grüßte er in geschäftsmäßigem Tonfall. Sein Kopf war von einer halblangen, weiß gepuderten Perücke bedeckt, und die Knöpfe an seiner Uniformjacke glänzten wie kleine polierte Monde. Etwas träge griff er in die Umhängetasche, die er über der Schulter trug. Daraus förderte er einen blütenweißen Briefumschlag mit schwarzem Rand zutage.

»Ich habe hier Post für einen Alastair Blake.«

»Ähm ja, das bin ich«, rief Alastair, der inzwischen aufgewacht war. Zögerlich nahm er den Umschlag entgegen.

»Goodbye«, ließ der fremde Geist noch vernehmen, dann war er auch schon wieder durch die geschlossene Ladentür verschwunden.

Fanny atmete aus. Sie kam sich ein bisschen dumm vor. Der Geist hatte gar nichts von ihr gewollt.

Langsam wagte sie sich hinter dem Tresen hervor und warf einen Blick auf die Straße. Der Mann mit dem grünen Umhang hatte sich ebenfalls in Luft aufgelöst.

»Wer war das denn?«, wandte sie sich an Alastair.

»G-Geisterpost«, stotterte Mr Tremble, der gerade Richtung Kronleuchter schwebte.

»Mach doch mal auf«, drängte Fanny neugierig.

Alastair öffnete den Umschlag und zog zwei Karten heraus – ebenfalls weiß mit schwarzem Rand. Eine davon klappte er auf.

»Eine Einladung«, sagte er verblüfft. Mit gerunzelter Stirn las er vor:

Mein lieber Alastair,

anlässlich meines vierhundertsten Geburtstages findet auf Blake Castle eine kleine Abendgesellschaft zu meinen Ehren statt. Fühle Dich zu dieser Veranstaltung von mir herzlich eingeladen. Einlass findest Du am 23. Juli ab zwanzig Uhr. Bitte benutzte das Südtor des Schlosses. Deine Replik erwarte ich per Geisterpost.

Herzlichst
Sir Paxton Blake
(Erster Earl von Blake Castle)

»Wow!«, stieß Fanny aus. »Ein vierhundertster Geburtstag. Aber wieso hat die Karte dann einen Trauerrand?«

»D-das ist so üblich bei G-Geistergeburtstagen«, erklärte Mr Tremble. »E-eigentlich feiert man ja s-seinen Todestag, deshalb …«

»Ah, verstehe. Und die zweite Karte?« Fanny rückte ein bisschen näher an Alastair heran, der die andere Karte bereits aufgeklappt hatte. »Ist sie für Jim?«

Alastair blinzelte überrascht.

»Nein, die … die ist für *dich.*«

»Waaaas? Zeig mal her!« Gerade wollte Fanny Alastair das Papier aus der Hand reißen, da fiel ihr ein, dass das ja gar nicht ging. Deshalb wies sie den Geisterjungen an, die Karte so zu halten, dass sie davon ablesen konnte. Im Grunde enthielt sie keinen anderen Text als die von Alastair, nur dass Sir Paxton Blake sie mit *Verehrte Miss Fanny Jones* anredete.

»Wieso lädt der mich ein?«, fragte sie irritiert. »Ich kenne diesen …«, sie linste erneut auf die Karte, »diesen Sir Paxton Blake doch gar nicht.«

»Er ist mein Urahn«, sagte Alastair matt.

»Und?«, fragte Fanny.

»Nichts und! Er ist ein alter Tyrann. Ich musste fast hundertfünfzig Jahre lang mit ihm zusammen auf Blake Castle spuken. Das hat mir gereicht. Der kann seinen Geburtstag alleine feiern.« Achtlos warf Alastair die Trauerkarten hinter sich und zischte auf seine Truhe.

»Aber wieso lädt er dich dann ein, wenn ihr euch gar nicht versteht?«

»Was weiß ich!« Alastair sah ein wenig grün um die Nase aus. Die Erinnerung an seinen Vorfahren schien ihm gar nicht gutzutun. »Und warum er *dich* einlädt, verstehe ich auch nicht. Schließlich bist du ein Mensch.«

»Na und?« Fanny kniff die Augen zusammen. Seit wann war es verkehrt, ein Mensch zu sein?

»M-Menschen sind auf G-Geisterfeiern nicht z-zugelassen«, vermeldete Mr Tremble. »Steht so im G-Geistergesetz.«

»Mhm«, machte Fanny. »Dann verstehe ich das alles noch viel weniger.« Angespannt knetete sie ihre Unterlippe. »Und was ist das für ein Schloss, dieses Blake Castle?«

»Der Stammsitz meiner Familie im Dartmoor«, erklärte Alastair. Eben noch miesepetrig, drückte er jetzt stolz seine Brust heraus, dann fuhr er wie der Wind von seiner Truhe auf.

»Komm, ich zeig's dir!« Er winkte Fanny hinter sich her, und sie folgte ihm die Wendeltreppe hinauf in den dritten Verkaufsraum. Hier oben lagerte Harriet einen großen Teil der Bilder. Meist waren es Ölgemälde in schweren Holzrahmen, doch es gab auch Kohlezeichnungen und einige alte Fotografien. Damit das Sonnenlicht den Bildern keinen Schaden zufügte, hatte Harriet die Fenster mit schwarzen Tüchern verhängt.

Alastair schwebte schnurgerade auf ein Ölgemälde zu, das in einem breiten, etwas angestoßenen Goldrahmen an der Wand hing. In dem schummerigen Licht der Deckenlampe erkannte Fanny darauf ein eindrucksvolles Schloss aus grauem Stein in einer düsteren Parklandschaft. Der Künstler hatte das Gebäude frontal abgebildet, sodass man unmittelbar auf die Fassade mit dem hohen Eingangstor blickte. Wie eine Trutzburg wurde das Schloss rechts und links von zwei runden Türmen mit spitzen, rabenschwarzen Dächern eingefasst.

»Und da hast du mal gespukt?«, fragte Fanny.

Alastair nickte. »Da bin ich sogar aufgewachsen«, sagte er und klang plötzlich gar nicht mehr arrogant, sondern ein bisschen traurig. »1812 wurde ich in dem Turmzimmer da rechts oben geboren.« Sein blasser Zeigefinger deutete auf eines der kleinen Butzenfenster.

»Und wie ... wie bist du dann zum Gespenst geworden?«, fragte Fanny leise.

»Lungenentzündung«, entgegnete Alastair knapp. »Drei Tage nach meinem zwölften Geburtstag.«

»Verstehe.« Eigentlich hatte Fanny mit ihrer Frage gar nicht auf Alastairs Todesursache angespielt. Sie wollte vielmehr wissen, wie und warum er zum Geist geworden war. Weiter nachzubohren, traute sie sich aber nicht. Sein Tod war offensichtlich kein Thema, über das Alastair gern sprach, und das konnte man ihm wohl kaum verübeln.

»Und dieser Sir Paxton Blake hat schon vor dir auf dem Schloss gespukt?«

»Er hat es gebaut, im Jahr 1585.«

Fanny hatte den Eindruck, dass Alastairs Gesicht erneut grünlich anlief. Vielleicht war das so eine Art allergische Reaktion auf seinen Urahn?

»Ich kannte Paxton schon vor meinem Tod«, erklärte Alastair finster. »Weil ich der Einzige in meiner Familie war, der Geister sehen konnte. Deswegen hat Paxton auch mit Vorliebe in meinem Kinderzimmer gespukt. Er liebt es, andere zu quälen, hat immer so getan, als würde er seine Geistertöle auf mich hetzen. Und meine Eltern haben mir kein einziges Wort geglaubt.« Alastairs Schultern sahen mit einem Mal noch ein wenig schmaler aus. »Wenigstens hat das aufgehört, als ich selbst zum Geist wurde. Aber Paxtons Köter kann einem wirklich das Blut in den Adern gefrieren lassen, selbst wenn man keins mehr hat!«

Ein Räuspern ließ Fanny aufhorchen. Sie wandte sich um und erblickte Mr Tremble. Mit ängstlichem Gesicht schwebte er über dem Treppenabsatz.

»Alles in Ordnung, Mr Tremble?«, fragte Fanny besorgt. Sie machte einen Schritt auf den Geistermann zu, der aber sofort abwehrend die Hände hob.

»Sch-schon gut! B-bleiben Sie, wo Sie s-sind, Miss F-Fanny«, sagte er mit Augen so groß wie Tischtennisbälle. »M-mir ist nur g-gerade eine Idee gekommen, d-die ich mit Ihnen t-teilen wollte«, brachte er mühsam hervor. »W-wegen der E-Einladung.«

»Wegen der Einladung?«, wiederholte Fanny.

»Ja, ich d-dachte –« Kurz verdrehte Mr Tremble die Augen, sodass man das Weiße unter der blassen Iris sah. Fanny fürchtete schon, er würde vor Aufregung ohnmächtig werden, doch dann fing er sich wieder. Fahrig strich er sich mit der Hand über das Gesicht. »Ich d-dachte, dass dieser B-Blake Sie vielleicht gar nicht als M-Mensch einge-geladen hat«, stotterte er.

Fanny zog die Stirn in Falten.

»Wie meinen Sie das?«, fragte sie.

»Na, es k-könnte doch sein, d-dass er Sie als G-Geist eingeladen hat!«, beendete Mr Tremble seinen Gedanken.

»Was?« Fannys Kehle zog sich vor Schreck zusammen. »Sie meinen, er will mich umbringen?«

»Um Himmels w-willen, n-nein!« Mr Trembles Augen erreichten die Größe von Tennisbällen. »Ich m-meinte doch nur, d-dass Sie eine gute V-Verbindung zu unserer Welt haben, M-Miss Fanny. Sch-Schauen Sie doch, wie schnell Sie das G-Gespenstersehen erlernt haben …«

»Ich verstehe leider immer noch nicht, was Sie meinen«, sagte Fanny ungeduldig. »Wie soll ich denn als Gespenst auf das Fest gehen, wenn ich gar nicht tot bin?«

Mr Tremble seufzte.

»M-Miss Fanny, ich g-glaube, dass Sie auch in die G-Geisterdimension gelangen können, o-ohne zu sterben. W-wenn ich es richtig sehe, h-haben Sie da eine a-außergewöhnliche Begabung.«

Trotz seiner angespannten Haltung stahl sich ein Lächeln auf Mr Trembles Lippen.

»Meinst du, das geht, Ally?«, wandte Fanny sich an Alastair. Wenn jemand so etwas wusste, dann ja wohl er. Immerhin hatte er bereits zwei Menschen das Gespenstersehen beigebracht.

»Ich habe schon einmal von einem Fall gehört, bei dem ein Mensch die Geisterdimension betreten hat«, sagte Alastair. »Möglich ist es also.«

Fanny wiegte nachdenklich den Kopf hin und her.

»Der Typ mit dem Strick«, entfuhr es ihr plötzlich.

»Wer?«

»Na, der mit dem Galgenstrick, der mich neulich auf die Straße locken wollte«, erklärte Fanny. »Offensichtlich wusste der ja, dass ich ihn sehen kann. Und wenn *er* es weiß, dann wissen es vielleicht auch andere Geister. Zum Beispiel dein Vorfahr.« Mit triumphierender Miene sah sie erst Alastair an und dann Mr Tremble. »Das passt doch zu Ihrer Theorie, Mr Tremble. Jetzt frage ich mich nur: *Woher* wissen sie es?«

»S-so was spricht sich unter G-Geistern schnell herum«, ließ Mr Tremble vernehmen. »D-da muss nur mal eine G-Geisterratte zugegen g-gewesen sein. Die sind s-sehr geschwätzig.«

»Hm«, machte Fanny. »Trotzdem verstehe ich nicht, warum dieser Sir Paxton mich einlädt. Nur weil ich eventuell als Geist zu seiner Party kommen könnte? Das ist doch kein Grund!«

Alastair rieb sich über die Nasenspitze. »Na ja, bestimmt ist er neugierig darauf, einen Menschen zu treffen, der solche Fähigkeiten hat«, sagte er. »Außerdem ist Paxton sehr traditionsbewusst.«

»Und das heißt?«, fragte Fanny.

»Dass er dich als Mitglied seiner Familie kennenlernen will.«

»Ich gehöre doch überhaupt nicht zu seiner Familie«, schnaubte Fanny. »Ich bin adoptiert.«

»Vielleicht weiß er das ja nicht.« Auf Alastairs Gesicht trat ein rätselhafter Ausdruck. »Als Nachfahrin von mir und von Pandora Pickwick würdest du jedenfalls zur Familie der Blakes gehören. Und in dem Fall wäre es doch wohl klar wie Staubknödelsuppe, dass er dich zu seinem Geburtstag einlädt.«

»Staubknödelsuppe?«

»Total lecker!« Alastair bekam einen verträumten Blick.

Fanny seufzte.

»Okay, dieser Sir Paxton Blake will mich also kennenlernen«, hielt sie fest. »Und jetzt?«

»Jetzt s-sollten Sie üben, die G-Geisterdimension zu betreten, Miss Fanny. W-wenn ich das richtig v-verstanden habe, hat Mr A-Alastair Ihnen doch auch das Gespensters-sehen beigebracht. Zusammen schaffen Sie das b-bestimmt.«

»Also, ich weiß nicht«, sagte Fanny zögernd. »Das ist doch auch ganz schön gefährlich. Ich meine die Geisterwürmer und Schattenhexen und …«

»Schatten*feen*«, verbesserte Alastair und winkte ab. »Was das angeht, kann ich dich beruhigen. Ich hab doch schon gesagt: In zweihundert Jahren hab ich nur zweimal einen Geisterwurm gesehen, und Schattenfeen kenne ich überhaupt nur aus Erzählungen.«

»Hm«, machte Fanny wenig überzeugt. »Ich dachte, du willst gar nicht auf das Fest?«

»Will ich ja auch nicht.« Alastair streckte sich und gähnte lautstark. »Lass uns das Ganze lieber vergessen.«

»A-aber warum denn?«, rief Mr Tremble. »Das ist doch eine e-einmalige Gelegenheit, Mr Alastair. St-stellen Sie sich vor, Sie tauchen g-gemeinsam mit Miss Fanny auf dem F-Fest auf.« In Trembles Miene trat schon wieder ein feierlicher Ausdruck. »Alle G-Geister könnten an diesem W-Wunder teilhaben. Alle k-könnten sehen, was Sie Großartiges fertigge-gebracht haben«, schwärmte er.

Fanny sah Alastair sofort an, dass dieser Pfeil getroffen hatte. Jetzt würden ihn sicher keine zehn Pferde mehr zurückhalten. Schließlich ließ er keine Gelegenheit zum Angeben aus.

»Und wenn wir einfach hingehen und gar nicht mit Sir Paxton reden?«, schlug er Fanny vor, während seine Augen bereits vor Vorfreude zu funkeln begannen.

»Tolle Idee«, spottete Fanny. »Es ist *seine* Geburtstagsfeier. Wie sollen wir da nicht mit ihm reden?« Das Schellen der Ladenglocke drang zu ihnen herauf, und Fanny machte sich auf den Weg nach unten. Sie war froh über die Unterbrechung.

Es war Harriet, die das Klingeln ausgelöst hatte. Sie war von Mrs Carter zurückgekehrt.

Um ein wenig allein nachdenken zu können, bot Fanny an, die Einkäufe für das Abendessen zu erledigen, was ihre Tante dankbar annahm.

Kurz darauf wühlte Fanny in der Kühltruhe des Supermarkts nach Baked Potatoes und überlegte angestrengt, was sie machen sollte. Natürlich war sie neugierig auf das Fest. Wer konnte schon von sich behaupten, mal auf einer Geisterparty gewesen zu sein?

Andererseits war so ein Dimensionenwechsel bestimmt keine einfache Sache. Vielleicht klappte es gar nicht, und außerdem war ihr das Risiko zu groß. Sie konnte sich noch zu gut an die Attacke des Geisterwurms erinnern. Da half es ihr wenig, wenn Alastair meinte, diese Wesen würden nur alle hundert Jahre einmal auftauchen.

Was wäre außerdem, wenn sie aus der Geisterdimension nicht wieder zurückfand?

Nein! Es kam nicht infrage, dass sie mit Alastair auf dieses Fest ging. Am besten ließ sie sich auch gar nicht auf weitere Übungsstunden mit ihm ein!

Wie um ihre Entscheidung zu besiegeln, griff Fanny entschlossen nach einer Packung gewürzter Ofenkartoffeln und eilte damit zur Kasse.

Kapitel 11

Am nächsten Morgen hockte Fanny dann aber doch im Schneidersitz auf dem Dachboden und arbeitete mit verbissenem Gesichtsausdruck daran, einen von Harriets Kochlöffeln in die Geisterdimension hinüberzuschicken. Natürlich hatte dieser Hundertachtzig-Grad-Sinneswandel einen Grund:

Es musste gegen drei Uhr in der Früh gewesen sein. Fanny hatte verwundert auf ihren Handywecker geschaut. Diesmal war sie gar nicht um Mitternacht aufgewacht. Warum dann drei Stunden später?

Da hörte sie ein merkwürdiges Rascheln. Zunächst dachte sie, es wären die Tauben, die manchmal auf der Außenfensterbank ihres Zimmers herumtrapsten. Doch durch das Rollo zeigten sich keine verräterischen Schatten. Fanny knipste das Licht an und schaute sich um. Auf dem Boden vor ihrer Zimmertür entdeckte sie schließlich einen Zettel. Ein gräuliches, zerknittertes Stück Papier mit abgerundeten Ecken. Jemand musste es unter der Tür hindurchgeschoben haben. Jedenfalls hatte es mit Sicherheit noch nicht dort gelegen, als Fanny schlafen gegangen war.

Neugierig sprang sie aus dem Bett und wollte den Zettel aufheben. Doch ihre Finger glitten durch das Papier hindurch.

Eine Geisternachricht!

Umständlich beugte Fanny sich über den Zettel, der glücklicherweise mit der Schrift nach oben lag, und las, was in dunklen, geschwungenen Lettern dort geschrieben stand:

Wenn Sie etwas über Ihre Eltern erfahren wollen,
kommen Sie nach Blake Castle.
Hochachtungsvoll
Ein guter Freund

Vor Aufregung setzte Fannys Herz einen ganzen Schlag lang aus. Wer schickte ihr eine solche Nachricht?

War das eine Falle?

Oder konnte es wirklich sein, dass jemand in der Geisterwelt etwas über ihre Eltern wusste? Hatten ihre richtigen Eltern mit Geistern zu tun? Vielleicht war *das* Harriets Geheimnis. Und ihre Mum wollte deshalb nicht, dass sie etwas über ihre Herkunft erfuhr. Weil sie Fanny von dieser Welt fernhalten wollte.

Fanny hockte sich auf den kleinen Sessel neben ihrem Bett und zog die Füße an.

Das passte doch alles zusammen wie ein Puzzle! Wenn ihre Eltern eine Verbindung zur Geisterwelt hatten, dann hatte sie ihre Begabung vielleicht geerbt. Vielleicht waren ihre Eltern ebenfalls Gespensterseher?

Ziemlich schnell wurde Fanny klar, dass es völlig egal war, von wem die Nachricht stammte. Seit sie die Worte gelesen hatte, stand es definitiv fest: Sie *musste* auf diese Geisterfeier gehen! Jetzt würde noch nicht einmal mehr ihre Angst sie abhalten können. Das Fest war ihre Chance, die Wahrheit zu erfahren. Wer wusste schon, ob ihre Mum, ihr Dad oder Harriet jemals damit herausrücken würden!

Und so war Fanny nach Sonnenaufgang mit einem Korb voll eilig zusammengesuchter Kleinigkeiten auf den Dachboden hinaufgestiegen. Sie wollte es langsam angehen und zunächst nur ein paar von Harriets Haushaltsgegenständen in die Geisterdimension schicken.

Als Erstes versuchte sie, ihre Marmeladengrenze wiederaufzubauen, doch die Wand erschien nicht mehr – sosehr Fanny sich auch bemühte. Nach einer halben Stunde gab sie erschöpft auf und dachte nach.

Wahrscheinlich konnte sie die Marmelade nicht mehr heraufbeschwören, weil die Grenze für sie inzwischen unsichtbar geworden war. Aber vielleicht reichte es auch, wenn sie …

Mit klopfendem Herzen nahm Fanny einen hölzernen Kochlöffel aus ihrem Korb. Dann konzentrierte sie sich auf einen Punkt etwa einen Meter vor ihrer Nasenspitze. Diesmal wollte sie sich keine Grenze vorstellen, sondern ein Loch. Nur ein Loch!

Es dauerte fast eine weitere halbe Stunde, doch schließlich zeichnete sich in der Luft vor Fanny tatsächlich ein kleiner runder Kreis ab. Eigentlich war er kaum zu erkennen. Fanny bemerkte ihn nur, weil ihr das Morgenlicht, das durch das Dachfenster fiel, an dieser Stelle ein klein wenig heller vorkam. Kaum hatte das Loch ungefähr die richtige Größe erreicht, schleuderte Fanny den

Löffel mit Schwung darauf zu. Sie wartete auf das Geräusch, wenn er zu Boden ging, doch es blieb aus.

Wenn das kein gutes Zeichen war!

Fanny sprang auf und sah sich um. Weil sie nur den hellen Kreis im Blick gehabt hatte, war ihr entgangen, wo der Löffel genau gelandet war. Doch sie entdeckte ihn schnell, und augenblicklich verpuffte ihre Freude. Das blöde Ding war direkt auf ein staubiges Stück Glaswolle gefallen, das hier oben vermutlich seit Jahrzehnten herumlag. Deshalb hatte es also kein Geräusch gegeben!

Enttäuscht bückte Fanny sich, um den Löffel wieder aufzuheben – doch ihre Finger glitten durch das Holzbesteck hindurch! Zuerst dachte Fanny, sie hätte falsch gegriffen, und versuchte es noch einmal. Doch es war, als läge der Löffel überhaupt nicht da, genau wie in der letzten Nacht die Geisternachricht.

Fannys Wangen begannen zu glühen. Hastig eilte sie zu ihrem Korb zurück und wiederholte das Experiment mit einem Rührbesen. Auch diesen konnte sie über die Grenze schicken. Insgesamt landeten in der nächsten Dreiviertelstunde ein Päckchen Zahnseide, eine Wäscheklammer, eine Rolle rotes Isolierband, ein Taschenwärmer und ein kleiner leerer Bilderrahmen mit neongrünem Plüschfellbezug auf der anderen Seite.

Fanny war unglaublich stolz auf sich. Besonders, weil sie das alles ohne Alastairs Hilfe hinbekommen hatte. Sie hoffte nur, Harriet würde das Fehlen ihrer Sachen nicht auffallen. Zurückholen konnte sie das Zeug jetzt schließlich nicht mehr.

Beim Frühstück stellte sich jedoch heraus, dass ihre Tante ganz andere Sorgen hatte.

»Es geht um Mr Tremble«, wandte sich Harriet mit Verschwörermiene an Fanny. Sie machte eine kurze Pause und nahm sich einen Nachschlag Porridge. »Ich hab ihm jetzt schon drei Vermittlungsangebote gemacht. Erst hat sich eine Dame aus York für ihn interessiert, dann ein Rentnerehepaar aus Wakefield, und gestern hätte ich ihn an einen älteren Herrn aus Bradford vermitteln können. Aber Mr Tremble schlägt die Angebote jedes Mal aus, er will die Leute nicht mal treffen.«

»Er ist halt ängstlich«, ergriff Fanny für den Geist Partei.

»Kann ja sein«, entgegnete Harriet. »Aber ewig kann er hier auch nicht bleiben. Könntest du nicht mal mit ihm sprechen? Ich glaube, du hast einen guten Draht zu ihm.«

»Was soll ich denn sagen?«, fragte Fanny mürrisch. Sie hatte immer noch das belauschte Küchengespräch von neulich im Kopf und im Moment eigentlich überhaupt keine Lust, ihrer Tante einen Gefallen zu tun.

»Überrede ihn einfach, dass er sich wenigstens auf ein Kennenlernen einlässt«, bat Harriet. »Dieser Herr aus Bradford hat sich am Telefon sehr sympathisch angehört.«

»Na gut«, seufzte Fanny.

Vorerst kam sie jedoch nicht dazu, mit Mr Tremble zu sprechen. Es war nämlich einer dieser Tage, an denen man das Gefühl hatte, auf der Portobello Road würde alle paar Minuten eine Busladung Touristen abgesetzt. Die Türglocke des Pandora's Antiques hing nicht einen Moment still. Fanny kassierte, beriet, packte ein, half beim Hinaustragen und räumte unentwegt hinter Kunden auf, die die Auslagen durcheinanderbrachten. Erst am späten Nachmittag wurde es ruhiger, da aber hatte Fanny erst einmal die

Nase voll und keine Lust, auch noch dem scheuen Gespenstermann ins Gewissen zu reden. Viel lieber wollte sie Alastair ihre Fortschritte vorführen. Als Jim und Mr Tremble in eine Partie Schach vertieft waren, flüsterte sie dem Geisterjungen eine kurze Botschaft ins Ohr und stahl sich mit einem Apfel aus Harriets Obstschale auf den Dachboden. Natürlich war Alastair schon dort, als sie ankam.

»Was ist denn los?« Ungeduldig sah er Fanny an.

»Warte ab«, spannte sie ihn auf die Folter. Sie schüttelte ihre Hände aus, die vor Aufregung ein wenig zitterten, und konzentrierte sich dann auf die staubige Luft vor ihr. Die Spätnachmittagssonne färbte das Licht hier oben bereits rosa, aber für die Übung war es immer noch hell genug. Es dauerte einige Minuten, bis der kleine Punkt erschien und langsam größer wurde. Als der Kreis die richtige Größe erreicht hatte, nahm Fanny blitzschnell den Apfel aus der Hosentasche und warf ihn hindurch. Alastair fiel buchstäblich die Kinnlade herunter.

»Du kannst doch nicht … du hast doch nicht …?!«

»Doch, ich kann«, grinste Fanny triumphierend. »Ich hab dir gerade deinen Nachmittagssnack rübergeworfen.« Sie schritt freudig durch den Raum und suchte nach dem Apfel. Als sie ihn schließlich hinter einem verstaubten Spinnrad entdeckte, zog sich ihr Magen wie eine Rosine zusammen.

Der Apfel war in der Geisterdimension gelandet, so viel stand fest. Aber er sah anders aus, als Fanny es erwartet hatte. Seine Schale – eben noch glänzend rot – war verschrumpelt und schimmerte in einem gräulichen Violett. Mehrere dunkle Wurmlöcher zierten die faulige Hülle, doch was Fanny besonders zu schaffen machte, war ein heller Spalt, der neben dem Stiel aufgebrochen war. Zwei dicke, weißlich glänzende Maden klebten darin und fraßen genüsslich an dem verdorbenen Fruchtfleisch herum.

»Bäh, was ist das denn?«

Fanny musste mit sich kämpfen, um bei dem Anblick nicht an Ort und Stelle die Pastete von heute Mittag wieder loszuwerden. Alastair stieß einen leisen Pfiff aus.

»Der sah vorhin aber noch anders aus, oder?«

»Das kannst du laut sagen.« Fanny schüttelte sich.

»Schade!«, sagte Alastair bedauernd. »Ich hab schon ewig keinen Apfel mehr gegessen, außer die vom Geisterjahrmarkt. Aber das sind ja bloß angemalte Staubkugeln.«

»Sag mal, bist du sicher, dass ich nicht auch so gammelig und madenzerfressen bei euch ankommen würde?«, fragte Fanny. »Immerhin sind der Apfel und ich aus nicht so unterschiedlichem Material.«

»Ach ja?« Alastair schaute sie amüsiert an. »Also, wenn du ein Apfel wärst, dann bestimmt ein Boskop.«

»Wieso ein Boskop?«

»Na, die *saure* Sorte«, feixte Alastair.

»Haha«, machte Fanny lahm. »Ich meinte doch nur, dass der Apfel und ich beide irgendwie … organisch sind. Vielleicht können organische Materialien gar nicht unversehrt in die Geisterwelt gelangen. Bist du denn sicher, dass es schon mal funktioniert hat?«

Alastair nickte. »Hundertprozentig!«

»Dann erzähl mir davon«, verlangte Fanny. »Wer war es, und wie hat es funktioniert?«

Alastairs Miene verschloss sich wie das Blatt einer Mimose.

»Das … das kann ich dir nicht sagen.«

»Wieso denn nicht?«, fragte Fanny ärgerlich.

»Weil … weil …«

»Kann es sein, dass du überhaupt nicht weißt, ob es schon mal funktioniert hat?«, fragte Fanny mit hochgezogenen Augenbrauen. »Hast du das nur behauptet, weil du auf diesem Fest mit mir angeben willst?«

»Für wen hältst du mich denn?!« Alastair warf sich empört in die Brust. »Ich weiß ganz genau, dass schon mal jemand die Grenze übertreten hat.«

»Dann sag mir endlich, wer und wie es funktioniert hat!«

Fordernd tippte Fanny mehrfach mit der Fußspitze auf, doch Alastair gab nur einen knurrenden Laut von sich.

»Ich sag dir mal was«, giftete er Fanny an. »Du bist einfach nur zu feige, um es auszuprobieren, und den Ärger darüber lässt du jetzt an mir aus.«

»Ich?« In Fannys Bauch ballte sich eine Kugel aus heißer Wut zusammen. »Ich bin nicht feige! Ich bin nur nicht lebensmüde«, fauchte sie zurück. »Und jetzt sag *ich* dir mal was: Ich glaube, wir sollten uns erst wieder unterhalten, wenn dir der Name dieser Person einfällt, die da *angeblich* in der Geisterdimension herumspaziert ist. Bis dahin sprich mich nicht mehr an, okay?!«

Schnaubend drehte sie sich um und verließ ohne ein weiteres Wort die Dachkammer. Die veilchenlila Tür knallte sie ordentlich hinter sich zu.

So ein Idiot!, dachte sie. *Der hat gut reden. Er ist es ja nicht, der hinterher von Maden angenagt wird!*

Vor dem Zubettgehen schaute Fanny in ihren Schulkalender. Heute war der 16. Juli. Bis zum Tag der Abendgesellschaft waren es noch genau sieben Tage. Sieben Tage, in denen sie es schaffen musste, über die Grenze zu gelangen, und zwar ohne hinterher wie der Gammelapfel auszusehen.

Schon der nächste Tag zeigte allerdings, dass die Zeit mehr als knapp werden könnte.

Zuerst gab es wieder jede Menge im Laden zu tun, und dann kam auch noch Tante Lily zu Besuch. Lily war die Schwester von Fannys Dad. Eigentlich wohnte sie in Portsmouth, aber wegen eines Arbeitstreffens war sie ein paar Tage in der Stadt. Fanny mochte ihre Tante, nur heute hätte sie gut auf ihren Besuch verzichten können. Der zog sich nämlich in die Länge, sodass Fanny erst nach dem Abendessen wieder in die Dachbodenkammer hinaufstapfen konnte.

Ein wenig erschöpft hockte sie sich neben eine alte Waschkommode und sah eine Weile den Staubkörnchen zu, die im Dämmerlicht umhertanzten. Dann räumte sie seufzend den Inhalt des Beutels aus, den sie mitgebracht hatte: eine Birne, zwei Salatgurken, eine Erdbeere und ein Würstchen. Das alles beförderte sie nacheinander in die Geisterdimension. Es klappte prima, bis auf die Tatsache, dass jedes Stück noch schimmeliger und schleimiger auf der anderen Seite ankam als sein Vorgänger.

Fanny raufte sich die Haare. Was experimentierte sie hier eigentlich rum? Wenn sie wirklich wissen wollte, was so ein Dimensionenwechsel mit ihr machte, blieb ihr nichts anderes übrig, als es auszuprobieren. Jedenfalls würde sie auch nicht schlauer, wenn sie Harriets gesamte Wochenration an Obst und Gemüse hinüberwarf.

Sie musste eben vorsichtig vorgehen und zuerst vielleicht nur eine Fingerspitze in das Loch hineinstecken – zur Not konnte man auf die vielleicht verzichten, auch wenn Fanny ihre Fingerspitzen natürlich am liebsten alle behalten wollte.

Damit sie es sich nicht wieder anders überlegte, stand Fanny schnell auf und brachte sich in Position. Konzentriert beschwor sie erneut die kreisrunde Öffnung herauf. Da sie inzwischen ziemlich viel Übung hatte, dauerte es nur wenige Sekunden, bis die fahle Stelle vor ihr erschien. Im Dämmerlicht schillerte der Rand wie Öl auf Wasser. Der Ring waberte leicht, während er sich mehr und mehr ausdehnte. Als er ungefähr die Größe einer Tiefkühlpizza erreicht hatte, hielt Fanny inne. Vorerst würde das reichen, schließlich wollte sie ja nur ihre Fingerspitze hineinstecken.

Während sie näher an das Loch herantrat, schlug ihr das Herz bis zum Hals. Ob es wehtun würde? Mit aufeinandergepressten Lippen hob Fanny ihren Arm und berührte mit dem Finger das Innere des Kreises – ganz vorsichtig nur, als würde sie über einen Insektenflügel streichen. Hastig zog sie die Hand wieder zu sich heran. Sie hatte nichts gespürt. Ob ihre Fingerkuppe überhaupt auf der anderen Seite gewesen war?

Mit angehaltenem Atem probierte sie es erneut, und diesmal steckte sie ihren Zeigefinger mit dem gesamten Fingernagel durch das Loch. Sie kniff die Augen zusammen. Unwillkürlich wartete sie auf einen Schmerz, aber er blieb aus. Allenfalls fühlte sie eine angenehme Kühle.

Stumm zählte Fanny bis drei, dann zog sie den Finger wieder aus der Öffnung. Im schummrigen Licht, das durch das Dachbodenfenster fiel, begutachtete sie die Spitze. Sie sah weder gammelig noch madenzerfressen aus – zum Glück! In Fannys Bauch begann es zu kribbeln. Das sprach doch eindeutig dafür, dass es funktionierte!

Sie mahnte sich innerlich zur Vorsicht, doch einmal wollte sie es heute unbedingt noch probieren. Vielleicht konnte sie sich diesmal ein klein wenig weiter vorwagen.

Während sie zitternd ausatmete, tauchte Fanny abermals ihren Finger in das Loch. Einen Augenblick lang verharrte sie so, und dann – kurz entschlossen – schob sie einfach ihre ganze Hand nach. Kälte umfing sie. Fasziniert betrachtete Fanny, wie ihre Finger sich auf der anderen Seite bewegten. Bis zum Gelenk war ihre Hand jetzt blass, fast durchscheinend, und sie fühlte sich sonderbar leicht an. Fanny konnte sich von dem Anblick gar nicht losreißen.

Sie krümmte und wendete ihre Hand – als plötzlich etwas Unsichtbares danach packte. Ein kalter Griff drückte ihre Finger zusammen. Fanny schrie auf.

Sie versuchte sich loszumachen, doch ihre Hand steckte fest wie in einem Schraubstock. Panisch suchten ihre Augen nach dem Angreifer. Aber da war niemand, nur die eisige Klauenhand war zu spüren.

»Hilfe!«, schrie Fanny. Dann wurde sie mit einem heftigen Ruck nach vorn gezogen. Ein leises, reißendes Geräusch ertönte, als sie kopfüber in die Geisterdimension stürzte. Eiseskälte durchströmte Fanny. Schützend hob sie den freien Arm vor ihr

Gesicht, doch es kam zu keinem Aufprall, stattdessen … schwebte sie.

Es gab keinen Zweifel: Sie schwebte wirklich!

Schon während des Falls hatte die kalte Hand Fanny losgelassen, und jetzt richtete sich ihr Körper in der Schwerelosigkeit auf wie eine Kompassnadel. Langsam öffnete sie die Augen, die sie beim Sturz instinktiv zusammengekniffen hatte. In farbloser Düsternis erstreckte sich der Dachboden vor ihr.

Wo war der Angreifer? Heftig atmend versuchte Fanny sich umzusehen, doch das war gar nicht so einfach. Sie hatte keinen blassen Schimmer, wie man sich als Geist bewegte. Hilflos wie ein loser Bindfaden hing sie in der Luft und sah ängstlich an sich hinunter. Es war vollkommen unwirklich, wie ihre Füße da über dem Boden baumelten!

Nach ein wenig hektischem Experimentieren fand sie heraus, dass ihr Körper sich drehen ließ, indem sie die Arme mit Kraft zu einer Seite schwang. Also schwang sie und schwang und rotierte auf diese Weise um ihre eigene Achse.

Da! Sie sah die Öffnung! Von dieser Seite aus wirkte sie wesentlich dunkler. Der schillernde Rand schien dort, wo ihr Körper hindurchgefallen sein musste, etwas ausgerissen zu sein, zog sich jedoch zusehends wieder zusammen. Fanny streckte die Hand danach aus.

»Halt!«, rief sie und erschrak über den Klang ihrer Stimme.

Viel dumpfer hörte sie sich an, als würde der Schall hier augenblicklich von der Luft geschluckt.

Fanny wollte auf die Öffnung zueilen. Ohne nachzudenken, schritt sie nach vorne aus, doch ihr Bein schlenkerte nur ungeschickt in der Luft. Sie ruderte mit den Armen, kam aber nicht einen Zentimeter voran – im Gegenteil: Ihr Körper geriet nur in eine sinnlose Kreisbewegung. Derweil schrumpfte die Öffnung immer weiter zusammen. Fanny ruckte und stieß aus Leibeskräften. Nichts half. Als das dunkle Loch sich ungefähr auf die Größe einer Münze zusammengezogen hatte, ließ sie ihre Schultern sinken. Entmutigt sah sie dabei zu, wie auch die Münze kleiner und kleiner wurde. Bald hing nur noch ein schwarzer Punkt in der Luft, und auch der verschwand schließlich.

Fanny rauschte das Blut in den Ohren.

»Ruhig bleiben«, befahl sie sich.

Sie atmete so langsam und gelassen, wie sie nur konnte.

Um etwas Ruhe zu finden, schaute sie sich zum ersten Mal bewusst um. Die veilchenlila Dachbodentür, die normalerweise strahlte, als wäre sie mit Leuchtfarbe bemalt, war in ein mattes Grau getaucht und hob sich kaum von ihrer Umgebung ab. Überhaupt war alles in der Geisterwelt vollkommen farblos, blass und stumpf. Selbst die Gerüche waren hier schwächer, fast nicht vorhanden. Auf Harriets Dachboden roch es normalerweise immer ein wenig modrig. Doch jetzt konnte Fanny höchstens eine dünne Spur dieses Geruchs wahrnehmen.

»Fanny?«, hörte sie eine Stimme rufen. Das war Harriet!

»Tante Harriet, ich bin hier oben!«, schrie Fanny aufgeregt.

Erleichtert vernahm sie, wie Harriets Schritte die Dachbodentreppe hinaufklackerten. Die Tür öffnete sich einen Spalt, und ihre Tante streckte den Kopf in den Raum.

»Fanny?«

»Harriet! Hier!«

Rums! Harriet hatte die Tür wieder zugeschlagen. Ihre Schritte entfernten sich, und wenig später quietschte die Wohnungstür.

Panik wallte in Fanny hoch. Sie musste hier raus! Es konnte ewig dauern, bis Alastair sie fand. Und wer wusste, ob sich nicht vorher ein Geisterwurm hierher verirrte und sie einfach mit Haut und Haaren verschlang! Eine leichtere Beute als sie hatte es für so ein Biest bestimmt noch nie gegeben. Und was war überhaupt mit dieser kalten Hand?

Fanny brach der Schweiß aus. Sie überlegte fieberhaft, was zu tun sei. Dann bemerkte sie das Geräusch: ein Atmen – so leise und rasselnd wie das gleichmäßige Schnarren einer Säge. Augenblicklich stellten sich die feinen Härchen in Fannys Nacken auf.

»Hallo?«, krächzte sie. »Ist da jemand?«

Weg, nur weg!! Und zwar schnell. Aber wie? Ob sie das Loch erneut öffnen konnte? Sie müsste es sich in unmittelbarer Nähe vorstellen, dann wäre es vielleicht möglich, sich einfach hindurchzustürzen.

Mit ihrer letzten verbliebenen Kraft malte Fanny sich in Gedanken die Öffnung aus, doch es tat sich nichts. Kein dunkler Punkt, keine schillernde Linie erschien, nur das bedrohliche Atmen war weiterhin zu hören. Fanny krampfte die Hände zusammen. Es musste funktionieren, es musste!

Sie kämpfte um ihre Konzentration, und dann – endlich – erschien ein dunkler Stecknadelkopf nur wenige Zentimeter vor ihren Augen. Fanny strengte sich noch mehr an, ließ die dunkle Stelle wachsen, bis sie etwa so groß war wie eine Wassermelone. Am liebsten hätte sie jetzt mit den Händen hineingegriffen, um das Loch weiter aufzureißen, doch sie wollte nicht riskieren, es auf diese Weise zu zerstören. Es sollte erst so groß werden, dass sie auf jeden Fall hindurchpasste. Angestrengt arbeitete sie weiter, bis der Rand der Öffnung ungefähr auf einer Höhe mit ihrem obersten Jeansknopf war. Erst jetzt streckte sie die Hände aus. Wärme umfing sie auf der anderen Seite, und nun hielt Fanny nichts mehr zurück: Mit Schwung stieß sie ihren Oberkörper nach vorn und glitt durch die Öffnung. Bleierne Schwere erfasste ihre Glieder, ihre Beine wurden in die Luft geschleudert, dann krachte Fanny mit voller Wucht auf den Dielenboden. Ihre Wange brannte, und sie schmeckte Blut. Gleichzeitig explodierte in ihrem Knie ein heftiger Schmerz – sie musste direkt draufgeknallt sein.

Aber das war alles egal.

Sie hatte es geschafft, sie war zurück!

Vorsichtig rappelte Fanny sich auf, bemüht, das Knie nicht zu sehr zu belasten. Mit angehaltenem Atem stierte sie in die Dunkelheit. Immer noch war niemand zu sehen, und das rasselnde Atmen war verstummt. Trotzdem konnte Fanny förmlich spüren, wie jemand sie von der anderen Seite aus beobachtete. So schnell es mit dem ramponierten Knie ging, humpelte sie rückwärts zum Ausgang. Sie riss die Tür auf und hastete die Dachbodentreppe hinunter.

Kapitel 12

Harriet schaute ziemlich verdattert, als ihre Nichte hinkend und mit blutiger Schramme auf der Wange hereinstolperte. Weil Fanny ihr schlecht die Wahrheit sagen konnte, behauptete sie, draußen auf dem Gehweg gestürzt zu sein. Es war kein schönes Gefühl, Harriet anzuschwindeln. Doch dann dachte Fanny wieder an das Gespräch, das ihre Tante neulich nachts mit Jim geführt hatte, und schon fiel ihr das Lügen ein bisschen leichter.

Harriet rieb Fannys verletzte Wange mit Jodsalbe ein (was ordentlich wehtat). Dann band sie ein Kühlkissen um das Knie, das bereits mittlere Kürbisgröße erreicht hatte. Sie stützte Fanny auf dem Weg zum Bett und erklärte ihr drei Mal, dass sie morgen auf jeden Fall zum Arzt gehen müssten, wenn das Knie nicht über Nacht abschwoll.

Doch zum Glück tat es das. Als Fanny am nächsten Morgen erwachte, war es beinahe wieder auf seine normale Größe geschrumpft. Trotzdem schmerzte es noch beim Auftreten.

Vorsichtig hinkte Fanny in den Laden. Tante Harriet war gerade in ein Verkaufsgespräch verwickelt, das sie nur kurz unterbrach, um Fanny nach ihrer Verletzung zu fragen. Jim und Mr Tremble spielten Backgammon, und zu Fannys großer Erleichterung war Alastair im oberen Verkaufsraum allein. Dösend saß er in dem braunen Ohrensessel und sah erst auf, als sie direkt vor ihm stand.

»Wir müssen reden«, zischte sie ihm zu.

»Ich dachte, du sprichst nicht mehr mit mir.« Alastair schlug die Beine übereinander.

»Offensichtlich ja doch«, brummte Fanny. »Treffpunkt Harriets Küche?«

»Wieso denn da?«

»Erklär ich dir gleich«, sagte Fanny knapp. Sie machte auf dem Absatz des heilen Beins kehrt und humpelte davon.

»Was ist denn mit deinem Bein?«, fragte Alastair, der schon vor Ort war, als sie die Küche betrat.

»Lange Geschichte«, stöhnte Fanny, und dann setzte sie den Geisterjungen mit knappen Worten über die Ereignisse des gestrigen Abends ins Bild.

Alastair geriet ganz außer sich vor Freude.

»Toll!«, schwärmte er. »Du warst also drüben und konntest einfach so wieder zurück? Das ist ja –«

»Hast du mir zugehört?«, fragte Fanny irritiert. »Erstens war es überhaupt nicht einfach, und zweitens hat mich etwas gezogen. Etwas Unsichtbares!«

»Ach, das war bestimmt nur ein Luftgeist«, sagte Alastair. Er machte eine wegwerfende Handbewegung.

»Ein was?«

»Ein Luftgeist. Unsichtbare Gespenster. Zu so etwas wird man, wenn einen eine Sumsel sticht und man keine Staubsalbe draufschmiert. Zuerst wird nur eine kleine Stelle unsichtbar, und dann irgendwann – schwupps – bist du weg.«

»Sumsel?«, fragte Fanny mit gerunzelter Stirn, verzichtete jedoch auf weitere Nachfragen. Sie wollte lieber gar nicht wissen, was da in der Geisterwelt noch alles herumschwirrte. »Ich dachte, unsichtbare Gespenster heißen Vanisher«, sagte sie stattdessen verwirrt. »So wie Mr Tremble.«

»Nein«, erklärte Alastair ungeduldig. »Vanisher können sich *absichtlich* unsichtbar machen. Ein Luftgeist hat keine Wahl. Das ist wirklich eine gefährliche Sache mit diesen Sumseln.«

»Aber wieso sollte so ein Luftgeist mich über die Grenze ziehen wollen?«

»Vielleicht hat er sich einfach einen Spaß erlaubt.«

»Spaß?« Fanny stemmte ihre Hände in die Hüften. »Ich hab seinen Atem gehört. Dabei kommt dir das kalte Grauen, wirklich!«

»Jetzt übertreib mal nicht«, meinte Alastair. »So ein Luftgeist kann dir doch überhaupt nicht gefährlich werden.«

»Kann er nicht?«

»Na ja, wenn du dich in der Geisterdimension befindest, bist du ja sowieso irgendwie … tot. Viel kann da ja nicht mehr passieren.«

»Na, vielen Dank auch! Jetzt bin ich echt beruhigt«, schnaubte Fanny. »Außerdem weiß ich genau, dass mein Herz geschlagen hat, als ich drüben war. Und zwar ziemlich heftig. Das bedeutet ja wohl, dass ich noch am Leben war, oder etwa nicht?«

Alastair schüttelte stur den Kopf.

»Kann alles Einbildung sein«, meinte er. »Selbst ich hab manchmal das Gefühl, mein Herz würde noch schlagen, dabei bin ich schon fast zweihundert Jahre tot. Außerdem atmen wir Geister auch ganz normal, wie du ja offenbar gehört hast. Ebenfalls reine Gewohnheitssache, aber irgendwie ganz angenehm.«

»Also, das Atmen, das *ich* gehört habe, war bestimmt nicht angenehm. Zumindest nicht für mich«, stellte Fanny mit säuerlicher Miene klar. »Es ist mir richtig unter die Haut gekrochen wie –«

»Jetzt klammere dich doch nicht so ans Negative«, empfahl Alastair. »Sieh es doch mal so: Es hat geklappt! Nun weißt du, dass du in die Geisterwelt hinein- und auch wieder herauskommen kannst. Und das heißt …«, er machte eine bedeutungsvolle Pause und setzte ein breites Grinsen auf, »dass wir am nächsten Freitag zusammen auf das Fest gehen können!«

Fanny blieb der Mund offen stehen. »Aber –«

»Nichts aber«, schnitt Alastair ihr das Wort ab. »Am besten gehst du jetzt gleich noch mal über die Grenze.«

»Was?«, schrie Fanny auf.

»Na los! Das ist wie beim Reiten. Wenn man vom Pferd fällt, muss man gleich wieder aufsteigen. Sonst wird es iiimmeeer schwieriger.«

Fanny war zwar keine Reiterin, doch von dieser Regel hatte sie schon gehört. Aber jetzt gleich noch mal in die Geisterwelt springen – das war wirklich zu viel verlangt!

»Bereit?«, fragte Alastair wenig später, als Fanny eine halbe Tafel Trauben-Nuss-Schokolade als Mutmacher verdrückt hatte.

»Überhaupt nicht«, jammerte sie, erhob sich aber trotzdem von ihrem Küchenstuhl. Zögernd begann sie, das Loch in die

Grenze zu denken. Trotz ihrer Vorbehalte ging es heute ganz leicht, und als die Öffnung so groß war, dass sie bis zum Boden reichte, schritt Fanny steif darauf zu. Ihre Handflächen waren schweißnass vor Aufregung, doch jetzt wollte sie keinen Rückzieher mehr machen. Sonst würde Alastair nur wieder behaupten, sie sei feige.

Vorsichtig tauchte sie zuerst ein Bein in das Loch, um dann mit einem entschlossenen Ruck den Rest ihres Körpers nachzuziehen.

Alastair staunte nicht schlecht, als Fanny schließlich blass wie eine Kalkleiste über dem Küchenboden schwebte.

»Abgefahren«, murmelte er.

»Ja, oder?«, sagte Fanny und zuckte zusammen. An die Akustik musste sie sich immer noch gewöhnen. Es war, als würde man in Watte hineinsprechen.

Mit Alastairs Hilfe sprang Fanny nun mehrmals hin und her. Es klappte überraschenderweise wie am Schnürchen, nur dass Fanny sich auf der Geisterseite immer noch nicht richtig bewegen konnte. Ab und zu musste Alastair ihr deshalb einen leichten Schubs in Richtung Öffnung geben. Zuerst fand Fanny es merkwürdig, dass er sie berühren konnte, doch das gab sich schnell. Außerdem war sie viel zu sehr damit beschäftigt, sich über ihre eigene Hilflosigkeit zu ärgern.

»Schweben ist nicht leicht. Das muss man üben«, tröstete Alastair sie.

»Aber bei dir sieht es so einfach aus!«

»Wird es bei dir auch bald. Spätestens nach unserem Ausflug morgen.«

»Ausflug?«

Alastair nickte fröhlich. »Morgen machen wir London-Sightseeing auf Geisterart.«

»Aber –«

»Schluss jetzt mit den Abers!«, sagte er streng. »Wenn wir auf das Geisterfest gehen wollen, müssen wir das Schweben üben. Also, keine Widerrede. Morgen früh neun Uhr auf dem Dachboden. Und komm nicht zu spät!«

Natürlich war am nächsten Morgen nur Fanny pünktlich.

»Wieso bist du noch nicht drüben?«, fragte Alastair, als er zehn Minuten später in der Dachbodenkammer eintraf.

»Weil ich mich allein nicht traue« sagte Fanny zähneknirschend.

»Quatsch! Du brauchst keine Angst zu haben. Jetzt mach mal, hopphopp!«

»Kommandier mich nicht rum«, entgegnete Fanny, schlüpfte jedoch tatsächlich, so schnell sie konnte, auf die andere Seite. Sie war schrecklich aufgeregt. Zur Hälfte war es eine kribbelig schöne Aufregung wie vor dem Ed-Sheeran-Konzert, zu dem sie letztes Jahr gedurft hatte. Aber zur anderen Hälfte war es eine überhaupt nicht schöne Kotzübel-Aufregung wie vor der letzten Französischarbeit.

Tante Harriet hatte sie erzählt, sie besuche eine Schulfreundin in Belgravia.

»Und wie komme ich jetzt voran?«, fragte Fanny, als sie hilflos neben Alastair in der Luft baumelte.

Der Geisterjunge räusperte sich. »Es gibt verschiedene Flugtechniken«, erklärte er. »Im Raum benutzt du den *Thumb Stretch*. Mit dem kannst du ganz gezielt auf eine Stelle zufliegen.« Er zeigte Fanny, wie sie beim Schweben ihre Daumen nach vorne strecken musste.

»Das ist alles?«, fragte Fanny ungläubig. Sie hob ihre Daumen, und eine Sekunde später hing sie mit den Beinen bereits in der blauen Kommode auf der anderen Seite der Kammer.

»Wow!«, stieß sie aus.

Bei den nächsten Versuchen ging sie es etwas vorsichtiger an. Doch schon bald funktionierte es mit dem *Thumb Stretch* so hervorragend, dass Alastair zum nächsten Schritt übergehen konnte.

»Wenn du auf der Stelle schweben willst, benutzt du den *Slow Hover*. Dafür musst du deinen Körper möglichst schwer machen, und am Anfang streckst du am besten die Hände senkrecht nach unten aus, damit du nicht abgetrieben wirst.« Alastair überwachte aufmerksam Fannys Übungen und schien mit seiner Schülerin einigermaßen zufrieden zu sein.

»Okay«, sagte er. »Die dritte Technik ist der *Fast Shot*. Den benutze ich draußen, wenn ich richtig schnell sein will. Komm, ich zeig's dir.« Und zack, war er durch das Dach nach draußen verschwunden. Fanny zögerte, ihm zu folgen. Die Vorstellung, ihren Kopf durch die Dachziegel zu schieben, bereitete ihr ein ungutes Gefühl, deshalb tauchte sie zuerst nur eine Hand hindurch. Es war seltsam, so ins Nichts zu greifen, obwohl sie die Dachabdeckung direkt vor sich sah.

»Beeil dich. Wir haben nicht den ganzen Tag Zeit«, hörte sie Alastair von draußen rufen. Sie gab sich einen Ruck und stürzte sich hindurch. Es war überhaupt nicht schlimm. Als ihr Kopf in die Ziegel eintauchte, wurde es kurz dunkel, aber das war auch schon alles.

Die Belohnung war ein großartiger Ausblick. Die ganze Stadt lag Fanny zu Füßen und blitzte und blinkte in der hellen Vormittagssonne. Vielleicht blitzte und blinkte sie ein kleines bisschen blasser als sonst, aber hier draußen fiel Fanny das kaum auf.

Es war windig. Das bemerkte sie an den Straßenbäumen, deren Äste sich unter den Böen krümmten. Sie selbst spürte nicht mehr als einen leichten Luftzug, der ihr ab und an in der Nase kitzelte.

»Ich begrüße Sie auf unserer Gespenstertour durch London«, näselte Alastair. Dabei machte er ein echtes Reiseleitergesicht. »Unter uns sehen Sie die Portobello Road, eine der berühmtesten Einkaufsstraßen der Stadt, mit der einzigen Gespensteragentur von ganz Großbritannien. Nächster Stopp: Tower Bridge.«

»Was?« Fanny riss die Augen auf. »Aber die ist ja ewig weit weg!«

»Deshalb nehmen wir ja auch den *Fast Shot*«, grinste Alastair. Im Schnellverfahren erklärte er Fanny, wie sie Arme und Hände ausstrecken musste, und schon ging es los. Vorerst allerdings nicht ganz so *fast*, wie Alastair es sich wünschte.

Aber selbst er sah ein, dass Fanny sich zunächst daran gewöhnen musste, in so schwindelerregender Höhe durch die Luft zu schweben. Am liebsten hätte sie sich an jedem vorbeikommenden Schornstein festgeklammert, aber das ging natürlich nicht. Mit der Zeit bereitete ihr die Höhe zum Glück weniger Probleme. Als sie mit Alastair nach etwa zwanzig Minuten die Themse erreichte, machte Fanny das Fliegen bereits richtig Spaß. Sie streckte die Arme zu voller Länge aus und segelte über das glitzernde

Wasser. Big Ben schlug zur vollen Stunde, die Möwen kreischten, und der Flugwind wehte ihr alle Sorgen aus dem Kopf. Ein freudiges Kribbeln stieg in Fanny auf, erfüllte sie bis in die Fingerspitzen, und dann konnte sie nicht anders: Sie jauchzte laut auf! Alastair, der ein paar Meter vor ihr flog, antwortete mit einem ebenso ausgelassenen Jubelschrei.

In der Ferne entdeckte Fanny nun bereits die Tower Bridge mit ihrer gewaltigen blau-weiß bemalten Klappbrücke in der Mitte. Sie preschte voran und flog auf gleicher Höhe mit Alastair darauf zu. Im Steilflug erklommen sie einen der hohen Brückentürme. Oben angelangt, ließen sie sich auf der Überdachung des Skywalks nieder, der die beiden Türme über dem Fluss miteinander verband. Jetzt verstand Fanny auch, warum Jim gemeint hatte, Gespenster würden sich aus Gewohnheit auf Menschenmöbel setzen. Obwohl sie mit dem *Slow Hover* lediglich über dem Steg schwebte, war es ein beruhigendes Gefühl, ihn unter sich zu wissen – als würde er ihr tatsächlich Halt bieten.

»Wahnsinnsblick, oder?«, schwärmte Alastair. Er wies auf die City Hall, das Rathaus, mit dem riesigen spitzen Wolkenkratzer *The Shard* im Hintergrund.

Fanny nickte begeistert. Natürlich hatte sie Londons Skyline schon oft bewundert, doch aus dieser neuen Perspektive war der Anblick einfach atemberaubend.

Gerade näherte sich auf der Themse ein Passagierschiff. Eine Fanfare ertönte, und die Klappbrücke unter ihnen begann sich schwerfällig zu öffnen. Dieses Spektakel hatte Fanny schon immer gerne mitangesehen, und jetzt hatte sie zweifellos den Logenplatz. Gebannt beobachtete sie, wie die Brückenhälften langsam einrasteten und das große weiße Schiff die Brücke passierte.

Als sie schließlich wieder aufblickte, schreckte Fanny zusammen. Etwa zehn Meter von ihr entfernt stand plötzlich ein Mann auf dem Steg. Fanny wusste sofort, dass es sich um einen Geist handelte – nicht nur, weil es auf dem Dach des Fußgängerstegs natürlich keine Passanten gab. Wie die Gespenster, die Fanny neulich vor dem Laden gesehen hatte, wirkte der Mann auffallend verwahrlost. Er trug einen dunklen, vollkommen zerschlissenen Mantel, und das Haar hing ihm wirr in die Stirn. Langsam schwebte er über den Steg auf Fanny und Alastair zu. Dabei bauschte sich sein zerfetzter Mantel weit nach außen, was Fanny an einen Raben denken ließ.

Sie fröstelte.

Die Augen des Mannes hafteten starr auf ihrem Gesicht. Genauso forschend hatte der Gehenkte vor dem Laden sie betrachtet. Nervös zupfte Fanny Alastair am Ärmel.

»Da kommt einer«, flüsterte sie.

Alastair beugte sich ein Stück vor, um an Fanny vorbei die dunkle Gestalt begutachten zu können.

»Kenn ich nicht«, sagte er. »Kann sein, dass es der Brückenwächter ist.«

»Dürfen wir hier denn gar nicht sein?«

»Doch, klar, vielleicht will er sich einfach nur ein bisschen unterhalten.« Alastair tat wie immer ganz gelassen, doch an seinem Tonfall erkannte Fanny, dass auch ihm der Geist nicht geheuer war. Aus den Augenwinkeln beobachtete sie, wie die unheimliche Gestalt näher und näher kam.

Fannys Atem beschleunigte sich, und als der Rabenmann sie beinahe erreicht hatte, hielt sie es nicht länger aus. Jims warnende Worte hallten zu laut in ihren Ohren.

»Ich hau ab«, zischte sie Alastair zu.

Ohne seine Antwort abzuwarten, streckte sie die Arme aus und stob davon.

»Fanny, pass auf«, schrie Alastair.

Fanny riss den Kopf herum und sah den Rabenmann. Er flog direkt hinter ihr, streckte einen Arm aus und wollte nach ihr greifen. In letzter Sekunde warf Fanny sich zur Seite und schlug einen Haken. Dann war Alastair an ihrer Seite. Er fasste nach Fannys Hand und zog sie in einem Affenzahn mit sich. Im Zickzack lotste er ihren Flug durch Straßen und Häuser, bis sie schließlich atemlos über dem Tower of London ankamen. Alastair spähte nach allen Seiten.

»Ich glaub, wir haben ihn abgehängt«, sagte er erleichtert.

»Was wollte der denn von mir?«, keuchte Fanny.

»Keine Ahnung. Vermutlich war er einfach verrückt.«

Fanny zitterte am ganzen Körper. Sie glaubte nicht, dass der Kerl verrückt gewesen war. Es war doch kein Zufall, dass diese Geister sie immer wieder bedrängten. Aber was wollten sie? Fast bereute sie, davongeflogen zu sein. Vielleicht hätte sie etwas erfahren, wenn sie auf dem Steg geblieben wäre.

»Buckingham Palace?«, fragte Alastair aufmunternd.

»Was? Nein!«, wehrte Fanny ab. »Ich will jetzt lieber nach Hause.«

»Ach, lass dir doch von diesem Typen nicht den Tag verderben«, beharrte Alastair. »Wenn wir jetzt nach Hause fliegen, ist er das Einzige, was du von unserem Ausflug in Erinnerung behalten wirst. Das erlaube ich nicht. Los, komm schon!«

Fanny zögerte noch kurz, doch schließlich nickte sie. Alastair zuliebe. Langsam folgte sie ihm in Richtung Buckingham Palace, dabei hatte sie die Königsresidenz schon tausendmal besucht – ihre Mum schaute sich so gern die Wachablösung an. Vermutlich entsprach die Zeremonie ihrem ausgeprägten Sinn für Ordnung. Alastair hingegen, der vor Ort wieder die Führung übernahm, flog achtlos an den Wachen mit ihren riesigen Pelzhüten vorüber. Er machte eine kleine Runde über den Hof und schwebte danach direkt durch das geschlossene Tor ins Palastinnere. Fanny hatte gar nicht daran gedacht, dass so etwas als Gespenst ja möglich war. Begeistert folgte sie ihm.

Sie flogen durch lange, stuckverzierte Korridore mit alten Gemälden an der Wand, über goldbemalte Treppenaufgänge und durch Säle mit riesigen kristallenen Kronleuchtern. Von der Königsfamilie war leider niemand zu sehen. Dafür begegnete ihnen aber eine sehr vornehme Geisterdame, die sich als Lady Catherine Dashwood vorstellte und mit der sie eine Weile plauderten.

»Es ist eine Demütigung«, beschwerte sich die Lady und zupfte an ihrem seidenen Dekolleté herum. »Seit ich tot bin, muss ich ganz ohne Diener auskommen. Können Sie sich das vorstellen?«

Fanny schüttelte aus Höflichkeit den Kopf, dabei konnte sie sich das Leben ohne Diener natürlich recht gut vorstellen.

»Und ohne Dienstmädchen«, fügte Lady Catherine noch hinzu, wobei ihr kleines Doppelkinn vor Empörung zitterte. »Schauen Sie sich meine Haare an«, forderte sie Fanny auf und beugte ihren Kopf, um die Begutachtung zu erleichtern. »Die hat schon seit hundertfünfzig Jahren niemand mehr frisiert. Ich sehe aus wie ein Vogelnest.«

Fanny versicherte der Lady, dass sie keinesfalls wie ein Vogelnest aussehe, was die Dame tatsächlich etwas besänftigte.

Erst gegen Mittag flogen sie wieder zur Themse zurück, wo sie eine Runde auf dem Riesenrad *London Eye* mitfuhren und sogar ein Geisterschiff, einen ramponierten Dreimaster, auf dem Fluss vorbeisegeln sahen. Dass es sich um ein Gespensterschiff handelte, erkannte Fanny erst, als eines der modernen Passagierboote direkt durch den alten Segler hindurchfuhr. Das Lied der Geistermatrosen hallte dumpf über das Wasser, und die traurige Melodie hinterließ in Fanny erneut ein beklemmendes Gefühl.

Deshalb war sie froh, als Alastair vorschlug, zum Abschluss einen kurzen Abstecher zur Millennium Bridge zu machen. Auf dem Weg dorthin sah sie sich immer wieder unsicher um. Da war so ein merkwürdiges Kribbeln in ihrem Nacken – trotz der ablenkenden Sightseeingtour ging ihr der Rabenmann nicht aus dem Kopf.

Passend zu Fannys düsterer Stimmung schlug jetzt auch noch das Wetter um. Immer mehr graue Wolken drängten sich über dem Fluss, und ein leichter Nieselregen setzte ein. Alastair und Fanny schwebten bis zur Mitte der modernen Stahlbrücke und sahen auf das Wasser und die wolkenverhangene Kuppel der St. Paul's Cathedral.

»Wollen wir uns bald auf den Weg nach Hause machen?«, fragte Fanny. In diesem Moment schoss das Prickeln aus ihrem Nacken blitzschnell den Rücken hinab. Hatte sie jemand gestreift? Fanny fuhr herum und zuckte zurück.

Da war er wieder, direkt vor ihr: der Rabenmann.

Und obwohl sie sich vorhin gewünscht hatte, sie wäre nicht fortgeflogen, war ihr erster Impuls erneut die Flucht. Aber bevor sie auch nur Anstalten machen konnte, davonzustürzen, hatte der Mann sie bereits am Arm gepackt. Er neigte sich so nah zu ihr herunter, dass Fanny seinen falschen Geisteratem auf ihren Wangen spüren konnte. Seine wirren Haare strichen wie dünne Spinnfäden über ihr Gesicht. Mit aller Kraft versuchte Fanny sich loszureißen, doch es gelang ihr nicht.

»Alastair! Hilfe!«

Warum half er ihr denn nicht? Wo war er überhaupt? Der Rabenmann packte Fannys Kopf und hielt ihn mit beiden Händen fest, sodass Fanny ihn keinen Millimeter mehr bewegen konnte. Sie erwiderte den starren Blick des Raben. Beim Sprechen entblößte er eine Reihe kleiner schwarzer Zahnstümpfe.

»Nimm uns mit. Hörst du?«, raunte er mit einer Stimme, an der die Verzweiflung wie zäher Kleister haftete. »Du darfst uns nicht vergessen!«

Kaum hatte er die Worte ausgesprochen, wurde er mit einem Ruck nach hinten gerissen. Dabei gab er Fannys Kopf frei. Sie war so überrascht, dass sie im ersten Moment gar nicht verstand, was geschah.

Dann sah sie den anderen. Einen breitschultrigen Hünen. Er hatte den Rabenmann in den Schwitzkasten genommen. Ringend schossen sie Mal um Mal unter der Brücke hindurch, doch der Rabenmann hatte gegen seinen riesigen Gegner nicht die geringste Chance. Nach ein paar Runden gewann der Hüne endgültig die Oberhand und drückte dem Raben mit nur einer Hand die dürren Arme auf den Rücken. Mit der anderen griff er in sein Genick. Pfeilschnell schoss er mit dem Raben über den Fluss davon.

Kapitel 13

Fanny schnappte nach Luft.

»Was war das denn? Kanntest du den?«, fragte sie keuchend, als Alastair etwas benommen an sie heranschwebte. Wie ein riesiger Karpfen starrte er mit offenem Mund Richtung Horizont, an dem die beiden Geister kleiner und kleiner wurden.

»Nee, nie gesehen.«

»Sag mal«, Fanny stemmte ihre Hände in die Hüften, »warum hast du mir nicht geholfen? Der hätte mir fast den Kopf zerquetscht. Und als Nächstes wäre er vielleicht genauso mit mir davongeflogen wie dieser Riese mit ihm!«

Ihr Vorwurf holte Alastair aus seiner Starre.

»Ich hab mich erschreckt«, verteidigte er sich. »Der kam ja wie aus dem Nichts. Ich musste erst mal kapieren, was überhaupt los war. Wäre dieser andere Typ nicht aufgetaucht, hätte ich dir bestimmt noch geholfen. Außerdem hab ich dich heute schon mal gerettet, wenn du dich erinnerst!«

Da konnte Fanny nicht widersprechen. Trotzdem war sie wütend.

Nach diesem Erlebnis hatte nun auch Alastair genug von ihrem Ausflug. Über den belebten Picadilly Circus flogen sie nach Hause. Dabei sah Fanny sich ständig nach allen Seiten um, ob sie den flatternden schwarzen Mantel irgendwo entdeckte.

Nimm uns mit.

Was sollte das bedeuten? Wohin denn? Vielleicht hatte Alastair recht, und der Typ war wirklich einfach so verrückt, wie er aussah. Aber wer war dieser Riese, der den Raben von ihr fortgezogen hatte? Warum hatte er sie beschützt?

Fanny war froh, als sie auf Harriets Dachboden erst einmal wieder in ihre vertraute Welt zurückschlüpfen konnte. Hier war es vielleicht nicht ganz so aufregend, dafür fühlte Fanny sich um einiges sicherer.

Nach einem Umweg über die Küche und die Keksdose stapfte sie in den Laden hinunter, um sich von dem Treiben dort etwas ablenken zu lassen.

Das gelang ohne Mühe. Nachdem Fanny mit Schwung durch die Ladentür gestürmt war, knallte sie nämlich direkt gegen einen gewaltigen Rücken – einen Rücken, der sich schnell als die fein bezwirnte Rückseite des Kunsthändlers Mr Pennyhold herausstellte. Oder auch des Geistersehers Pennyhold, denn Fanny war nach wie vor davon überzeugt, dass er bei seinem letzten Ladenbesuch Alastair entdeckt hatte. Egal, was der selbst dazu sagte!

»Uff«, stöhnte Mr Pennyhold und hielt sich an dem hölzernen Schaukelpferd fest, das ihm allerdings auch keinen rechten Halt bot. Vielmehr ließ es ihn hin und her schwanken wie einen Passagierdampfer bei Sturm.

Mr Tremble schaute vom Kronleuchter verunsichert auf den strauchelnden Koloss herab, und Harriet hastete hinter dem Tresen hervor.

»Du meine Güte, das wird ja beinahe zur schlechten Gewohnheit, dass Sie hier im Laden über den Haufen gerannt werden, Mr … Mr …«

»Pennyhold«, brachte der Mann heiser hervor. »Gilbert Pennyhold aus Bristol.«

Harriet strich dem Kunsthändler mal wieder die Krawatte glatt, obwohl die diesmal bestimmt keinen Schaden genommen hatte. Auf Mr Pennyholds Gesicht trat ein nervöses Lächeln. Er griff in die Brusttasche seines Jackets und reichte Harriet eine der goldumrandeten Visitenkarten, von denen er ihr bereits beim letzten Besuch ein Exemplar ausgehändigt hatte.

»Ich wollte Sie doch noch einmal besuchen. Wegen der Truhe«, verkündete er und folgte Harriet zum Tresen. Fanny ließ sich neben Jim auf das Sofa fallen, um von dort aus alles genauestens zu beobachten.

Zunächst ging es nur ein paarmal hin und her. Der Kunsthändler erklärte mehrfach, dass er die Truhe unbedingt erstehen müsse, und Harriet schlug ihm diesen Wunsch ebenso stur ab.

Vor Anstrengung bekam Mr Pennyhold apfelrote Wangen.

»Wissen Sie, ich glaube, wir sollten in Ruhe darüber reden«, schlug er Harriet vor. »Vielleicht bei einem Essen? Ich muss hier doch irgendwo …« Er kramte in seinen Taschen und förderte allerlei Krimskrams hervor, in welchem er nervös herumwühlte. »Ah, hier ist es ja!« Mit seinen Wurstfingern zog er mühsam eine kleine gelb-violette Karte aus dem Durcheinander. »Das *Malarbar!* Ein indisches Restaurant in Kensington. Die servieren ein hervorragendes Biryani. Gehen Sie mit mir hin?«

Harriet lächelte ihr charmantestes Lächeln.

»Nein, aber …« Jetzt griff sie selbst in das Kuddelmuddel hinein. »Wieso um alles in der Welt haben Sie einen Salzstreuer in Ihrer Tasche?« Sie schwenkte ein kleines gläsernes Gefäß vor Mr Pennyholds Nase.

»Oh.« Das Rot auf den Wangen des Kunsthändlers dunkelte augenblicklich in ein tiefes Kirschrot nach. Er räusperte sich. »Ich … ich würze mein Essen gerne nach. Das ist alles.« Schnell ergriff er den Salzstreuer und stopfte ihn zusammen mit seinen restlichen Utensilien zurück in die ausgebeulten Taschen. Dabei schweifte sein Blick unruhig durch den Raum, und schon wieder hatte Fanny das Gefühl, seine Augen würden länger als nötig genau dort verweilen, wo Alastair sich niedergelassen hatte – auf dem Klavier.

Wusste ich's doch!, dachte Fanny.

»Ja, dann …« Mr Pennyholds Stimme war ein wenig brüchig. »Bis … bis bald«, stammelte er mit einem Nicken in Harriets Richtung, und dann stürmte er auch schon durch die Ladentür hinaus.

Harriet schaute ihm kopfschüttelnd nach.

»Komischer Kauz«, sagte sie, genau wie beim letzten Mal. »Und eigentlich schade. Ich mag Biryani.« Sie lächelte, während sie die letzten Krümel vom Tresen wischte, die Gilbert Pennyhold dort hinterlassen hatte.

Fanny war überhaupt nicht nach Lächeln zumute. Gerade war

ihr ein Gedanke gekommen. Ein sehr besorgniserregender Gedanke.

»Sag mal, kann man mit Salz nicht Gespenster vertreiben?«, fragte sie Jim.

»Man kann sie damit bannen«, antwortete Harriet, die sich natürlich angesprochen fühlte. Da sie die Geister tagsüber nicht sehen konnte, war es oft nicht leicht für sie, der Unterhaltung im Laden zu folgen. »Weshalb fragst du?«

»Na, wegen des Salzstreuers«, sagte Fanny aufgebracht. »Wer schleppt denn so etwas mit sich rum? Sein Essen nachsalzen – so ein Quatsch!«

»Seltsam, nicht?«, murmelte Harriet. »Aber irgendwie auch niedlich, finde ich.« Mit ihrer Teetasse in der Hand und einem verträumten Ausdruck in den Augen spazierte sie in die Ladenküche.

»*Niedlich?*« Fanny zog die Stirn kraus.

»Ich weiß, auf was du hinauswillst«, mischte Alastair sich ein. »Aber mit einem Salzstreuer kannst du keinen Bannkreis um ein Haus ziehen. Da brauchst du säckeweise Salz. Mit den paar Körnchen aus dem Streuer erschreckst du nicht mal einen Gingernickle.«

»Aber wenn man Geister mit Salz bannen kann, kann man sie damit doch bestimmt auch fangen, oder etwa nicht?«, beharrte Fanny. Sie setzte eine überlegene Miene auf. »Für einen Bannkreis um ein einzelnes Gespenst müsste die Menge in dem Streuer ja wohl ausreichen.«

Alastair lachte laut auf. »Und wozu sollte man einen Geist bitte schön fangen wollen?«

»Was weiß ich.« Fanny fuchtelte gereizt mit den Händen in der Luft.

»Mr A-Alastair hat recht«, meldete Mr Tremble sich von oben. »G-Geister will niemand haben. D-deswegen hat Ihre Tante doch die V-Vermittlungsagentur.«

»Aber –«

»Vergiss es«, stöhnte Alastair. »Der ist nur hinter meiner Truhe her. Das ist alles. Du siehst Gespenster!«

Stimmt, dachte Fanny, meinte es jedoch anders als Alastair.

»Ich glaube auch, dass du dir keine Sorgen machen musst«, schaltete sich Jim ein. »Auf mich wirkt dieser Mr Pennyhold harmlos.«

Fanny kniff beleidigt die Lippen zusammen, doch sie ließ das Thema vorerst ruhen. Offensichtlich wollte niemand außer ihr sehen, was hier vor sich ging. Aber sie würde schon noch herausfinden, was dieser vermeintliche Kunsthändler im Schilde führte.

Vorerst musste sie sich allerdings auf etwas anderes konzentrieren: die Vorbereitungen für die Geisterparty.

In den nächsten Tagen übte sie in jeder freien Minute das *Thumb-Stretch*-Fliegen und den *Slow Hover*, um nicht aus der Übung zu kommen. Außerdem mussten sie und Alastair sich eine Ausrede für Harriet überlegen.

Mit staubtrockenem Mund erzählte Fanny ihrer Tante, dass sie – bevor ihre Eltern am nächsten Dienstag aus Amerika zurückkehrten – einen Wochenendausflug mit ihrer Freundin Benisha und deren Familie nach Oxford unternehmen wolle. Zum Glück schluckte Harriet die Geschichte ohne Rückfragen, und nachdem sie sich telefonisch bei Fannys Mum ein Okay geholt hatte, gab sie grünes Licht. Ebenso für Alastair, der Harriet vorschwindelte, Olivia besuchen zu wollen, weil er sich ohne Fanny im Laden sonst sowieso nur langweilen würde. Jetzt mussten beide nur noch eine passende Zugverbindung ins Dartmoor heraussuchen.

Eigentlich hatte Fanny gedacht, dass sie die ganze Strecke fliegend zurücklegen würden. Doch laut Alastair wäre das zu anstrengend, und außerdem mussten sie als Geister für die Zugfahrt ja nichts bezahlen.

Am Ende entschieden sie sich für einen Nachtzug. Der war zwar viel langsamer als die Züge, die tagsüber nach Plymouth oder Torquay fuhren, aber so mussten sie nicht umsteigen. Ihre Bahn würde am Donnerstagabend von Paddington Station abfahren und Freitagmorgen gegen halb acht in der kleinen Stadt Newton Abbot nahe dem Dartmoor National Park eintreffen. So hatten sie noch den ganzen Tag Zeit, um sich im Dartmoor etwas umzusehen. Alastair freute sich sehr darauf, einen Abstecher in seine alte Heimat zu machen.

Ab jetzt kreisten Fannys Gedanken hauptsächlich um das Fest und was sie dort erfahren würde. Ob dieser Sir Paxton Blake selbst etwas mit der Geisternachricht in ihrem Zimmer zu tun hatte? Würde sie ihn darauf ansprechen können? Einerseits hoffte Fanny es, und auf der anderen Seite graute ihr vor einem Zusammentreffen. Schließlich hatte Alastair den Schlossherrn und seinen schaurigen Geisterhund nicht gerade ins beste Licht gerückt.

Auch wenn Fanny es niemals zugegeben hätte, quälte sie sich

außerdem mit der Angst herum, dass ihr auf Paxtons Abendgesellschaft etwas zustoßen könnte. Denn was würde dann aus ihren Eltern und aus Harriet?

Fannys innere Unruhe wuchs von Tag zu Tag. Neben den Bedenken wegen der Feier schwirrten ihr immer wieder auch der Rabenmann und der Riese von der Brücke im Kopf herum. Es machte sie ganz verrückt, nicht herausfinden zu können, wer diese Geister waren und was sie von ihr wollten.

Und dann entdeckte sie zwei Tage später den Geist mit dem grünen Kapuzenumhang erneut vor dem Pandora's Antiques. Wie ein schwebender Soldat patrouillierte er auf der gegenüberliegenden Straßenseite auf und ab. Und natürlich fiel er nicht nur Fanny auf.

»Was macht der denn da?«, fragte Alastair neben ihr. Wäre es möglich gewesen, hätte er sich wahrscheinlich die Nase an der Schaufensterscheibe platt gedrückt.

Jim stierte ebenfalls alarmiert nach draußen. Seit er wusste, dass Fanny die Geister tagsüber sehen konnte, wirkte er oft etwas nervös und wie in Habachtstellung. Jetzt aber war er ganz offensichtlich wütend. Und als der Geist am nächsten Tag erneut vor dem Laden auftauchte, schoss Jim sofort zu ihm hinaus.

Fanny und Alastair verfolgten gebannt, wie er direkt auf den Fremden zusteuerte. Er hatte ihn gerade angesprochen, als plötzlich wie aus dem Nichts ein dritter Geist dazustieß. Ein bärtiger Kerl mit einem Kettenhemd. Wild gestikulierend begannen die beiden fremden Geister auf Jim einzureden. Anscheinend gehörten sie zusammen, und der Kettenhemd-Geist hatte sich in unmittelbarer Nähe aufgehalten.

Es dauerte nicht lange, dann kehrte Jim mit wutverzerrtem Gesicht in den Laden zurück.

»Und?«, fragte Fanny aufgeregt.

»Drecksbande«, schimpfte Jim. »Die tun so, als lungerten sie hier nur so zum Spaß herum.«

»Ist irgendwas?«, rief Harriet von hinten.

»Nein, alles okay«, erwiderte Fanny.

Jim sah sie an. »Versprich mir, dass du nicht zu denen hinausgehst«, verlangte er.

Fanny stöhnte. »Aber die können mir doch –«

»Sssch!«, machte Jim. »Hast du schon mal darüber nachgedacht, dass so ein Geist dich mit Absicht vor ein Auto locken könnte? Böse Geister können Menschen sehr wohl schaden. So ein Geisterwurm kann dich wahrscheinlich zu Tode erschrecken!«

Fanny wollte zu einer Erwiderung ansetzen, doch als Jim die Geisterwürmer erwähnte, klappte sie den Mund wieder zu. Wenn sie darüber nachdachte, hatte Jim gar nicht so unrecht. Was hätte passieren können, wäre der Geisterwurm ihr mitten beim Überqueren einer Straße begegnet? Auf den Verkehr hätte sie in diesem Moment bestimmt nicht mehr geachtet. Andererseits konnte sie sich schlecht für immer im Laden einschließen. Wie dachte Jim sich das denn? Trotzdem nahm Fanny sich vor, in Zukunft etwas achtsamer zu sein.

Als sie wieder aus dem Fenster sah, war der Kerl mit dem Kettenhemd verschwunden. Nur der Geist mit dem grünen Umhang drehte weiter seine Runden.

Bewachen die den Laden?, dachte Fanny. *Aber warum? Doch nicht meinetwegen?*

Das ergab alles keinen Sinn. Natürlich war Fanny in Versuchung, selbst noch einmal mit dem grünen Geist zu sprechen, um den Dingen auf den Grund zu gehen. Doch sie hatte keine Chance: Jim ließ sie und die Straße in den nächsten Tagen nicht aus den Augen. Und dann war auch schon Donnerstag.

Mit einem flattrigen Gefühl im Bauch packte Fanny zum Schein ihren Koffer. Nach Tee und Früchtekuchen am Nachmittag verabschiedete sie sich von Harriet, Jim und Mr Tremble – wobei ihr siedend heiß einfiel, dass sie Tremble immer noch nicht wegen der Vermittlungsangebote angesprochen hatte. Doch das musste jetzt erneut hintenangestellt werden.

Alastair war bereits eine halbe Stunde vor ihr aufgebrochen – eine Vorsichtsmaßnahme. Sie sollte verhindern, dass doch noch jemand Verdacht schöpfte, wenn sie gemeinsam den Laden verließen.

Jim wirkte nervös. Seit die Geister draußen aufgetaucht waren, hatte er Fanny in den Ohren gelegen, sich von ihm nach Belgravia, zu Benishas Familie, begleiten zu lassen. Nur mit äußerster Überredungskunst war es Fanny gelungen, das abzuwenden. Am Ende hatte sich zum Glück Harriet auf ihre Seite geschlagen und Jim erklärt, dass Fanny sehr wohl alleine mit der U-Bahn nach Belgravia fahren könne.

Mit einem kleinen knallpinken Koffer, einer Leihgabe ihrer Tante, rollte Fanny am späten Nachmittag aus dem Laden. Der Mann im Umhang war nirgendwo zu entdecken, ebenso wenig der Kettenhemd-Geist.

Fanny winkte noch einmal, tat so, als würde sie den Weg zur U-Bahn-Station einschlagen, kehrte aber sofort wieder um und schlich – sich mehrmals nervös umschauend – die Außentreppe zur Wohnung hinauf.

»Puh, geschafft!«, schnaufte sie, als sie bei Alastair auf dem Dachboden ankam. »Ich hoffe nur, Tremble fällt nicht irgendwann doch noch auf, dass morgen der Tag der Abendgesellschaft ist.«

»Ach was!« Alastair winkte ab. »Da hätte er sich ja das Datum von der Einladungskarte merken müssen. Das hat er mit Sicherheit nicht, und außerdem weiß er ja gar nicht, dass du über die Grenze gehen kannst.«

Fanny versteckte ihren Koffer hinter einem der Dachbodenschränke.

»Guck mal, ist das für die Feier passend?«

Unsicher präsentierte sie Alastair das Kleid, das sie unter ihrem Sommermantel trug. Ein nachtblaues Blümchenkleid mit langen Ärmeln und einem silbernen Gürtel.

»Du machst dir Gedanken über deine Garderobe?« Alastair schaute sie an, als zweifle er an ihrem Verstand.

»Ich war schließlich noch nie auf einer Geisterparty«, gab Fanny zurück. »Wie soll ich da wissen, was man trägt?«

Alastair legte nachdenklich einen Finger an die Lippen und musterte Fanny eingehend von oben bis unten.

»Würdest du denn gerne in diesem Kleid sterben?«, fragte er.

»Was?« Fanny schaute ihn entsetzt an.

»Na ja, wir Geister haben nur den Aufzug, den wir bei unserem Tod getragen haben«, erklärte Alastair. »Wenn du also gern in dem Kleid sterben würdest, ist es sicherlich die richtige Wahl.« Er nickte ermutigend.

Fanny knöpfte ihren Mantel mit verstörter Miene wieder zu. Offensichtlich war Alastair nicht der richtige Ansprechpartner, wenn es um modische Fragen ging. Außerdem hatte seine Bemerkung ihre Ängste wieder geweckt. Hoffentlich begab sie sich nicht gerade sehenden Auges in große Gefahr. Wer wusste schon, wer auf der Feier alles erscheinen würde? Am Ende war es eine ganze Meute von Geistern wie dieser Rabenmann. Fanny lief ein Schauer über den Rücken, aber sie biss die Zähne zusammen und versuchte, die Sorgen fortzuschieben. Solche Gedanken brachten sie jetzt nicht weiter. Die Entscheidung war ohnehin gefallen: Sie musste auf das Fest! Sonst würde sie sich ewig Vorwürfe machen, die Chance nicht genutzt zu haben.

»Wollen wir?«, riss Alastair sie aus ihrem Grübeln.

Fanny nickte. Mittlerweile hatte sie so viel Übung darin, das Loch zwischen den Dimensionen heraufzubeschwören, dass sie es innerhalb weniger Sekunden schaffte. Ruckzuck stieg sie durch die Öffnung auf die andere Seite.

Kapitel 14

Eine halbe Stunde später flog sie mit Alastair unter der verzierten Glaskuppel in den Bahnhof Paddington ein. In der Halle mischte sich Stimmengewirr mit dem mechanischen Keuchen und Quietschen der Züge, und Fanny hatte solches Reisefieber, dass ihr richtig schlecht war.

»Komm, ich lad dich auf ein Geistereis ein«, sagte Alastair großzügig. »Hier gibt's das leckerste von ganz London!« Mit diesen Worten sauste er bereits los. Fanny blieb nichts anderes übrig, als ihm zu folgen. Die Aussicht auf Geistereis verursachte bei ihr allerdings noch mehr Magengrummeln.

Zielstrebig steuerte Alastair auf einen altmodischen Eiswagen zu, der direkt vor einer der säulenartigen Dachstützen des Bahnhofs parkte. Die Passanten liefen einfach durch den Wagen hindurch, was den Eisverkäufer – einen massigen, kleinen Geist mit Vollbart und einem dreieckigen Eisverkäuferhütchen auf dem Kopf – nicht im Geringsten zu stören schien.

»Good evening«, dröhnte er freundlich, als er Fanny und Alastair näher kommen sah. »Was darf's sein, die Herrschaften?« Mit einer viel zu weiten Handbewegung präsentierte er die vier kleinen Eisschalen in seiner Verkaufstheke. Jede davon war mit einer cremigen Masse gefüllt, die jeweils eine andere Schattierung von Grau aufwies.

»Was sind das denn für Sorten?«, fragte Fanny vorsichtig.

»Hier vorne haben wir ein süßes Staubmilbeneis«, erklärte das Gespenst mit einem charmanten Verkäuferlächeln. »Daneben Blütenstaubeis, dann Schimmelpilzgeschmack und zu guter Letzt geeiste Spinnweben. Eine Kugel nur einen Cob, meine Dame.«

Fanny entschied sich für eine Portion Blütenstaubeis, weil ihr das am ungefährlichsten vorkam. Alastair hingegen bestellte mit glänzenden Augen gleich drei Kugeln. Nur die geeisten Spinnweben ließ er aus. Er bezahlte mit vier kleinen Glitzerkugeln.

»Die sehen ja toll –«, begann Fanny, doch sie hatte nicht aufgepasst, und ein junger Mann mit Schlips und Anzug war direkt in sie hineingerannt – oder vielmehr durch sie hindurch. Fanny schüttelte sich. Das war überraschend unangenehm gewesen. Fast so, als hätte sie sich kurz aufgelöst und gleich darauf wieder zusammengesetzt.

Alastair klopfte ihr mitleidig auf die Schulter.

»Du gewöhnst dich dran«, versicherte er. »Bleibt dir auch nichts anderes übrig. Das passiert öfter.« Er wich selbst einem pummeligen Kerl aus und schwang sich dann in die Höhe. Fanny folgte ihm. Sie war immer noch ganz durcheinander.

»Aber wieso ist das so anders, als wenn man durch Wände schwebt?«

»Weiß nicht. Wahrscheinlich, weil sie leben und wir tot sind.«

Alastair schleckte eifrig an seinem Eis. »Vielleicht verträgt sich das nicht miteinander. Hast du überhaupt schon probiert?«

Vorsichtig berührte Fanny mit der Zunge ihre Eiskugel. Sie war tatsächlich kalt und schmeckte ein klein wenig süßlich, aber gleichzeitig leider auch trocken und klumpig.

»Superlecker!«, lobte sie, hörte aber selbst, wie wenig überzeugend das klang. »Was hast du dem Eisverkäufer denn da für Glitzerkügelchen gegeben?«, lenkte sie schnell vom Thema ab.

»Cobs«, sagte Alastair. »Das ist Gespenstergeld. Eigentlich sind es gepresste Gerüche. Mit denen bezahlen wir hier.«

»Mit Gerüchen?«, fragte Fanny fasziniert.

»Ist dir nicht aufgefallen, dass es in unserer Welt nach fast nichts riecht?«

»Doch«, antwortete Fanny. Das hatte sie ja neulich auf dem Dachboden schon bemerkt.

»Deswegen sind Gerüche jeder Art bei uns sehr begehrt«, erklärte Alastair. »Sie erinnern uns ans Leben, verstehst du? Wenn man die Cobs in Staub wälzt, offenbaren sie ihren Duft. Allerdings nur ein Mal, und du weißt nie, was du kriegst. Es sind auch echte Stinkbomben darunter!«

»Verstehe«, sagte Fanny, auch wenn das nur zur Hälfte der Wahrheit entsprach. »Und woher bekommst du deine Cobs?«

»Ich arbeite einmal im Jahr für ein paar Wochen in der Staubfabrik drüben in Brighton«, erklärte Alastair. »Die bezahlen gut. Für ein paar Eis und den Bibliotheksausweis reicht es jedenfalls. Mehr brauche ich ja nicht.«

Fanny wollte gerade fragen, was eine Staubfabrik war und wie die Geister Gerüche pressten, da sprang ihr etwas ins Auge.

»Guck mal«, forderte sie Alastair auf und zupfte ihn aufgeregt am Hemdsärmel. »Das ist doch dieser Pennyhold.«

»Wer?«

»Dieser Kunsthändler aus Bristol.«

»Und?«, brummte Alastair.

»Na, den gucke ich mir jetzt mal genauer an.«

»Fanny, warte!«, versuchte Alastair sie zurückhalten, doch Fanny düste bereits auf den Fast-Food-Stand zu, an dem sie Mr Pennyhold entdeckt hatte. Der dicke Kunsthändler wankte mit einer Zwei-Mann-Portion Fish and Chips auf einen der weißen Stehtische zu. Als er sein Tablett scheppernd absetzte, gesellte sich Fanny schwebend zu ihm.

»Hallo, Mr Pennyhold«, stellte sie ihm gleich die erste Falle.

Keine Reaktion.

Mr Pennyhold lockerte seine Krawatte und begann mit einem zufriedenen Ausdruck auf dem Gesicht sein paniertes Fischfilet in kleine Stücke zu schneiden.

»Willst du dem jetzt beim Essen zugucken, oder was?«, fragte Alastair angewidert, als er neben Fanny landete.

»Quatsch! Ich wollte nur sehen, ob er mich bemerkt.«

»Das *kann* er nicht«, stöhnte Alastair. »Es ist ja noch nicht mal Mitternacht!«

Fanny schüttelte stur den Kopf.

»Mr Pennyhold?«, rief sie. »Mr Pen-ny-hold!«

Der dicke Mann schmatzte an seinem Fischfilet herum. Dabei beobachtete er einen der ankommenden Züge. Abwesend griff er in seine Jacketttasche, zog den Salzstreuer heraus und gab eine ordentliche Ladung auf die Pommes frites.

Alastair wollte sich ausschütten vor Lachen. Dann spielte er den Entsetzten: »Du hattest recht!«, sagte er mit aufgerissenen Augen. »Dieser Mann ist ein gefährlicher Gespensterjäger! Wenn ich eine Geister-Fritte wäre, würde ich mir jetzt vor Angst in die Hose machen.«

»Haha«, sagte Fanny, musste sich jedoch eingestehen, dass sie den Kunsthändler vielleicht doch falsch eingeschätzt hatte. Trotzdem wandte sie sich ein letztes Mal an ihn: »Mr Pennyhold? Falls Sie das hier irgendwie mitbekommen: Sie sollten dringend Ihre Essgewohnheiten umstellen! So viel Salz und das ganze Fett, das bringt Sie noch ins Grab!«

»Er kann dich nicht hööören«, flötete Alastair.

»Kann sein«, gab Fanny zu. »Aber möglicherweise gelangen meine Worte in sein Unterbewusstsein. Zu wünschen wäre es ihm.«

Mr Pennyhold nahm das Halbliterglas Cola von seinem Tablett und stürzte es mit gierigen Schlucken hinunter.

Fanny seufzte. Dann schaute sie zur Bahnhofsuhr.

»Ups, es ist gleich acht. Wir müssen los! Auf Wiedersehen, Mr Pennyhold«, sagte sie höflich, erhielt als Antwort aber nur einen unterdrückten Rülpser.

Eilig sausten sie und Alastair in Richtung Gleis vier.

Moment mal!

Für einen Augenblick dachte Fanny, sie hätte vor dem Krawattenladen den Mann mit dem Galgenstrick gesehen. Als sie jedoch erneut hinsah, stand dort nur eine Dame mit einem Dackel an der Leine. Sie musste sich geirrt haben, trotzdem war ihr der Schreck in die Glieder gefahren.

Als sie das Gleis erreichten, wartete der Zug schon. Es war sichtlich ein älteres Modell, doch mit der rostroten Lackierung und den zerbeulten schwarzen Türen wirkten die Waggons trotzdem einladend auf Fanny.

»Lass uns lieber warten, bis alle eingestiegen sind«, schlug sie vor. »Dann laufen die uns drinnen nicht über den Haufen.«

So schwebten sie erst ins Zuginnere, als sich die Türen bereits geschlossen hatten.

Da es sich um einen Nachtzug handelte, gab es keine Großraumabteile, sondern geschlossene Kabinen mit jeweils drei gegenüberliegenden Sitzplätzen und zwei Ausklappliegen an den Wänden.

Fanny und Alastair bewegten sich langsam durch den Gang, bis sie ein Abteil entdeckten, das nur von einer einzelnen Dame besetzt war. Alastair flog durch die Glastür auf den freien Fensterplatz gegenüber der Reisenden. Fanny folgte ihm. Allerdings zögerte sie, sich zu setzen.

»Und was, wenn an der nächsten Station noch Leute zusteigen?«

»Was dann?«

»Na, dann setzen die sich vielleicht einfach auf uns drauf!«, antwortete Fanny schaudernd. »Ich nehme lieber die Gepäckablage. Die ist sicherer.«

»Das mache ich auch!«, rief Alastair. Schon hatte er seinen Fensterplatz verlassen und streckte sich auf einer der Gepäckablagen aus. Natürlich hatte er die Seite gewählt, auf der kein Koffer lag.

Eleonore Winterpick, las Fanny auf dem kleinen Einsteckschildchen des alten Lederkoffers.

Sie betrachtete die Dame etwas genauer. Schätzungsweise war sie so alt wie Fannys Mum, nur zwei Köpfe kleiner und ein bisschen pummelig, mit weichen braunen Locken und zwei niedlichen Grübchen auf den Wangen. Sie strickte an einem rot-grün gestreiften Schal und war Fanny sofort sympathisch.

»Weißt du was? Ich setze mich doch erst mal hier unten hin«, verkündete Fanny, da sie weder ihren Kopf noch die Füße in den Koffer hineinstecken wollte. »Falls jemand kommt, verdünnisiere ich mich schnell.«

Der Zug verließ den Bahnhof, schaukelte gemächlich durch die Londoner Abenddämmerung und verließ dann die Stadt.

Nachdem an den nächsten vier Stationen kein weiterer Fahrgast das Abteil betreten hatte, kam auch Alastair wieder von der Gepäckablage herunter. Er setzte sich Fanny gegenüber und schlug vor, zum Zeitvertreib eine Runde Geister-Schiffe-versenken zu spielen. Mit einem lauten »Tadaaa!« zog er zwei kleine graue Kästchen unter seinem Hemd hervor. Als Fanny ihres aufklappte, fand sie darin ein Spielfeld mit mehreren Dutzend kleiner, ausgestanzter Löcher.

»Wo hast du das denn her?«, fragte sie. Fasziniert betrachtete sie die Steckfiguren mit den winzigen Totenschädeln an der Spitze.

»Aus der Staubfabrik«, erklärte Alastair. »Los, fang an. Und nicht schummeln, verstanden?«

Sie spielten sieben Runden. Danach unterhielten sie sich eine Weile und erzählten sich gegenseitig Witze, bis Alastair Fanny zu einer weiteren Partie Schiffe versenken überredete. Dabei hatte sie eigentlich gar keine Lust mehr.

Langsam keimte der Verdacht in ihr auf, dass Alastair selbst schummelte. Bis jetzt hatte er nämlich alle Spiele gewonnen.

»C drrrei.« Der Geisterjunge feuerte die Koordinaten wie ein echter Marineoffizier hinaus.

»Treffer«, maulte Fanny.

Sie warf einen Blick auf ihre Armbanduhr. Es war kurz vor Mitternacht.

»B sechs«, unternahm sie einen lahmen Versuch. Innerlich war sie bereits auf eine hämische Antwort gefasst, doch die blieb aus. Stattdessen passierten zwei Dinge gleichzeitig: Zum einen war es, als hätte jemand an Fannys Körper einen Lichtschalter umgelegt, denn mit einem Mal begann sie zu leuchten wie eines dieser Knicklichter, die ihre Mum letztes Silvester an alle Gäste verteilt hatte. Und zweitens stieß die kleine Mrs Winterpick auf ihrem Sitz einen erschrockenen Kiekser aus.

»Huch, gleich zwei«, quietschte sie aufgeregt. Abwechselnd starrte sie Alastair und Fanny aus kleinen, klugen Augen an.

Fanny tat dasselbe, allerdings in umgekehrter Reihenfolge: Erst schaute sie staunend an ihrem Körper hinab, und dann betrachtete sie Alastair, der ebenfalls in einem hellen Orange strahlte.

»Ich wusste ja, dass hier etwas im Busch ist«, zwinkerte Mrs Winterpick. »Hab gute Antennen, wissen Sie? Aber gleich zwei …!« Sie ließ ein glockenhelles Lachen vernehmen. »Sind Sie ein Paar?«, fragte sie neugierig.

»Was? Nein!«, keuchte Fanny. »Wir … wir sind nur Freunde.«

»Ach so?« Mrs Winterpick zwinkerte erneut.

»Wir sind Geister aus London und auf dem Weg nach Newton Abbot«, beeilte sich Alastair zu erklären. »Wir –«

»Newton Abbot«, unterbrach ihn die Dame gut gelaunt. »Da will ich auch hin! Mache eine Woche Urlaub und will ein paar Antiquitätengeschäfte aufsuchen, wissen Sie?«

Ohne auf ihre Arbeit hinabzusehen, fuhr sie mit dem Stricken fort. Ihre Nadeln klapperten fast so schnell wie ihr Mundwerk.

»Es ist so schön, Sie kennenzulernen«, schwärmte sie. »Ich wohne in einer alten Pfarrei in London. Da waren immer Geister, aber vor sechs Jahren hat mich der letzte leider verlassen.« Sie blickte betrübt in die Runde. »Mr Cartridge, ein alter Poltergeist. Hat aber kaum noch gepoltert«, winkte sie ab. »Und dann hat er sich verliebt. In eine sehr nette Gespensterdame. Ein Schachtelgeist, aus Liverpool.« Mrs Winterpick unterbrach ihren Redeschwall für einen tiefen Seufzer. »Ich will mich ja gar nicht beschweren. Mr Cartridge ist jetzt bestimmt sehr glücklich. Nur fehlt mir seitdem doch ein bisschen die Unterhaltung.« Sie knipste die rote Wolle mit einer kleinen Schere ab und begann mit einem grünen Wollknäuel weiterzustricken.

»Aber das wäre ja genau das Richtige für Mr Tremble«, rief Fanny aus. Sie war ganz begeistert, jemanden so Perfektes für den ängstlichen Vanisher gefunden zu haben. »Wir kommen aus einer Geisteragentur in Notting Hill«, erklärte sie aufgeregt. »Wenn Sie wirklich ein neues Gespenst für Ihr Haus suchen, sollten Sie Harriet Pickwick aus dem Pandora's Antiques in der Portobello Road anrufen. Die kann Ihnen weiterhelfen.«

Mrs Winterpick schien entzückt.

»Geisteragentur, sagen Sie? Davon habe ich ja noch nie etwas gehört. Wie großartig! Erzählen Sie mehr.«

Fanny berichtete von der Agentur, von Harriet und von dem ängstlichen Mr Tremble. Die Mitternachtsstunde flog nur so dahin, und pünktlich um eins hörte Fannys Körper auf zu leuchten. Mrs Winterpick machte ein enttäuschtes Gesicht.

»WIE SCHADE«, rief sie so laut, als wären Fanny und Alastair mit einem Mal schwerhörig geworden. »WAR NETT, MIT IHNEN BEIDEN ZU PLAUDERN. ICH WERDE MICH AUF JEDEN FALL IN DER AGENTUR MELDEN.« Sie lächelte, dann stand sie auf und klappte eine der Liegen von der Wand, um es sich darauf bequem zu machen.

»ICH LÖSCHE DAS LICHT, WENN ES IHNEN NICHTS AUSMACHT«, rief sie.

Alastair flog zurück auf seine Gepäckablage, und Fanny folgte ihm. Sie ärgerte sich ein bisschen, Mrs Winterpick nicht gebeten zu haben, ihnen eine Liege auszuklappen oder zumindest ihren Koffer von der Gepäckablage herunterzunehmen. Zwar spürte Fanny das Gepäckstück gar nicht, doch es war trotzdem ein merkwürdiges Gefühl, mit den Füßen in einem fremden Koffer zu schlafen.

Wobei von Schlafen keine Rede sein konnte. Alastair schnarchte nach zehn Minuten wie ein Walross, während Fanny sich hin und her drehte. Und es waren nicht nur Alastairs röhrende Schlafgeräusche, die sie wach hielten. Es war die Aufregung vor dem nächsten Tag. Wie eine Meute schwarzer Raben fielen Fannys Sorgen in der Dunkelheit über sie her.

Ob ich auf der Feier wirklich etwas über meine Eltern herausfinde? Wie soll ich denjenigen überhaupt finden, der die Nachricht unter der Tür durchgeschoben hat? Ich kann ja schlecht einen nach dem anderen fragen. Vielleicht war es dieser Sir Paxton Blake selbst? Oh Mann, hoffentlich ist das alles keine Falle!

Es dauerte lange, bis Fanny sich endlich so weit beruhigt hatte, dass sie einschlummern konnte.

Am Morgen erwachte sie von einem lauten Pfiff und fühlte sich vollkommen gerädert. Helles Licht fiel ins Abteil.

»Newton Abbot, Endstation. Bitte alle aussteigen!«, rief eine Lautsprecherstimme.

Mrs Winterpick stand bereits mit ihrem Koffer in der Schiebetür.

»AUF WIEDERSEHEN«, brüllte sie freundlich ins Abteil. »EINEN SCHÖNEN AUFENTHALT WÜNSCHE ICH IHNEN. ICH MELDE MICH!«

Sie hob die Hand zum Gruß und stiefelte mit energischen Schritten von dannen.

Alastair rieb sich die Augen.

»Sind wir schon da?«, fragte er verschlafen.

»Gerade eingerollt, glaube ich.«

Nachdem Alastair sich gerekelt und gestreckt hatte, als wäre er aus dem Winterschlaf erwacht, schwebten er und Fanny gemeinsam auf den Bahnsteig hinaus und durch die Bahnhofshalle in die kleine Stadt.

Es gab einen hübschen Marktplatz in Newton Abbot mit einem viereckigen Uhrenturm in der Mitte. Alles hier wirkte so klein und beschaulich, ganz anders als in London.

Fanny flog gerade an einer Reihe hübscher Cafés vorbei, die den Marktplatz säumten, als plötzlich eine Stimme an ihr Ohr drang: »Endlich ist es so weit! Die Brücke wird uns retten.«

Vor Schreck geriet Fanny ins Schlingern. Sie verlor an Höhe und flog mitten durch eine Litfaßsäule hindurch.

Hektisch sah sie sich in alle Richtungen um, konnte aber nicht erkennen, wer gesprochen hatte. Mehr als die Hälfte der Cafétische auf dem Marktplatz waren besetzt. Fanny fragte sich, wie sie aus dem Stimmengewirr überhaupt etwas hatte herausfiltern können.

Die Brücke wird uns retten.

Fanny fühlte, wie ihr Körper sich verspannte. Die Worte wirkten unverändert bedrohlich auf sie, genau wie in Harriets Küche. Und schon wieder hatte sie das Gefühl, als wäre diese Botschaft allein für sie bestimmt. Irgendjemand schien ihr etwas mitteilen zu wollen. Aber was? Was war diese Brücke?

»Fanny!«, rief Alastair. Er schwebte vor einem Souvenirladen und wirkte so gut gelaunt, dass Fanny kurzerhand beschloss, die Sache mit der Brücke vorerst für sich zu behalten.

Fröhlich schlug der Geisterjunge vor, gleich weiter ins Dartmoor zu fliegen. Er schien es kaum abwarten zu können, Fanny seine alte Heimat zu zeigen.

Fanny war sich inzwischen nicht mehr sicher, ob die geplante Sightseeing-Tour eine gute Idee war. So wie sie sich gerade fühlte, würde sie bestimmt keine Sekunde davon genießen.

Etwas kraftlos stimmte sie Alastair jedoch zu.

Auf dem Weg meckerte der Geisterjunge wiederholt, weil Fanny so langsam flog. Aber wegen ihrer kreisenden Gedanken konnte sie sich kaum auf den *Fast Shot* konzentrieren.

Im Sonnenschein überflogen sie Gras- und Heideflächen, verwitterte Felsgebilde und Flüsse mit halb zerfallenen Steinbrücken.

Gegen Mittag machten sie halt bei einer kleinen Herde Ponys, wie sie überall im Dartmoor wild auf den Grasflächen weideten. Fanny versuchte, im Schatten eines Weißdorns ein bisschen Schlaf nachzuholen, um für die Abendgesellschaft fit zu sein. Doch natürlich gelang das nicht.

Die Brücke wird uns retten, tönte es immer wieder in ihrem Kopf.

Alastair schien zum Glück nichts von ihrer Unruhe zu bemerken, oder er schob es auf die Aufregung vor dem Fest.

Fanny hatte das Gefühl, dass sich der Nachmittag unendlich in die Länge zog. Immer wieder Hügel, immer wieder Steinbrücken, und schließlich besuchten sie noch einen moosüberwucherten Wald mit knorrigen Eichen, in dem Alastair früher oft mit seiner Familie gewandert war.

Gegen neunzehn Uhr brachen sie endlich in Richtung Schloss auf. Fanny war mittlerweile ein solches Nervenbündel, dass ihr die Hände zitterten, was das Fliegen nicht gerade erleichterte.

Blake Castle war nahe Dartmeet gelegen, einem kleinen Örtchen mitten im Moor.

Etwas verspätet landeten sie auf der breiten, von Krüppeleichen gesäumten Allee, die auf das hohe Eingangstor des grauen Schlosses zuführte.

Inzwischen hatte es sich merklich abgekühlt. Dunkle Wolken verhängten den Himmel, und zwischen den Büschen des riesigen Schlossgartens krochen dichte Nebelschwaden wie Raubtiere umher. Fanny fröstelte.

»Alastair, du bleibst aber bei mir, ja?!«, versicherte sie sich bei dem Geisterjungen.

»Klar«, gab Alastair beruhigend zurück. Er griff nach Fannys Hand. »Ich weiche keinen –«

»Guten Abend«, grüßte ein hochgewachsener Herr, der sich lautlos auf dem Kiesweg näherte. An seinem Arm führte er eine Braut in einem wunderschönen perlweißen Kleid. Sie trug einen blütenverzierten Schleier, und nur eine Kleinigkeit störte das anmutige Bild: der Totenschädel mit den leeren Augenhöhlen, der statt eines Gesichts unter dem Schleier hervorblitzte. »Guten Abend«, dröhnte es klappernd aus dem Schädel heraus, und dann war das Paar auch schon vorübergezogen.

Fanny überlegte, ob unter den Gästen viele solch schauderhafte Erscheinungen zu finden sein würden. Der Gehenkte von der Portobello Road und der Rabenmann fielen ihr wieder ein. Doch für einen Rückzieher war es jetzt definitiv zu spät.

Mit steifen Gliedern schwebte sie neben Alastair auf das Schloss zu.

Kapitel 15

»Die Einladungen bitte!« Der uniformierte Geist, der sich neben dem Schlosstor postiert hatte, schaute unfreundlich drein.

»Was, wieso?«, fragte Alastair.

»Weil das hier eine geschlossene Abendgesellschaft und kein Dorffest ist, junger Mann«, verkündete der Türsteher herablassend. Seine spitze Adlernase zuckte. »Hier kommen nur geladene Geister rein. Anweisung von Sir Paxton Blake persönlich.«

»Hast du die Einladungskarten denn nicht dabei?«, flüsterte Fanny.

»Nein«, schnaubte Alastair. »Wieso auch? Die liegen in meiner Truhe. Ich wusste ja nicht, dass wir die Dinger brauchen.« Mit einem trotzigen Blick wandte er sich wieder an den Türsteher. »Wissen Sie«, sagte er und schob sein Kinn vor, »wir hätten auch irgendwo an der Seite durchs Mauerwerk ins Schloss fliegen können. Da hätten Sie uns gar nicht bemerkt.«

»Mag sein«, gab der Geist ungerührt zurück. »Aber jetzt *hab* ich euch bemerkt, Bürschchen. Ohne Einladung kommt ihr hier nicht rein. Und damit basta!«

Alastair schnaubte und öffnete schon den Mund für eine passende Erwiderung, doch Fanny kam ihm zuvor.

»Mein Freund hier ist Alastair Blake. Er ist ein direkter Nachfahre des Gastgebers. Vielleicht könnten Sie bei Sir Paxton einmal nachfragen, ob wir ausnahmsweise ohne Einladung hineinkönnen? Das wäre wirklich sehr freundlich von Ihnen.« Sie verzog die Lippen zu etwas, das sich anfühlte wie ein charmantes Lächeln.

Mürrisch blickte der Türsteher zwischen ihr und Alastair hin und her. »Katz?!«, brüllte er plötzlich so laut, dass Fanny vor Schreck zusammenfuhr.

Kurz darauf schob sich ein Ritterhelm, bestückt mit einer großen roten Feder, durch das Eingangstor nach draußen.

»Was is'?«, hallte es dumpf unter dem Visier hervor.

»Hier sind schon wieder welche ohne Einladung«, motzte der Türsteher. »Frag Paxton, ob wir einen Alastair Blake mit Begleitung reinlassen sollen.«

»Fanny. Ich heiße Fanny Jones«, beeilte Fanny sich hinzuzufügen, doch der Ritterhelm war schon wieder im Inneren verschwunden. Unwirsch schob der Türsteher sie und Alastair zur Seite, um weiteren Gästen Platz zu machen.

Eine Gruppe von Männern passierte, die mit ihren Federhüten aussahen wie die drei Musketiere. Es folgte eine Frau im glänzenden Kleid und mit einer riesigen, komplizierten Hochsteckfrisur. Dann eine gruselige Wasserleiche, an deren tropfnassen Kleidern immer noch Algen hafteten.

»Wieso hast du die Karten denn in deiner Truhe gelassen?«, raunte Fanny. »Das war nicht besonders schlau. Was, wenn Jim sie dort entdeckt?«

»Der soll es wagen, meine Truhe anzufassen …«

In diesem Moment schob sich die rote Feder wieder durch das Tor. »Sollst sie durchlassen«, schnarrte der Ritter, woraufhin der Türsteher Fanny und Alastair mit einem frostigen Lächeln an sich vorbeiwinkte.

»Puh!«, machte Fanny leise.

Gemeinsam schwebten sie durch das Tor und fanden sich in einer riesigen Eingangshalle wieder. Die Wände bestanden zur unteren Hälfte aus grob behauenem Stein. Den oberen Bereich zierte eine grün-goldene Tapete, und darüber wölbte sich die Decke, von der ein gewaltiger kristallener Lüster herabhing und den Raum in ein feierliches Licht tauchte. Die linke Seite der Halle wurde von einer hohen nussbaumfarbenen Flügeltür bestimmt, während der hintere Teil in eine pompöse zweiarmige Steintreppe mündete.

»Wow! Das ist viel nobler, als ich es mir vorgestellt hatte«, staunte Fanny.

»Und das ist nur das Vestibül. Warte ab, bis du die Säle gesehen hast«, sagte Alastair.

Fanny fragte sich gerade, was wohl ein *Vestibül* war, als am Treppenabsatz im ersten Stock ein Mann mit einem ebenso breiten Federhut auftauchte, wie ihn die Musketiere am Eingang getragen hatten. Seine stolze Haltung ließ Fanny sofort annehmen, dass es sich um Alastairs Urahn handeln musste. Würdevoll wie ein König schwebte er über die Steintreppe zu ihnen herab. Er war ganz in Schwarz gekleidet, trug eine Kniebundhose und ein Wams mit einer altmodischen berüschten Halskrause. Auf den ersten Blick ließ ihn diese Aufmachung tatsächlich ein wenig finster wirken, doch in seinem Gesicht stand ein Lächeln, das mühelos den Kronleuchter überstrahlte.

»Alastair«, rief er freudig. Mit weit ausgebreiteten Armen kam er auf seinen Nachfahren zu. »Wie schön, dich endlich einmal wiederzusehen.«

»Ja, ist ziemlich lange her.« Alastair setzte ein dünnes Lächeln auf. »Darf ich vorstellen, das ist –«

»Natürlich ist das Miss Fanny Pickwick«, fiel Sir Paxton ihm ins Wort. »Ich habe Großes über Sie gehört, junge Dame.« Er musterte Fanny mit neugierigem Blick und hauchte ihr einen zarten Kuss auf die Hand.

»Fanny *Jones*«, verbesserte Fanny. »Herzlichen Glückwunsch zum Geburtstag, Sir –«

»Oh, nein, nein!« Paxton hob abwehrend die Hände. »Meine vierhundert Lenze feiern wir erst zur Mitternachtsstunde«, erklärte er. Dann wurde er durch zwei Mönche in langen schwarzen Kutten abgelenkt, die sich schwebend vom Eingang her näherten. Paxton begrüßte die Männer und wies ihnen den Weg in den ersten Stock zum *Herrensalon*, wie er es nannte.

»Feiern wir gar nicht im großen Speisesaal?«, fragte Alastair enttäuscht.

»Selbstverständlich, mein Junge«, verkündete Paxton gut gelaunt. »Aber heute dürfen die Herren und Damen zuerst ein wenig getrennt voneinander plaudern.« Galant bot er Fanny seinen Arm an. »Wenn Sie erlauben, Miss Fanny *Jones*. Im Damensalon wird bereits heftig gefeiert, wenn ich richtig informiert bin.«

Alastair und Fanny tauschten einen raschen Blick.

»Wir … wir wollten eigentlich zusammenbleiben«, setzte Alastair an. »Weil –«

Paxton ließ ein kollerndes Lachen vernehmen.

»Mein junger Nachkomme hier hat offenbar Angst um Sie, liebe Miss Fanny.« Er zwinkerte Fanny schelmisch zu und wandte sich dann an Alastair: »Du brauchst dir keine Sorgen um deine Freundin zu machen. Die Damen werden sich gut um sie kümmern. Bei uns würde sie sich doch nur langweilen. Das ganze Gerede über Geisterpolitik und Staubwirtschaft – das ist doch nichts für junge Mädchen.«

Fanny protestierte innerlich. Sie hätte gern etwas über Geisterpolitik erfahren, und bei dem Gedanken, mit einer Meute wild feiernder Geisterdamen allein zu sein, wurde sie jetzt schon nervös.

Doch Sir Paxtons unbekümmerte Art erstickte jeden Widerstand. Erst setzte er Alastair vor der Tür des Herrensalons ab, dann geleitete er Fanny weiter den Gang hinunter. Als sie sich noch einmal umdrehte, bemerkte Fanny das Unbehagen in Alastairs Augen, und ein Anflug von Panik stieg in ihr auf.

»Er ist etwas anhänglich, mein Nachfahre, nicht wahr?«, bemerkte Sir Paxton, als Alastair schließlich durch die Tür in den Herrensalon verschwunden war. »Das war damals bei Pandora genauso.«

Fanny blickte auf.

»Meinen Sie Pandora Pickwick?«, fragte sie irritiert. Sie konnte sich nicht daran erinnern, dass Alastair Pandora jemals erwähnt hatte. Doch Sir Paxton nickte.

»Nachdem Alastair Pandora das Geistersehen beigebracht

hatte, waren die beiden praktisch unzertrennlich«, sagte er leichthin.

Fanny schnappte nach Luft. Dann war Pandora Pickwick also die geheimnisvolle Unbekannte! Aber wieso hatte Alastair nicht gewollt, dass sie das erfuhr?

»Das heißt, Pandora konnte tagsüber Geister sehen – genau wie ich?«

Paxton nickte erneut.

»Sie war sehr begabt. Es fing bei ihr schon an, als sie gerade erst zehn Jahre alt war. Da konnte sie uns plötzlich während des Tages hören, und es dauerte nicht lange, bis sie uns tagsüber auch sah.« Er begann zu schmunzeln. »Sie können sich vorstellen, was Alastair und Pandora gemeinsam für Streiche ausgeheckt haben. Pandoras Eltern mussten regelmäßig neues Personal einstellen, weil keine Hausdame und keine Köchin es länger als ein paar Wochen aushielt. Von Pandoras Hauslehrerinnen ganz zu schweigen.«

Fanny runzelte die Stirn. Das klang so, als hätten die beiden viel Spaß zusammen gehabt. Warum hatte Alastair ihr davon nichts erzählt?

Sir Paxton hielt plötzlich inne.

»Sagen Sie, Miss Fanny, was halten Sie von einer kleinen Schlossführung, bevor ich Sie den feierwütigen Damen überlasse?«, schlug er vor. »Blake Castle ist schließlich auch *Ihr* Ahnenschloss. Da sollten Sie es doch wenigstens einmal angeschaut haben.«

»Na ja, eigentlich ist es nicht so richtig mein Ahnenschloss. Ich bin adoptiert«, gab Fanny mit leichtem Unbehagen zu bedenken, doch entweder hielt Sir Paxton diese Information nicht für bedeutsam, oder er hatte Fannys Bemerkung schlicht überhört. Jedenfalls wurde sein Lächeln nur noch breiter.

»Kommen Sie, begleiten Sie mich«, sagte er einfach.

An Paxtons Arm schwebte Fanny die Treppe in das nächste Stockwerk hinauf. Sie betrachtete die vielen goldgerahmten Gemälde im Treppenhaus und übersah dabei ganz den Mann, der ihnen von oben entgegenkam.

»Vorsicht!« Paxton zog sie sanft ein Stück näher. Zur Abwechslung war es nämlich kein Geist, der da fröhlich pfeifend an ihnen vorbeieilte, sondern ein Mensch in Jeans, Hemd und mit einer hellblauen Baseballcap auf dem Kopf.

»War das der Schlossbesitzer?«, fragte Fanny. Sie erschrak, denn Paxton fiel augenblicklich das freundliche Lächeln aus dem Gesicht.

»Oh, Entschuldigung. Hab … hab ich etwas Falsches gesagt?«, stammelte sie. Sie wollte Paxton lieber nicht verärgern. Alastair hatte ja ausreichend betont, wie ungemütlich sein Urahn werden konnte. Und auch wenn Paxton Blake sich bis jetzt eher charmant gezeigt hatte, war Fanny auf der Hut. Wer wusste schon, wie schnell sich seine Laune ändern konnte.

»Nein, nein, durchaus nicht, meine Liebe.« Paxton winkte ab. Zum Glück schien er sich wieder gefangen zu haben. »Machen Sie sich keine Sorgen. Es ist nur … da ich dieses Schloss selbst gebaut habe, betrachte ich immer noch *mich* als den Schlossherrn, das ist alles. Diese Leute sind lediglich ungebetene Gäste, wenn Sie verstehen, was ich meine.«

Fanny nickte, froh darüber, dass sich seine Stimmung wieder gewandelt hatte.

»Mit den Jahren musste ich hier schon einige von diesen *Gästen* ertragen«, fuhr Paxton fort. »Diesmal ist es ein *Tennisspieler.*« Er spuckte das Wort aus, als wäre es in seinem Mund schlecht geworden.

Unterdessen kamen sie am Kopf der Treppe an und blickten in einen schmalen Flur, dessen Wände mit feiner, weinroter Seidentapete ausgekleidet waren. Zwischen schweren Ölgemälden spendeten zahlreiche goldene Wandleuchter ein warmes Licht.

»Erfreulicherweise wurde das Schloss schon vor Jahrzehnten teilweise unter Denkmalschutz gestellt, sodass die *Gäste* nur den Westflügel modernisieren dürfen«, sagte Paxton. »Sie werden sehen, der große Saal, in dem wir nachher feiern, sieht noch genauso aus, wie ich ihn damals eingerichtet habe. Und das war offen gestanden zu meiner Zeit schon altmodisch.«

Paxton erklärte, dass die historischen Räume tagsüber für die Öffentlichkeit zugänglich seien, und regte sich schrecklich darüber auf.

»Horden von Touristen trampeln hier täglich durch meine Räume«, rief er aus. »Es ist wirklich eine Schande! Aber die *Gäste* scheinen sich den Unterhalt des Schlosses nicht ohne diese Einnahmen leisten zu können.« Er verzog abschätzig den Mund. »Genau wie Pandoras Eltern damals. Ah, da ist sie ja schon!«

Paxton verharrte neben einer Fensternische mit schweren Samtvorhängen und deutete auf das Porträt eines jungen Mädchens.

»Pandora Pickwick, geborene Blake«, verkündete er mit beinahe väterlichem Stolz in der Stimme.

Auf dem Bild war Pandora ungefähr so alt wie Fanny. Sie hatte lange blonde Zöpfe, einen neugierigen Blick, und ihre Nase und die Wangen waren mit vielen kleinen Sommersprossen gesprenkelt.

Fanny kannte ihre Adoptiv-Grandma von einigen Fotos, die ihre Mum zu Hause aufbewahrte, und natürlich von dem Bild in Harriets Laden. Ein Kinderbild hatte sie von Pandora aber noch nie gesehen.

»Dann ist Pandora hier aufgewachsen?«, fragte sie.

Über Paxtons Nasenwurzel grub sich eine steile Falte in die Stirn. »Bis sie zwölf war«, antwortete er. »Zu diesem Zeitpunkt hatten ihre Eltern das Schloss so heruntergewirtschaftet, dass sie verkaufen mussten. Sie haben einen Teil der Möbel genommen und damit das Antiquitätengeschäft in Notting Hill eröffnet.« Er schüttelte missmutig den Kopf. »Vergeben Sie mir meine schlechte Laune, Miss Fanny, aber der Umstand, dass mein Schloss auf diese Weise in fremde Hände gelangt ist, schmerzt mich bis heute. Zumal ich fortan keine Gesellschaft mehr hatte. Alastair zog es damals nämlich vor, das Schloss seiner Väter zu verlassen, um Pandoras Familie zu begleiten.« Er kniff die Lippen zusammen und sah plötzlich sehr gekränkt aus. Aber auch das hielt nur einen kurzen Moment an. Danach versank er in der Betrachtung des Gemäldes. Er trat etwas näher an das Porträt heran und beäugte Pandoras Gesicht. Schließlich sah er mit gewölbten Brauen zwischen dem Bild und Fanny hin und her.

»Da ist doch eine eindeutige Ähnlichkeit zu erkennen«, behauptete er. »Schauen Sie, Miss Fanny: Pandoras Nase. Sie hat den gleichen Schwung wie Ihre.«

Fanny richtete ihren Blick ebenfalls auf das sommersprossige Mädchengesicht. Es stimmte tatsächlich! Pandora hatte diesen kleinen Huckel auf dem Nasenrücken, den Fanny von sich selbst kannte, und ihre Nasenspitze ragte ein wenig in die Höhe – genau wie Fannys. Aber das konnte ja nur Zufall sein, oder nicht? Fanny merkte, wie ihr auf einmal gleichzeitig heiß und kalt wurde.

»Wirklich eine Schande, dass Pandora nicht auf dem Schloss bleiben konnte«, klagte Paxton. »Ihre drei Kinder hätten hier so wunderbar aufwachsen können mit dem großen Garten und der schönen Umgebung.« Er wandte sich ab und ließ seinen Blick durch das Fenster über die weiten Parkanlagen schweifen.

»Drei? Nein, Sie irren sich«, sagte Fanny. »Pandora hatte nur zwei Kinder. Meine Mum und meine Tante Harriet.«

Mild lächelnd drehte Paxton sich wieder um. Er betrachtete Fanny, und sein Blick hatte etwas Lauerndes, wie sie mit leichtem Unbehagen wahrnahm.

»Ich fürchte, *Sie* irren, meine Liebe.« Sein Lächeln wirkte jetzt beinahe herablassend. »Pandora hatte *drei* Kinder. Drei Mädchen, um genau zu sein. Da sie eine direkte Nachfahrin von mir war, habe ich ihren Werdegang natürlich mit hohem Interesse verfolgt.«

Fanny wurde unruhig. Was sollte das heißen? Drei Kinder? Gab es in ihrer Familie etwa noch andere Geheimnisse als das um ihre richtigen Eltern? War da eine Tante, die ihre Mum und Harriet ihr verschwiegen hatten?

Fanny wollte gerade fragen, was Sir Paxton über dieses dritte Kind wusste, da schallte eine helle Stimme durch den Gang.

»Paxton, Darling. Welchen Schatz enthältst du unserer Damengesellschaft denn da vor?« Eine elegant gekleidete Frau kam den Flur hinuntergeschwebt. Wie eine Katze schmiegte sie sich an

Paxtons Seite und betrachtete Fanny neugierig aus großen hellen Augen. Sie hatte eines dieser glitzernden Charleston-Kleider mit Fransen am Rock an, von denen Fannys Mum letzten Fasching eines getragen hatte. Ihr halblanges schwarzes Haar lag eng und glänzend an ihrem Kopf, und darüber trug sie ein Stirnband mit einer großen funkelnden Schmetterlingsbrosche daran.

»Jessica«, sagte Paxton erfreut. »Jessica Miller, das ist Fanny Jones, eine Nachfahrin von mir.«

»Guten Abend, Mrs Miller«, sagte Fanny höflich. Sie hatte es aufgegeben, Sir Paxton in dieser Verwandtschaftssache zu widersprechen.

»Um Himmels willen!«, fuhr die Dame auf. »Bitte nenn mich Jessica. Ich bin zwar schon hundert Jahre tot, aber für *Mrs Miller* fühle ich mich immer noch zu jung!« Sie lächelte schelmisch und wandte sich dann Sir Paxton zu. »Paxton, Darling«, sagte sie wieder. »Du kannst das Mädchen doch nicht von unserer Feier fernhalten. Sonst ist die Damenparty vorbei, bevor sie für Fanny überhaupt angefangen hat.« Sie griff nach Fannys Hand. »Weißt du was? Ich entführe dich jetzt einfach. Wir sehen uns nachher, Paxton.«

Schon zog sie Fanny den Gang hinunter. Die traute sich nicht zu protestieren, sträubte sich aber etwas, weil ihr so viele Fragen auf der Zunge brannten. Hoffentlich hatte sie später noch einmal Gelegenheit, Paxton über das dritte Kind auszuhorchen.

»Viel Vergnügen!«, rief der Schlossherr ihnen nach. »Die Damen feiern im gelben Salon. Das war übrigens das Lieblingszimmer Ihrer Mutter, Miss Fanny.«

Fanny stoppte abrupt und fuhr herum. Sie versuchte, aus Sir

Paxtons undurchsichtigem Gesichtsausdruck etwas herauszulesen, doch schon bugsierte Jessica sie weiter ins Treppenhaus.

Was hatte er gesagt? Das Lieblingszimmer *ihrer Mutter*? Aber ihre Mum war bestimmt nie in diesem Schloss gewesen. Oder doch? Fanny war so verwirrt, dass sie sich von Jessica widerstandslos weiterziehen ließ. Kurz darauf schwebten sie schon durch die Flügeltür des Damensalons.

Laute Musik, Schwatzen und Lachen erfüllten die Luft. In sitzender Haltung schwebten ein Dutzend Geisterdamen über den Polstermöbeln. Andere tanzten in der Saalmitte ausgelassen zu den fröhlich quäkenden Blechbläsertönen, die aus einem staubgrauen Geistergrammofon schallten.

Fanny nahm das alles wie durch eine dicke Glaswand wahr.

Das Lieblingszimmer ihrer Mutter, hallte es durch ihren Kopf.

Konnte das sein? Pandora? Hatte er es so gemeint? War Pandora ihre Mutter? Nein, das war doch unmöglich! Dann wären Mum und Tante Harriet ja ihre Schwestern! Aber wie sollten Sir Paxtons Worte sonst Sinn ergeben? War sie selbst, Fanny, das dritte Kind? Oder versuchte Paxton sie in die Irre zu führen? Spielte er ein Spiel mit ihr? Für Fanny war er immer noch undurchschaubar. Sie konnte ihn einfach nicht einschätzen.

Angespannt rieb sie sich über die Stirn. Die Gedanken in ihrem Kopf wirbelten mindestens doppelt so schnell herum wie die Geisterdamen auf dem Parkett.

»Cheers«, rief Jessica. Fröhlich drückte sie Fanny einen Becher mit einer farblosen Flüssigkeit in die Hand. »Auf die Brücke!«, schrie sie Fanny über den Lärm hinweg zu.

»Auf die *was*?«, fragte Fanny entsetzt.

Doch statt einer Antwort stürzte Jessica sich jubelnd auf die Tanzfläche. Die Fransen an ihrem Rock flogen wild durch die Luft.

Jetzt nicht auch noch die Brücke, dachte Fanny. Ihr war das alles zu viel. Benommen registrierte sie, wie die Skelett-Braut, die sie vorhin vor dem Schloss getroffen hatten, einen welken Blumenstrauß in die johlende Menge warf. Eine Geisterdame mit einem bauschigen Rüschenkleid fing ihn auf.

»Huch, wir kennen uns doch«, quiekte da plötzlich jemand.

Wie in Trance drehte Fanny den Kopf. Es dauerte einen Moment, bis sie das Gesicht erkannte. Es war die Geisterdame, die sie und Alastair im Buckingham Palace kennengelernt hatten. Mit etwas schief stehenden Zähnen strahlte sie Fanny an.

»Guten Abend«, brachte Fanny heraus. Der Name zu dem Gesicht wollte ihr beim besten Willen nicht einfallen.

»Lady Catherine Dashwood«, stellte die Geisterdame sich zum Glück erneut vor. »Wie schön, Sie hier zu treffen«, freute sie sich. Sie nippte an ihrem Becher. »Das ist alles so aufregend, finden Sie nicht? Ich kann immer noch nicht glauben, dass es heute wirklich so weit sein soll! Denken Sie, es wird funktionieren?«

»Ich … ich weiß nicht.« Fanny musterte Lady Catherine irritiert. »Was genau meinen Sie?«

»Ach, Sie wissen schon.« Die Lady setzte eine Verschwörermiene auf. »Die Brücke natürlich. Meinen Sie, es wird gelingen?«

Schon wieder die Brücke. Fanny fühlte sich schwindelig.

»Was ist denn diese Brücke?«, fragte sie.

Für einen Augenblick sah die Lady sie verdattert an, doch dann prustete sie plötzlich los. »Jetzt hätten Sie mich fast gehabt!«, gackerte sie. »Was die Brücke ist, also wirklich. Einen vorzüglichen Sinn für Humor haben Sie da, junge Dame.«

»Nein, ich –«, setzte Fanny an, doch ein ohrenbetäubendes Quietschen unterbrach sie. Es war die Grammofonnadel, die ein Diener in grüner Livree mit einem Ruck von der Schallplatte gehoben hatte.

»Meine Damen«, rief er in den Raum. »Es ist so weit! Sir Paxton bittet Sie zu Speis und Trank in den großen Saal hinunter. Bitte achten Sie auf Ihre Tischkarten. Ich wünsche guten Appetit.«

Kaum hatte er geendet, ging ein Raunen durch den Salon.

»Jetzt geht es los«, kreischte die Lady neben Fanny. Begeistert klatschte sie in die Hände, und dann stob sie gemeinsam mit den anderen Damen durch die Wand des Salons.

Kapitel 16

Einen Moment lang schwebte Fanny wie erstarrt auf der Stelle, doch dann machte sie sich ebenfalls auf den Weg. Der mit aufgeregten Geisterdamen gefüllte Flur vor dem Salon lag jetzt in nächtlicher Dunkelheit.

Natürlich, dachte Fanny. Es war schon spät, und die Schlossbesitzer bewohnten diesen Teil des Gebäudes ja nicht.

Langsam folgte sie der Menge in Richtung Eingangshalle. Durch ein Bleiglasfenster fiel Mondlicht in den Raum und zeichnete silbrige Rauten auf die Wände und den Fußoden. Durch diese Lichtscherben strebte die Geisterschar in den großen Saal hinab, der sich offenbar hinter der nussbaumfarbenen Flügeltür befand. Nur ein einzelner Geist hielt sich noch am Kopf der Marmortreppe auf. Erleichtert erkannte Fanny Alastair.

»Alles okay?«, fragte er, als sie sich näherte. »Du siehst mies aus. Das kann ich sogar im Dunkeln erkennen.«

»Gar nichts ist okay«, gab Fanny zurück. »Alastair, ich –«

»Warte mal, lass mich zuerst«, unterbrach der Geisterjunge sie. »Ich hab Neuigkeiten: Der Riese ist hier.«

»Der Riese von der Brücke?« Fanny bemühte sich, die Information irgendwo in ihrem Hirn unterzubringen, doch sie hatte große Schwierigkeiten, einen freien Platz dafür zu finden.

»Und nicht nur der. Der Typ mit dem grünen Umhang, den wir vorm Laden gesehen haben. Und der mit dem Kettenhemd. Die waren beide auch im Herrensalon.«

»Hast du mit ihnen gesprochen?«, hörte Fanny sich fragen.

»Nein, ich bin nicht dazu gekommen. So ein Opi hat mich vollgequatscht. Lord Gelderman oder so ähnlich … Aber wenn die drei hier herumhängen, bedeutet das ja auf jeden Fall, dass sie Freunde von Paxton sind.«

»Meinst du, er hat sie engagiert, um uns zu beschützen?«

Alastair hob die Schultern.

»Keine Ahnung. Eigentlich würde es dem alten Knochen nicht ähnlich sehen, etwas Nettes zu tun.«

»Also, ich weiß gar nicht, was du hast«, erwiderte Fanny. »Bis jetzt ist er doch –«

»Meine Herrschaften?«, wurden sie unterbrochen. »Das Essen wird demnächst serviert.« Der Diener in grüner Livree hatte sich vor der Flügeltür postiert. Mondlicht fiel auf sein blasses Gesicht.

»Wir kommen gleich. Einen Moment bitte«, rief Fanny ihm zu. Sie sah Alastair ernst an. Plötzlich war ihre Zunge so trocken, als hätte sie bereits vor dem Geistermahl eine Ladung Staub gefuttert.

»Kanntest du Pandora Pickwick?«

Alastairs ohnehin schon große Augen weiteten sich noch etwas mehr. Er sagte nichts, aber für Fanny war auch das eine Antwort.

»Ist sie meine Mutter?«, presste sie hervor.

»Fanny, ich –«

»Ist sie meine Mutter?«, fragte Fanny energischer. Sie musste es jetzt wissen.

Alastair machte einen tiefen Atemzug. »Ja«, antwortete er schließlich. »Aber *so* solltest du das bestimmt nicht erfahren. Paxton, dieser –«

»Pandora ist meine Mutter? Aber … wieso habt ihr das geheim gehalten?« Fanny war jetzt richtig schwindelig. Hilfe suchend griff sie nach dem Treppengeländer, erinnerte sich aber im selben Moment, dass sie es nicht berühren konnte.

»Es ist kompliziert. Komplizierter, als du jetzt denkst«, bemühte sich Alastair zu erklären. »Keiner wollte dir wehtun. Wirklich! Am besten, du redest zu Hause in Ruhe mit Harriet darüber.«

»Herrschaften?« Der Diener wirkte jetzt sehr ungeduldig. »Wir möchten das Essen auftragen. Wenn Sie sich also *bitte* im Saal einfinden würden!«

Fanny warf Alastair noch einen letzten zornigen Blick zu, dann schwebte sie unter dem erloschenen Kronleuchter die Treppe hinab und folgte der Handbewegung des Geisterdieners durch die große Tür hindurch.

»Bitte achten Sie auf das Wurmloch im linken Bereich, Miss«, schnarrte eine Stimme, kaum dass Fanny sich im Saal befand. Sie zuckte heftig zusammen. Es war der Türsteher mit der Adlernase. Gemeinsam mit seinem rot befederten Ritterkollegen hatte er sich breitschultrig neben der Eingangstür im Saal postiert. »Das Loch wurde notdürftig abgesichert«, fuhr er monoton fort, »aber Sie sollten trotzdem –«

»Ist schon gut«, unterbrach Alastair den Mann. Er schwebte jetzt wieder an Fannys Seite. »Sie brauchen uns nicht zu belehren. Ich kenne das Wurmloch, danke.«

»Wie, Wurmloch?« Fanny starrte Alastair bestürzt an. Für ihren Geschmack hatte sie jetzt langsam genug Schockmomente gehabt. Ehrlich gesagt stand sie kurz vor einem hysterischen Anfall. Eine Begegnung mit einem Geisterwurm war das Letzte, was sie jetzt noch brauchte.

»Das Loch existiert schon, solange ich denken kann«, beruhigte Alastair sie. »Darin hat sich nie ein Wurm blicken lassen.«

Fanny starrte zu der Stelle hinüber. Sie konnte das Loch gar nicht erkennen. Nur ein paar graue Klappaufsteller, die sie an die Frisch-gewischt-Schilder in ihrer Schule erinnerten, deuteten an, dass sich dort etwas im Boden befand.

»Aber du hast doch gesagt, schon die Löcher sind gefährlich«, zischte sie. »Wer da reinfällt, kommt nie wieder raus. Genau das hast du gesagt!«

»Ja, aber das Loch ist doch ganz hinten in der Ecke«, redete Alastair beschwichtigend auf sie ein. »Halt dich einfach davon fern, dann passiert nichts. Schau, sie haben es sogar abgesperrt. Als ich hier gewohnt habe, war es nie abgesperrt, und wie du siehst, lebe ich noch.« Er hielt kurz inne. »Okay, nicht so richtig. Aber du weißt, was ich meine.«

»Miss Fanny! Alastair!«, rief Sir Paxton ihnen zu. Er schwebte über einem wuchtigen Holzstuhl mit hoher Lehne am Kopf der längsten von insgesamt sechs Speisetafeln, an denen inzwischen fast alle Gäste Platz genommen hatten.

Erst in diesem Moment begriff Fanny, wo sie gelandet war. Ein kaltes Prickeln lief ihr die Schulterblätter hinab. Sie kannte diesen Saal, die lange Tafel und die Ritterrüstungen an den Wänden. Auch die Feuerstelle, in der ein Stapel Holzscheite brannte und vor sich hin knackte. Und den riesigen Kronleuchter mit seiner Unmenge an Kerzen, die ein flackerndes bläuliches Licht verbreiteten. Es war der Raum, den sie in den Rauchschwaden über Harriets Küchentisch bei der Séance gesehen hatte!

Fanny versuchte, ruhig zu atmen. Was hatte das jetzt wieder zu bedeuten? War es eine Vorahnung zu dem heutigen Abend gewesen, die sie damals gehabt hatte? Oder hatte ihr jemand ein Zeichen geben wollen?

Mit einem nervösen Sirren in den Ohren schwebte sie neben Alastair auf Sir Paxton zu. Ihr Körper fühlte sich an wie ein Draht, den man gespannt und unter Strom gesetzt hatte.

»Da sind Sie ja, Miss Fanny«, rief der Gastgeber überschwänglich. »Ich hatte schon Angst, Sie würden uns im Stich lassen. Dabei sind Sie doch heute mein Ehrengast. Sie müssen unbedingt neben mir sitzen!« Mit einladender Geste wies Paxton auf den ersten Stuhl an der Längsseite des Tisches. »Alastair, du speist neben Fanny. Es sei denn natürlich, Darlings Gegenwart macht dich zu nervös.« Der leichte Spott in seiner Stimme war nicht zu überhören. »In diesem Fall darfst du dich gern am Ende der Tafel niederlassen. Ich denke … neben Lord Gelderman dort hinten ist noch ein Platz frei.«

Fanny folgte mit dem Blick Sir Paxtons Zeigefinger und erspähte einen grauhaarigen Geist mit einer glänzenden Nickelbrille, der hemmungslos auf die Sitznachbarin zu seiner Linken einredete. Es handelte sich um die Frau in dem Rüschenkleid, die im Damensalon den Brautstrauß gefangen hatte. Im Gegensatz zu vorhin sah sie nun überhaupt nicht mehr fröhlich aus.

»Nein, nein, geht schon«, versicherte Alastair. Allerdings wirkte er merklich angespannt. Erst jetzt bemerkte Fanny das Tier, das im Schatten von Sir Paxtons Stuhl kauerte: ein nachtschwarzer Wolfshund mit aufgerichteten Ohren und einem spitz zulaufenden Maul. Seine Augen – milchig weiß und ohne eine sichtbare Pupille darin – waren starr auf Alastair gerichtet. Fanny verstand sofort, warum ihr Freund Angst vor dem Hund hatte. Das Tier wirkte ruhig, aber nicht entspannt, sodass man das Gefühl bekam, es könne jeden Moment zum Angriff übergehen.

»Ah, da kommt ja endlich das Essen.« Sir Paxton griff beschwingt nach seinem Becher und schlug ein paarmal mit dem Löffel gegen den oberen Rand. Einige seltsam dumpfe Töne erklangen und brachten die plaudernden Gäste zum Schweigen.

Paxton hielt eine kurze Rede, von der Fanny wenig mitbekam. Sie war damit beschäftigt, sich an der langen Tafel umzusehen. Etwa mittig auf der gegenüberliegenden Seite ragte der Riese auf, und ein Stück weiter unten am Tisch saß der Geist mit dem grünen Umhang direkt neben dem Kettenhemdträger. Wie alle anderen erhoben sie jetzt ihre Becher und prosteten in Sir Paxtons Richtung.

»Auf die Brücke!«, schallte es vielstimmig durch den Saal.

Fanny konnte nicht verhindern, dass ihr schon wieder ein kalter Schauer über den Rücken lief.

»Alastair«, raunte sie, doch der Geisterjunge schien überhaupt nicht ansprechbar. Seine Augen hafteten wie Magnete an dem

Wolfshund. Er schaute nicht einmal auf, als einer von Paxtons Bediensteten ihm eine Platte mit Hühnerschenkeln darbot.

Insgesamt neun oder zehn Diener und Dienstmädchen versorgten die Gäste mit Braten, gestampftem Gemüse und Kartoffeln, doch nichts davon hatte den Glanz oder die Farbe von frisch zubereitetem Essen. Alles war genauso stumpf grau wie das Eis in der Paddington Station und verströmte auch nicht den geringsten Duft. Ein trauriges Festmahl, fand Fanny, und überhaupt nicht appetitanregend. Doch die Geister am Tisch stürzten sich trotzdem wie heißhungrige Hyänen darauf.

Aus Höflichkeit nahm Fanny einen Hühnerschenkel und ließ sich etwas auftun, das sie auf den ersten Blick für Erbsen hielt. Bei genauerer Betrachtung erinnerte es jedoch eher an in Staub gewälzte Hasenkötel.

»Passen Sie doch auf, Sie dummes Weib!«, rief Sir Paxton plötzlich aus. Fanny löste ihren Blick von den Hasenköteln. Anscheinend hatte das junge Dienstmädchen, das jetzt erschrocken den Kopf einzog, etwas Bratensoße auf Paxtons schwarzes Wams gekleckert. Es war wirklich nur ein kleiner Tropfen. Paxton konnte ihn ohne Probleme fortwischen, doch das hinderte ihn nicht daran, eine wahre Schimpfkanonade auf das arme Mädchen abzufeuern.

»So etwas Ungeschicktes aber auch! Sehen Sie sich das an.« Mit erboster Miene deutete er auf den nicht mehr vorhandenen Fleck auf seiner Brust. »Sind Sie so ein Bauerntrampel, dass Sie nicht mal ein bisschen Bratensoße ordentlich über dem Teller verteilen können?«

Das Dienstmädchen tat Fanny aufrichtig leid. Ihr Gesicht war noch blasser geworden, als es ohnehin schon war, und ihre Miene ganz verzweifelt. Die Sauciere bebte in ihrer Hand.

»Verzeihen Sie, Sir, ich –«

»Papperlapapp«, unterbrach Paxton sie barsch. »Jetzt stehen Sie hier nicht so dumm rum. Die anderen Gäste wollen schließlich auch noch bedient werden!«

Während das Fräulein eilig davonhuschte, wischte Sir Paxton sich ärgerlich über den Mund.

So kann er also auch sein, dachte Fanny. Dieser Ausbruch kam dem, was Alastair über seinen Urahn erzählt hatte, schon deutlich näher. Mit dem liebenswürdigen Gastgeber von vorhin hatte Paxton nichts mehr gemein. Fanny warf einen schnellen Blick zur Seite, aber Alastair war in ein Gespräch mit seinem Tischnachbarn vertieft. Er hatte den Zwischenfall gar nicht bemerkt.

Ein Diener trat von hinten an Fanny heran und tat ihr, ohne zu fragen, etwas Gemüsebreiartiges auf. Bekümmert starrte sie auf die graue Masse.

»Keinen Appetit?«, fragte Sir Paxton, der sein charmantes Lächeln inzwischen ohne Probleme wiedergefunden hatte.

»Nicht besonders«, gab Fanny zu. Im Gegensatz zu Paxton fühlte sie sich nach der unschönen Szene etwas befangen. Sie hielt ihren Teller fest, der gerade in Richtung Tischmitte davonschweben wollte. Er war in Bewegung geraten, als der Diener den Brei daraufgelöffelt hatte.

Sir Paxton nickte. »Sie sind Besseres gewöhnt«, flüsterte er vertraulich.

»Aber nein, ich –«, sagte Fanny erschrocken.

»Doch, doch«, unterbrach Paxton sie. Er klang genauso freundlich, wie er sich Fanny gegenüber schon die ganze Zeit gegeben hatte. »Sie dürfen es ruhig sagen, und ich kann Sie verstehen. Tatsächlich braucht es ein paar Jahrzehnte, bis einem das Geisteressen schmeckt. Wie sagt man? In der Not frisst der Teufel Fliegen.« Er schob sich ein großes Stück Braten in den Mund und kaute mit sichtlichem Vergnügen.

»Nein, wirklich, das ist es gar nicht«, log Fanny. Ihre Wangen wurden heiß. »Bestimmt schmeckt es köstlich. Ich hab nur einfach keinen großen Hunger.«

Paxton schmunzelte. Man sah ihm an, dass er ihr kein Wort glaubte. »Hach, wenn ich da an die alten Tage denke!«, begann er zu schwärmen. »Plumpudding, grüne Bohnen und Pastete mit Hirschgulasch. Das war etwas.« Er spießte eine graue Kartoffel auf. »Mögen Sie Plumpudding?«

»Ja, schon. Zumindest den von meiner Tante Harriet«, nickte Fanny. Sie hielt inne. Harriet war ja gar nicht ihre Tante. Sie war ihre Schwester. Ob sie sich daran jemals gewöhnen würde?

Weil ihre Hände zitterten, versteckte Fanny sie schnell unter der Tischplatte. Welche Frage sollte sie zuerst stellen?

»Sir Paxton, vorhin in dem Trinkspruch … was … was hat es mit dieser Brücke auf sich?«

Sie war froh, als es raus war. Das ungute Gefühl nach der Szene mit dem Dienstmädchen saß ihr immer noch im Bauch, aber sie musste erfahren, was hier heute Abend passieren würde. Paxton hörte auf zu kauen. Sein Gesichtsausdruck war schwer zu deuten, irgendwie schien ihn Fannys Frage ein wenig zu erheitern.

»Die Brücke, ja …« Er strich sich über den Bart. »Das ist so ein

Ausdruck, den meine Freunde und ich verwenden. Eine Metapher, wenn Sie so wollen, oder wohl eher ein Symbol, ja, ein Symbol. Für eine bessere Zukunft.« Er sah Fanny mit blitzenden Augen an. »Jetzt denken Sie gerade, dass diese Antwort Sie auch nicht viel schlauer macht, richtig?« Lächelnd zog er ein besticktes Taschentuch aus seinem Wams hervor und tupfte sich damit über den Mund.

»Ja … irgendwie schon«, gab Fanny schief lächelnd zu.

»Ich verspreche Ihnen etwas«, sagte Paxton. »Ich werde Ihnen nachher mehr über die Brücke erzählen. Aber nur unter einer Bedingung: Sie müssen sich auf meiner Feier ein wenig amüsieren. Probieren Sie das Hühnchen! Mir zuliebe. Ich erlaube nicht, dass meine Gäste hungern. Und kosten Sie von dem Geisterwein.« Er griff nach seinem Becher und prostete Fanny damit zu. Um nicht unhöflich zu erscheinen, nahm sie einen Schluck. Einen viel zu großen Schluck. Die Flüssigkeit brannte ihre Kehle hinunter. Mit Mühe konnte sie einen Hustenanfall unterdrücken.

»Ein vorzüglicher Jahrgang«, sagte Paxton. Er trank noch einmal. Und da er seinen auffordernden Blick nicht von Fanny abwandte, blieb ihr nichts anderes übrig, als einen Bissen von dem Hühnerschenkel zu probieren. Er schmeckte in etwa so, wie sie es erwartet hatte: als würde man in ein altes Plüschsofa beißen.

»So ist es besser«, strahlte Paxton sie an. »Feiern Sie!« Er zog eine goldene Taschenuhr heraus und warf einen Blick auf das Zifferblatt. »Jetzt müssen Sie mich aber mit Verlaub kurz entschuldigen. Ich habe ein paar organisatorische Dinge mit meinem Personal zu besprechen. Bis Mitternacht werde ich aber natürlich zurück sein!«

»Büsch gleich«, nuschelte Fanny. Sie war immer noch damit beschäftigt, das trockene Hähnchen hinunterzuwürgen, und enorm erleichtert darüber, dass Sir Paxton ihr nicht weiter beim Essen zuschauen würde.

»Darling!«, rief er im Davonschweben. Wie ein Pfeil schnellte der Geisterhund hinter ihm her.

Fanny hätte die Chance gerne genutzt, um sich mit Alastair auszutauschen, doch der unterhielt sich weiterhin mit dem Geist zu seiner Rechten und wandte Fanny den Rücken zu.

Ein Symbol für eine bessere Zukunft, dachte sie.

Mit dieser nichtssagenden Beschreibung kam sie sich ziemlich abgespeist vor, aber Paxtons Worte hatten sie trotzdem etwas beruhigt. So, wie er über die Brücke gesprochen hatte, schien sie gar nichts Bedrohliches an sich zu haben. Vielleicht war es also nur der Tonfall gewesen, dieses düstere Flüstern in Harriets Küche, das Angst in ihr hervorgerufen hatte.

Fanny ließ ihren Blick erneut über die lange Tafel schweifen. Die meisten Gäste sahen zu ihrer Erleichterung relativ zumutbar aus. Es waren nur wenige dabei, die so schaurige Todeszeichen an sich trugen wie der Gehenkte von der Portobello Road. Einer Dame im burgunderfarbenen Cocktailkleid baumelte ein elektrischer Küchenmixer vor der Brust, der sich in ihrer Perlenkette verfangen hatte. Und einem Herrn mit Rüschenhemd und gepuderter Perücke steckte ein Messergriff zwischen den Rippen, was ihn ein wenig beim Essen behinderte. Weiter schien es ihn jedoch nicht zu stören, denn er schäkerte ausgelassen mit seiner Sitznachbarin, einer pummeligen Blondine in einem blauen Empirekleid.

Die lange Tafel, an der Fanny saß, war fast voll besetzt. Nur der Stuhl neben Lord Gelderman blieb frei und der Platz direkt gegenüber von Fanny. Erst jetzt stellte sie fest, dass auch dort ein Teller mit Braten und Gemüse schwebte. Wurde noch jemand erwartet? Sie schaute sich suchend um, doch als sie ihre Augen wieder auf den freien Platz richtete, bemerkte sie, wie eine Gabel auf dem Teller herumstocherte. Fast senkrecht hing sie in der Luft und spießte eine graue Karottenscheibe nach der anderen auf. Dann fuhr der Gabelkopf in die Höhe, wo das Gemüse plötzlich verschwand. Anschließend wurde ein Becher an genau dieselbe Stelle geführt, neigte sich und sank danach lautlos an seinen Platz zurück.

Ein Luftgeist, schoss es Fanny durch den Kopf.

»Ja, ja, genau so ist es, junger Mann. Wären wir nicht in dieser Dimension gefangen, hätten wir Geister schon *längst* die Macht an uns gerissen«, hörte Fanny jemanden neben sich zetern. Es war Alastairs Sitznachbar, der sich hörbar in Rage geredet hatte. Ein kleines, dürres Männchen in einem zweireihigen Tweedanzug mit grauem Haarschopf und einem Birnengesicht.

»Ich spuke jetzt schon seit über hundert Jahren im Parlament«, fuhr er erhitzt fort. »Wissen Sie, was ich dort alles gehört und gesehen habe? Ich belausche Telefonate und geheime Sitzungen. Wahrscheinlich weiß ich mehr als der feine Herr Premierminister persönlich. Aber kennt dort jemand meinen Namen?« Er schnaufte. »Nein, natürlich nicht!«

Alastair nickte die ganze Zeit über stumm. Sein Redeanteil in diesem Gespräch schien nicht besonders groß zu sein.

»Schauen Sie sich um«, forderte das Birnenmännchen mit einer ausholenden Geste. »Hier sind wahrscheinlich die wichtigsten Geheimnisträger von ganz England versammelt. Und keiner weiß es.« Er schüttelte verdrossen den Kopf. »Das da drüben ist Lord Rosebatton. Er spukt in der Westminster Abbey.« Mit seinem streichholzdünnen Zeigefinger deutete er auf einen älteren Herrn in einem goldbestickten Frack, der sich gerade zwei Kartoffeln und ein Stück Braten gleichzeitig in den Mund schob. »Und das dort ist Lady Catherine Dashwood aus dem Buckingham Palace. Sie sehen also, Sir Paxton hat eine gute Auswahl getroffen.«

Fanny sah Lady Catherine an, die angeregt mit ihrem Nachbarn plauderte – dem Riesen. Plötzlich hörte Fanny gar nicht mehr, was das Birnenmännchen weiter von sich gab, denn der Riese wandte auf einmal seinen Kopf und sah Fanny direkt an. Ein Lächeln dehnte seine Lippen, nur war es kein freundliches Lächeln. Es wirkte kalt und verschlagen. Fanny bekam ein enges Gefühl in der Brust.

»Da bin ich wieder«, verkündete Sir Paxton neben ihr. »Es hat etwas länger gedauert. Als Geist ist es noch viel schwieriger, geeignetes Personal zu finden. Das mussten Sie vorhin ja selbst miterleben.« Er seufzte. »Platz, Darling!«, befahl er dem weißäugigen Hund, und dann klappte er erneut seine Taschenuhr auf.

»Nur noch fünf Minuten bis Mitternacht.«

Er warf einen kritischen Blick auf Fannys Teller.

»Jetzt haben Sie ja doch nichts gegessen, Miss Fanny.« Sein Blick wurde besorgt. »Wirklich keinen Appetit?«

»Nein, leider wirklich nicht.« Fanny schüttelte den Kopf. Gerade könnte sie wahrscheinlich nicht einmal Harriets Nussplätzchen herunterwürgen. Und die hatten sogar einen Schokokern.

Paxton gab seinem Personal ein Zeichen, das Essen abzutragen. Nur die Becher mit dem Geisterwein blieben noch vor den Gästen stehen. Fanny war erleichtert, die staubigen Hasenkötel endlich loszuwerden.

Schon zeigte die Uhr eine Minute vor Mitternacht und Paxton begann die Sekunden rückwärts mitzuzählen.

»… vier, drei, zwei, eins.«

Mit einem Schlag erhellte sich der Raum wie ein in Flutlicht getauchtes Fußballfeld. Fanny war es immer noch nicht gewohnt, ihren Körper leuchten zu sehen. Unsicher blickte sie zunächst an sich hinab und dann den Tisch entlang. Sie fand es beeindruckend, welche Strahlkraft eine solche Gruppe von Geistern besaß. Gemeinsam leuchteten Paxtons Gäste jeden noch so kleinsten Winkel des Saals aus.

»Happy Birthday!« schallte es durch den Raum. Zum zweiten Mal an diesem Abend wurden die Becher auf Sir Paxton erhoben. Geschmeichelt schwebte der Gastgeber von seinem Stuhl auf.

»Vielen Dank! Das ist sehr freundlich von euch.« Er räusperte sich und straffte die Schultern. Offensichtlich beabsichtigte er, eine längere Rede zu halten. Im Saal wurde es still.

»Heute auf den Tag genau spuke ich vierhundert Jahre durch dieses Schloss, das ich einst selbst erbauen ließ«, begann Sir Paxton. »Eine lange Zeit, in der ich mitansehen musste, wie mein Schloss verkauft und danach in immer neue Hände übergeben wurde. Viele von euch teilen mein Schicksal, also könnt ihr nachvollziehen, was das für mich bedeutet.« Er sah auf die Tischplatte und schien sich kurz zu sammeln. »Doch heute ist ein besonderer Tag, wie ihr wisst«, fuhr er fröhlicher fort. »Es ist der Tag unserer

Erlösung. Der Tag, an dem wir gemeinsam den Weg zu neuer Macht und neuem Ruhm beschreiten wollen.«

In Fanny keimte eine neue Nervosität auf. *Erlösung?* Irgendetwas stimmte hier doch nicht. Das war keine normale Geburtstagsrede. Unauffällig schaute sie zu Alastair, doch sein Anblick ließ ihre Beklemmung nur noch größer werden. Alastairs Augen spiegelten die gleiche Unruhe, die sie selbst erfasst hatte.

»Die Brücke, sie ist unter uns!«, rief Sir Paxton in diesem Moment aus. Fannys Kopf schnellte zu ihm herum. Der Sir hatte seinen Zeigefinger ausgestreckt, und zu Fannys Entsetzen zielte er damit genau auf ihre Brust.

Übelkeit überkam sie.

»Dieses Mädchen, meine Nachfahrin Fanny Jones, wird uns heute Nacht in die Menschenwelt zurückführen«, verkündete Sir Paxton feierlich.

Ein Raunen entstand. Die Geister tuschelten miteinander, und einige zeigten ebenfalls mit ihren Fingern auf Fanny.

»Die Kleine ist es!«

»Das soll die Brücke sein?«

»Die ist doch höchstens dreizehn.«

»Noch ein Kind.«

»Was? Nein!«, rief Fanny, doch niemand schien sie zu hören. »Sir Paxton, das ist alles ein riesiges Missverständnis! Ich kann Sie nicht in die Menschenwelt führen. Wieso sollte ich das können?«

In dem aufgeregten Gemurmel um sie herum beugte sich Sir Paxton zu Fanny herab. »Weil du halb Mensch, halb Geist bist, liebes Kind. *Du* bist die Brücke zwischen unseren Dimensionen.«

Kapitel 17

Fannys Gedanken rasten.

Halb Mensch, halb Geist? Aber das konnte doch nicht sein. Wie sollte das funktionieren?

Pandora war auf jeden Fall kein Gespenst gewesen. Und ihr Mann? Fanny wusste nicht viel über ihn. Nur, dass sein Name Finley Pickwick gewesen war. Aber …

Erst jetzt kam ihr der Gedanke, dass *ihr* Vater gar nicht unbedingt der von Jennifer und Harriet sein musste. *Natürlich!*, schoss es ihr durch den Kopf. *Finley Pickwick ist doch früh gestorben, das hat Mum erzählt. Dann ist mein Vater ein ganz anderer. Aber wer? Wirklich ein Geist!? Habe ich es deshalb so schnell geschafft, in die andere Dimension zu kommen?*

»Das soll die Brücke sein?«, rief erneut einer der Gäste von der anderen Seite der Tafel. Die Frage riss Fanny aus ihren Gedanken. Es war der alte Lord Rosebatton. Er sah ziemlich übel gelaunt aus.

»Sie ist doch nur ein Kind, Paxton. Willst du unsere Zeit vergeuden?«

Ein mürrisches Getuschel folgte.

Sir Paxton machte eine beschwichtigende Geste.

»Dieses Mädchen wird uns noch heute Nacht hinüberführen«, versprach er. »Mit ihrer Hilfe werde ich endlich als Schlossherr nach Blake Castle zurückkehren, und dann beginnen wir mit unserer Arbeit.«

»Aber ich kann euch nicht zu Menschen machen!«, rief Fanny verzweifelt. »Ich weiß ja gar nicht, wie das geht.«

Schon wieder erhob sich Stimmengewirr. Lord Rosebatton schwebte wütend von seinem Stuhl auf.

»Da hast du es, Paxton. Was treibst du für ein Spiel mit uns?«

»Sie *ist* die Brücke«, donnerte Sir Paxton. »Und ich habe auch jemanden, der es beweisen kann. Harold, zeige dich!«

Mit theatralischer Geste deutete er auf den freien Platz neben sich, auf dem Fanny vorhin den Luftgeist vermutet hatte. Zunächst geschah nichts, und die Menge wurde aufs Neue unruhig, doch dann materialisierte sich nach und nach ein schmaler Körper auf dem Stuhl.

Fanny verschluckte sich vor Schreck fast an ihrer eigenen Spucke.

»Das ist mein Freund und Assistent, Mr Harold Tremble«, verkündete Paxton.

Mr Tremble wirkte fast noch angespannter als sonst. Sein Unterkiefer zitterte wie ein Blatt im Herbstwind, und sein Blick huschte unruhig durch den Raum.

»Einige von euch kennen ihn bereits«, fuhr Paxton fort. »Er hat die letzten Wochen in Miss Fannys Gegenwart verbracht, sie bei ihren Fortschritten unterstützt und mir regelmäßig Bericht erstattet.«

Fanny wechselte einen schockierten Blick mit Alastair.

Mr Tremble, ein Spion?

»Harold, bitte schildere unseren Gästen, was du in den letzten Wochen beobachtet hast«, verlangte Paxton.

Mr Tremble schien auf seinem Stuhl noch ein Stück zu schrumpfen. Ein nervöses Zucken lief über sein Gesicht, als er zu sprechen begann.

»M-Miss F-Fanny hat eine a-außergewöhnliche Begabung«, brachte er stotternd hervor, sichtlich bemüht, Fanny und Alastair nicht in die Augen zu sehen. »Z-zuerst hat sie nur G-Gegenstände in unsere D-Dimension transportiert, aber sehr schnell ist es ihr a-auch gelungen, selbst die D-Dimensionen zu wechseln.«

»Und denkst du, Miss Fanny ist in der Lage, uns in die Menschenwelt hinüberzuführen?« Sir Paxton stand ein überlegenes Lächeln im Gesicht. Fanny hatte das Gefühl, ihn erst jetzt richtig erkannt zu haben. Er war ihr nicht mal mehr eine Spur sympathisch. Paxton war falsch und hatte nur sein eigenes Wohl im Sinn.

»I-ich bin mir sicher, S-Sir, dass Miss Fanny diese G-Gabe besitzt.«

Fanny schüttelte ungläubig den Kopf. Wie konnte Tremble so etwas behaupten? Und wie hatte er sie die ganze Zeit über so scheinheilig ermuntern können, ihre Fähigkeiten auszubauen, ohne dass sie etwas geahnt hatten? Bei genauerem Überlegen fiel Fanny ein, dass *Tremble* Alastair überredet hatte, auf das Fest zu gehen. Und bestimmt war er es auch gewesen, der ihr die Nachricht unter der Zimmertür durchgeschoben hatte. Fanny stockte. Sie erinnerte sich, wie sie auf dem Dachboden versucht hatte, ihren Finger über die Grenze zu strecken. Die kalte Hand, die sie gepackt hatte, und dieser unheimliche rasselnde Atem – das war kein Luftgeist gewesen, sondern Mr Tremble! Wieso hatte sie nie darüber nachgedacht, dass er sich unsichtbar machen konnte? Bestimmt hatte er sie ständig beobachtet, und sie hatten es nicht bemerkt. Sie sah den Vanisher auf der gegenüberliegenden Tischseite grimmig an.

»Ihr habt es gehört!«, rief Sir Paxton der Menge zufrieden zu. »Vertraut auf uns. Vertraut auf unseren Plan! Heute Abend werden wir endlich wieder zu Menschen, und dann holen wir uns unsere Macht zurück. Mit all den Informationen, die wir in den vergangenen Jahrzehnten gesammelt haben, können wir die Einflussreichen dieses Landes wie Marionetten tanzen lassen. *Wir* werden England regieren! Wir allein. Ihr alle bekommt eure Häuser zurück, und es wird Geld für jeden im Überfluss geben. Also: Auf wen von euch kann ich zählen?«

Paxton musste nicht lange auf Antworten warten. Die Jubelrufe der Gäste schallten durch den Saal, kaum dass er zu Ende gesprochen hatte.

Bei dem Gejohle und Geklatsche zog sich Fannys Magen zusammen. Das waren alles Verbrecher! Erpresser, die das Land unter ihre Kontrolle bringen wollten. Fanny mochte sich gar nicht ausmalen, was passieren würde, wenn jemand mit einem solchen Jähzorn und Machthunger wie Sir Paxton seine Finger in Regierungsgeschäfte steckte.

Der Gastgeber machte eine gebieterische Geste, und kaum war es etwas ruhiger geworden, konnte Fanny sich trotz ihrer Angst nicht mehr zurückhalten. Die Worte platzten einfach so aus ihr heraus: »Ich kann Ihnen nicht helfen! Ich kann es nicht, und ich will es nicht.« Sie ärgerte sich über das Zittern ihrer Stimme, und leider schienen ihre Worte Sir Paxton auch nicht im Geringsten zu beeindrucken.

»So?« Er schaute amüsiert auf sie herab. »Du *willst* also nicht? Das ist schade. Aber vielleicht brauchst du nur ein wenig … Motivation?« Seine Stimme war kalt wie ein Gletscher. »Darling, fass!«, befahl er.

Fanny riss automatisch ihre Arme vor das Gesicht, doch der Wolfshund stürzte gar nicht auf sie zu. Als Fanny aus ihrer Deckung auftauchte, hatte der Hund Alastair schon am Hemdsärmel gepackt und ihn von seinem Stuhl gezerrt.

»Nein! Halt!« Fanny wollte aufschweben, doch Sir Paxton war schneller. Er griff nach ihrem Arm und hielt sie fest.

»Zum Loch, Darling!«, ordnete er an.

Wild knurrend schleifte der Geisterhund den kreischenden Alastair durch den Saal. Schon waren sie beim Wurmloch angekommen. Die grauen Aufsteller fielen klappernd ineinander zusammen, und kurz darauf ragte Alastairs Kopf in die dunkle Öffnung hinein. Der Sog, der von dem Loch ausging, riss an seinem Haar. Hilflos schlug Alastair mit den Armen um sich. Wenn der Hund jetzt losließe, hätte der Geisterjunge keine Chance mehr.

»Hören Sie auf!«, brüllte Fanny. »Ich mach's ja!«

»Du machst was?«, fragte Paxton seelenruhig. Die Situation bereitete ihm sichtlich Vergnügen.

»Ich bringe Sie in die Menschenwelt«, versprach Fanny. »Sie alle! Aber rufen Sie Ihren Monsterhund zurück!« Alastairs Keuchen drang zu ihr herüber, und Fanny brach der Schweiß aus. »Sagen Sie ihm, er soll ihn rausholen!«

Sie versuchte, sich aus Paxtons Griff zu befreien, doch seine Finger lagen wie eine Eisenmanschette um ihren Arm.

»Nein«, entgegnete er gelassen. »Ich denke, für unser Vorhaben ist es besser, wenn Darling den jungen Alastair noch ein wenig über dem Wurmloch in Schach hält. Auf diese Weise haben Sie doch viel mehr Anreiz, sich anzustrengen, liebe Miss Fanny, nicht wahr?« Er lächelte boshaft.

Fanny richtete ihren Blick verzweifelt in die Menge. Wollte ihr denn niemand helfen?

Die überwiegende Anzahl der Geister schaute ebenso höhnisch wie Paxton, doch es gab einige wenige, die betreten oder besorgt dreinschauten. Unter anderem Lady Catherine und ein junger Mann mit Monokel im Auge. Selbst der Kerl mit dem Messer in der Brust schien Paxtons Vorgehen nicht gutzuheißen. Doch keiner von ihnen begehrte gegen den Gastgeber auf.

»Dann lasst uns beginnen«, rief Sir Paxton. »Die Position, in der sich mein werter Nachfahre befindet, sieht recht unbequem aus, und wir wollen ihn doch nicht länger als nötig quälen.« Er sonnte sich förmlich in dem anschwellenden Gelächter, bevor er sich an Mr Tremble wandte: »Harold, du hast in den vergangenen Wochen gute Arbeit geleistet. Deshalb habe ich mir eine Belohnung für dich ausgedacht.« Er machte eine bedeutungsvolle Pause, um dann mit großer Geste zu verkünden: »Du bist es, der heute Nacht als Erster über die Grenze gehen darf, Harold.«

Verhaltener Applaus brandete auf.

»W-was … i-ich?«, stammelte Mr Tremble. »A-aber …« Sein

Körper flackerte kurz, fast so, als wollte er sich lieber wieder unsichtbar machen, statt diese Ehre entgegenzunehmen.

»Keine falsche Bescheidenheit, lieber Harold.« Sir Paxton klopfte ihm auf die Schulter. »Du hast es dir redlich verdient.«

Er weiß selbst nicht, ob es funktioniert, schoss es Fanny durch den Kopf. *Deswegen schickt er Tremble vor.*

»Am besten, du und Miss Fanny, ihr begebt euch dort drüben vor die Feuerstelle. Dann haben wir alle eine gute Sicht auf das Geschehen.« Paxton nickte Tremble ermutigend zu, doch seine Miene machte zugleich deutlich, dass er keine Widerrede duldete.

Mr Tremble erhob sich mit gequältem Gesichtsausdruck, und auch Fanny schwebte widerwillig in die Höhe. Im Flug warf sie einen Blick auf Alastair. Es sah schrecklich aus, wie er dort halb in dem Loch hing, sein Gesicht direkt in den Abgrund gerichtet. Die Hände hatte er zu Fäusten geballt, und sein dünner Körper war vollständig angespannt. Am liebsten wäre Fanny ihm sofort zu Hilfe geeilt. Stattdessen schwebte sie wie betäubt vor das flackernde Kaminfeuer, wo sich Mr Tremble schon eingefunden hatte. Er wagte es immer noch nicht, sie anzusehen, aber Fanny vernahm das seltsam vertraute Geräusch seiner aufeinanderschlagenden Zähne.

Wie sollte sie jetzt vorgehen? Sie hatte keine Ahnung, ob das hier funktionieren würde. Aber was, wenn nicht? Die Angst ließ Übelkeit in ihr aufsteigen.

Konzentrier dich!

Wahrscheinlich sollte sie versuchen, Tremble an der Hand durch die Öffnung zu ziehen – so wenig Lust sie auch hatte, diesen Verräter überhaupt anzufassen. Aber eine andere Möglichkeit fiel ihr nicht ein, und vielleicht würde es ja ganz einfach gehen. In die andere Richtung hatte es schließlich auch funktioniert, als er sie auf dem Dachboden durch das Loch gezerrt hatte.

Sir Paxton deutete ein Gähnen an.

»Miss Fanny? Könnten wir nun endlich beginnen? Der arme Harold zerschlägt noch seinen Kiefer vor freudiger Erwartung.«

Angespanntes Gelächter.

Fanny schloss die Augen. Sie würde sich vorstellen, bei Harriet auf dem Dachboden zu sein. Ganz allein, ohne eine Meute aufgeregter Geister, die sie wie Aasgeier belagerten.

Angestrengt fixierte sie einen Punkt vor sich in der Luft.

Das Feuer im Kamin warf flackernde Schatten, ein Husten drang an ihr Ohr, jemand räusperte sich. Hatte Alastair gerade gestöhnt? Fanny biss die Zähne zusammen.

Konzentrier dich, verdammt noch mal. Du brauchst den schwarzen Punkt! Die Öffnung!

Da! Da war der schwarze Stecknadelkopf. Fanny atmete erleichtert aus. Jetzt durfte sie ihn nur nicht wieder verlieren. Langsam ließ sie das Loch wachsen. Zuerst ging es ganz leicht, doch dann sagte Paxton irgendetwas, die Geister lachten, und durch die Ablenkung zog sich die Öffnung vor Fannys Augen rasch zusammen.

Nicht loslassen!

Sie dehnte die Öffnung wieder aus. Bald war sie so groß, dass ihr Kopf hindurchgepasst hätte, doch das reichte natürlich noch lange nicht. Also arbeitete Fanny beharrlich weiter, und irgendwann berührte der wabernde Rand endlich den Boden.

Fanny entschied, zunächst selbst durch die Öffnung zu steigen.

Es erschien ihr am einfachsten, Tremble von der anderen Seite aus nachzuziehen. Vorsichtig kletterte sie durch das Dimensionenloch. Sie hörte das bewundernde Raunen der Geister, als ihr Körper sich verwandelte.

Nicht ablenken lassen!

Wie immer brauchte sie einen Moment, um sich wieder an das Gefühl der Schwerkraft zu gewöhnen. Ohne die Öffnung aus den Augen zu lassen, schüttelte sie kurz ihre Glieder. Dann streckte sie entschlossen ihre Hände zurück über die Grenze.

»Mr Tremble, fassen Sie zu!«

Fanny sah, wie Tremble mit sich rang, doch schließlich überwand er sich. Seine Finger waren so kalt wie Eiszapfen. Fanny gab Kraft in ihre Hände und zog.

Genau in dem Moment, in dem Mr Trembles Hand die Öffnung erreichte, kam der Sturm auf. Zuerst begriff Fanny gar nicht, was los war, denn auf ihrer Seite blieb alles unverändert. Sie hörte nur die Schreie der Geister und spürte den Ruck, als Mr Trembles Körper plötzlich in die Luft geschleudert wurde. Seine Beine flatterten wie eine Fahne im Wind, und Fanny drohte ihn schon zu verlieren. In seinem Gesicht stand blanke Panik.

Der Sturm peitschte in den Kamin, ließ die Flammen wild tanzen und löschte schließlich die Kerzen im Kronleuchter.

Die anderen Geister klammerten sich an der Tafel fest und verfolgten das Geschehen halb geduckt.

Fanny dachte an Alastair, der während dieser Umstände direkt am Abgrund schwebte, und zog erneut. Mit aller Kraft. Doch der Windstrom war einfach zu stark. Nur mit größter Anstrengung gelang es ihr, Mr Tremble überhaupt zu halten. Jeder Versuch, ihn auch nur einen Millimeter weiter durch die Öffnung heranzuziehen, war vergebens.

Es muss funktionieren! Es muss!

Fanny sammelte ihre letzten Kraftreserven. *Jetzt!*

Sie zog, und während sich ihre Muskeln bis zum Zerreißen spannten, überkam sie das Gefühl, als würde dieses Mal nicht nur ihr Körper an dem im Wind flatternden Mr Tremble zerren, sondern ihr ganzes Inneres. Fanny schloss die Augen. Sie versuchte sich auf dieses Gefühl zu konzentrieren, und mit einem Mal ließ sich Mr Tremble tatsächlich näher heranziehen. Seine Hände durchbrachen die Grenze, dann folgten Arme und Kopf, und schließlich krachte sein ganzer Körper durch die Öffnung. Mit Wucht warf er Fanny zu Boden.

Der Sturm verebbte augenblicklich, die Geister am Tisch reckten ihre Köpfe.

»Mr Tremble?« Fannys Stimme war heiser. Sie konnte sich kaum rühren, weil Tremble quer über ihrer Körpermitte lag. Wer hätte gedacht, dass dieser kleine, schmale Mann so schwer sein konnte.

»Mr Tremble?«

Endlich, ein Atmen. Tremble hob den Kopf. Benommen setzte er sich auf und betrachtete wie in Trance seine Arme und Beine. Auf der Geisterseite brach lauter Jubel los. Fanny hätte vor Erleichterung heulen können. Es hatte tatsächlich funktioniert! Sie richtete sich ebenfalls auf, wurde aber sofort von einem Schwindel erfasst und musste sich mit den Händen auf dem Boden abstützen.

»W-wo sind denn a-alle?«, brachte Mr Tremble hervor.

Fanny schaute ihn irritiert an.

»Wen meinen Sie?«

»N-na, die a-anderen«, stotterte Mr Tremble. »Eben s-saßen sie doch noch am T-Tisch.«

»Da sitzen sie immer noch. Sehen Sie es denn nicht?«

»Nein«, hauchte Tremble. Ein Lächeln huschte über sein Gesicht. »Ich bin ein Mensch, o-oder?« Eine Weile starrte er stumm vor sich hin, dann lachte er plötzlich laut auf. »Ich bin ein Mensch!«, jubelte er.

Unter dem Klatschen und Johlen der Geister, die er nun gar nicht mehr hören konnte, begann Mr Tremble ausgelassen durch den Raum zu tanzen.

Sir Paxton spendete ebenfalls Beifall. »Fabelhaft, Miss Fanny. Ganz fabelhaft! Aber nun kommen Sie zurück. Die Nacht ist nicht mehr jung, und es gibt noch viel zu tun.« Sein Lächeln war das eines Wolfs – er wollte der Nächste sein.

Fanny versuchte aufzustehen, doch sofort wurde der Schwindel stärker. Die Öffnung in die Geisterwelt hatte sich bereits etwas zusammengezogen. Weil sie nicht hochkam, krabbelte sie auf allen vieren darauf zu und stürzte sich unbeholfen hindurch. Die Schwerelosigkeit fühlte sich wundervoll an, doch im selben Moment wusste Fanny, dass sie es nicht noch einmal schaffen würde. Ihr Körper war so schlapp wie eine weich gekochte Nudel, und auch geistig fühlte sie sich völlig ausgelaugt.

Sir Paxton hatte sich bereits erhoben. Fanny spürte seinen drängenden Blick. Sie schaute zur Öffnung zurück, die nur noch als knopfgroßer dunkler Punkt in der Luft hing. Verzweiflung machte sich in ihr breit.

»Ich bin so weit, Miss Fanny.« Sir Paxtons ungeduldiger Ton

dröhnte durch ihren Kopf. Gleichzeitig hatte sie Schwierigkeiten, die Augen offen zu halten. Ihre Lider waren so schrecklich schwer, vielleicht könnte sie um eine Unterbrechung bitten? Wenn sie nur eine Stunde schlafen dürfte …

»Sir Paxton, ich brauche eine kurze Pause.«

Paxtons lautes Lachen verdoppelte ihren Kopfschmerz. Fanny presste die Hände gegen ihre Schläfen.

»Mein liebes Kind, wenn Sie jetzt schon eine Pause brauchen, wie wollen Sie dann in dieser Nacht sechzig Geister hinüberführen?« Der Sir schüttelte tadelnd den Kopf. Das Wolfslächeln trat auf seine Lippen. »Geben Sie sich einen Ruck. Denken Sie an Ihren kleinen Freund drüben beim Wurmloch, dann wird es schon gehen.« Auffordernd straffte er seinen Körper.

Fanny fühlte einen dicken Kloß in ihrem Hals anschwellen. Sie schluckte. Das fehlte noch, dass sie jetzt anfing zu heulen.

Reiß dich zusammen, Fanny Jones. Du musst es versuchen. Für Alastair.

Mühsam brachte sie sich in die Senkrechte – und hielt inne.

Was war das?

Aus den Augenwinkeln hatte sie hinter Sir Paxton eine Bewegung wahrgenommen. Einen Umriss nur, einen blassen Schatten. Da musste etwas durch das Mauerwerk in den Saal hereingeflogen sein.

Angestrengt schärfte Fanny ihren Blick.

Das kann doch nicht …

Es war Jim.

Kapitel 18

Fanny fühlte sich ganz durcheinander. Einerseits war sie unheimlich erleichtert, Jim zu sehen. Andererseits war sie geschockt, dass er hier auftauchte. Mittlerweile konnte sie sich gut ausrechnen, wie Paxton mit ungebetenen Gästen umgehen würde.

Woher wusste Jim überhaupt, dass sie hier waren?

Die Einladungskarten, durchfuhr es Fanny.

Jim schien die Situation im Saal mit nur einem einzigen Blick erfasst zu haben. Das zeigte sein entsetzter Gesichtsausdruck.

Am Tisch war bei seinem Erscheinen ein unfreundliches Gemurmel entstanden, sodass Sir Paxton sich widerwillig von Fanny abgewandt hatte, um zu sehen, was vor sich ging.

»Welche Freude!«, rief er nun und breitete theatralisch seine Arme aus. »Sie kommen genau im richtigen Moment, Mr Stevenson.« Mit der Hand gab er seinen beiden Türstehern ein Zeichen, und sofort stürzten sie auf den Eindringling zu. Fanny wünschte, Jim würde einfach schleunigst das Weite suchen, doch natürlich tat er genau das Gegenteil. Wie ein Wilder preschte er in den Raum hinein. Von den lauten Flüchen der anderen Geister begleitet, fegte er über die Speisetafel hinweg. Noch bevor Paxton seinen Plan durchschaute, hatte Jim Fanny unter den Armen gegriffen und raste mit ihr los. Sie wusste selbst nicht, wie ihr geschah. Im Zickzack ging es durch den Saal. Jim wich den Verfolgern geschickt aus, doch natürlich war er durch seine Last um einiges langsamer als Paxtons Schergen. Kurz bevor er mit Fanny durch die Wand nach draußen fliehen konnte, erwischte ihn der Ritter mit der roten Feder. Er packte Jim an der Schulter, und dann war auch schon sein Kumpan zur Stelle. Gemeinsam zwangen sie Jim zu Boden.

»Bravo!« Paxton klatschte geziert in die Hände. »Was für eine unterhaltsame Darbietung, Mr Stevenson. Aber jetzt dürfen Sie Miss Fanny gern wieder uns überlassen. Sie wird hier noch gebraucht, wie Sie sehen. Was man von Ihnen allerdings nicht behaupten kann.« Ein hämischer Ausdruck trat auf sein Gesicht. »Darling, hier!« Knurrend zerrte der Wolfshund Alastair aus dem Loch heraus und schleifte ihn zu seinem Herrn. Der Geisterjunge keuchte und krümmte sich. Es sah aus, als müsse er sich vor Angst und Erschöpfung jeden Moment übergeben.

Sir Paxton blickte verächtlich auf ihn hinunter.

»Beweg dich lieber nicht, Alastair«, riet er. »Darling scheint heute nicht besonders guter Laune zu sein, und außerdem kann sie dich nicht leiden. Theobald, Edgar? Der Weg ist frei. Mr Stevenson darf uns durch das Wurmloch verlassen.«

Während ein erregtes Raunen durch den Saal zog, klammerte Fanny sich an Jims Brust. Zwar fühlte sie sich noch immer so schlapp, als hätte sie zu Fuß die Anden überquert, doch die Angst mobilisierte ihre Kräfte.

»Wenn Sie ihn da reinwerfen, springe ich hinterher«, drohte sie.

»Na, na, na!« Paxton schüttelte rügend seinen Kopf. »Was sind denn das für Töne, liebe Miss Fanny?« Er schnippte mit den Fingern, und augenblicklich eilten zwei weitere Bedienstete herbei, um Fanny grob von Jim fortzureißen. Alles Kämpfen und Schreien half nichts. Die Diener zogen sie unerbittlich mit sich und brachten sie zur Feuerstelle zurück. Jim wütete so sehr, dass Theobald und Edgar selbst zu zweit alle Mühe hatten, ihn weiter festzuhalten.

»Lassen Sie das Mädchen gehen. Auf der Stelle!«, brüllte er in Paxtons Richtung. »Haben Sie denn keine Augen im Kopf? Sie ist völlig am Ende. Sie werden sie noch umbringen, verdammt!«

Die Geister am Tisch begannen wütend zu murren. Lord Rosebatton schwebte auf.

»Stopf dem Kerl endlich das Maul, Paxton! Wie lange soll das noch dauern? Wir alle wollen heute Nacht drankommen.«

»Ja, auf was wartest du, Paxton?«, stimmte eine Frau ein, deren weiße Spitzenhalskrause beinahe so groß wie ein Klodeckel war. Die Ausrufe brachten eine ganze Welle der Unzufriedenheit ins Rollen.

»Wir wollen weitermachen!«

»Schaff den Mann hier raus, Paxton!«

»Wirf ihn endlich ins Loch!«

Mit aufgesetztem Bedauern wandte Sir Paxton sich an Jim: »Wie Sie sehen, Mr Stevenson, ist Ihre Anwesenheit hier nicht weiter erwünscht. Aber falls es Sie tröstet: Ihr Besuch hat uns dennoch einen großen Dienst erwiesen. Ohne Sie hätte ich Miss Fanny schlecht beweisen können, dass ich meine Drohungen auch in die Tat umsetze. Den armen Alastair hier brauchen wir schließlich noch eine Weile. Also, auf Wiedersehen, Mr Stevenson, oder wohl eher *Adieu*. Theobald, Edgar?«

»Warten Sie«, rief Fanny. »Ich bringe Sie ja über die Grenze. Ich verspreche es! Aber nur, wenn Sie Jim gehen lassen. Und Alastair auch. Sie brauchen die beiden doch gar nicht, ich …«

Ungeachtet ihrer flehenden Worte zogen Paxtons Schergen Jim zum Wurmloch.

»Halt!«, krächzte Fanny, doch es war zu spät. Ohne nur eine Sekunde zu zögern, hatten die Männer Jim über den Rand gestoßen. Gerade noch sah Fanny, wie der Sog seinen Waffenrock erfasste, dann war er bereits verschwunden. Er hatte nichts mehr gesagt, nicht einmal geschrien.

Fanny schluchzte auf. Tränen ließen ihre Sicht verschwimmen. Das war alles ihre Schuld! Nur weil sie so blöd gewesen war und unbedingt auf dieses bescheuerte Fest gehen wollte. Wen interessierte es, wer ihre richtigen Eltern waren? Das war doch alles vollkommen egal! Sie wollte hier einfach nur noch weg. Zu ihrer Mum, ihrem Dad und zu Harriet. Und sie wollte Jim wiederhaben. Was hatte sie bloß getan? Sie suchte Alastairs Blick, doch der lag nach wie vor mit dem Gesicht nach unten neben Paxtons Hund. Es gab keinen Trost.

»So.« Sir Paxton rieb sich die Hände. »Da das erledigt wäre, kann es jetzt ja weitergehen. Ich würde sagen –«

»Was würdest du sagen, Paxton?«

Die Stimme zerschnitt die Luft wie ein frisch geschärftes Fallbeil. Im ersten Moment konnte Fanny nicht erkennen, wer gesprochen hatte. Die Tränen verschleierten immer noch ihren

Blick, und weil Paxtons Diener ihre Arme festhielten, konnte sie sich auch nicht über die Augen wischen. Aber sie spürte die Nervosität, die unter den Geistern ausbrach.

Als sie sich endlich die Sicht freigeblinzelt hatte, erkannte sie eine Gruppe von Gespenstern, die ein Stück vor der Haupttafel bedrohlich in der Luft verharrten.

Den Geist in der Mitte der Ansammlung erkannte Fanny sofort: Es war der Gehenkte von der Portobello Road, und direkt neben ihm schwebte der Rabenmann mit seinem langen schwarzen Mantel. Der Rabe wirkte genauso irre wie bei ihrem letzten Zusammentreffen. Er wiegte seinen Kopf hin und her und rollte mit den Augen, dass man hin und wieder nur das Weiße darin sehen konnte. Außer den beiden Männern gehörte eine Frau mit zotteligem rotem Haar zu der Gruppe, ein Mädchen in einem verwaschenen blauen Schürzenkleid und ein Schrank von einem Kerl, dem sein verfilzter dunkler Bart bis auf die Brust hinabhing. Er hielt eine blitzende Axt in der Hand und ließ die stumpfe Seite der Klinge in regelmäßigen Abständen drohend in seinen Handteller sausen.

»Peter Fraser!«, stieß Sir Paxton aus. Er durchbohrte den Gehenkten mit einem wütenden Blick. »Du bist so lästig wie eine Geistermücke, Fraser. Das Mädchen gehört mir, das solltest du doch langsam verstanden haben. Also macht, dass ihr wegkommt. Sofort! Sonst hetze ich meine Leute auf euch.«

Der Gehenkte setzte ein schmieriges Lächeln auf.

»So leicht wirst du mich diesmal nicht los, Paxton. Wir wollen auch ein Stück vom Kuchen. Wie du siehst, hat sich uns mittlerweile Henker Jack angeschlossen, und seine Axt schneidet besser als die Flügel einer Schattenfee. Entweder ihr lasst uns mitmachen, oder einige von euch werden ihre Reise nicht mehr in einem Stück antreten. Leg es besser nicht drauf an, Paxton.«

Der Sir wollte gerade etwas erwidern, doch die pummelige Blondine in dem blauen Empirekleid kam ihm zuvor.

»Jetzt reicht es aber!«, keifte sie. »Es entspricht nicht meiner Stellung, mich so lange warten zu lassen.« Ihre goldenen Löckchen zitterten vor Empörung. Mit funkelndem Blick richtete sie sich direkt an Peter Fraser. »Ich habe vor, mich gleich nach dem Gastgeber hinüberführen lassen«, verkündete sie hoheitsvoll. »Wenn Sie und Ihre Gruppe sich anschließen wollen, bitte. Aber stellen Sie sich gefälligst hinten an!«

Die Geister am Tisch gerieten in Bewegung.

»Wieso sollten Sie die Nächste sein, Gnädigste?«, rief Lord Rosebatton ungehalten. »Alter kommt vor Schönheit. Zuerst bin ich an der Reihe und nach mir –«

»Ganz langsam, alter Mann«, fiel der Riese ihm ins Wort. »Zuerst sind Paxtons treueste Verbündete dran. Das war so abgemacht, und dabei bleibt es. Also bin ich der Nächste.«

»Du?« Der Geist in dem grünen Umhang fuhr von seinem Platz auf. »Was hast du denn schon groß getan, Callum? *Wir* haben Tag und Nacht vor dem Antiquitätengeschäft Wache geschoben und Fraser ferngehalten.«

Immer mehr Geister mischten sich in den Streit. Ein ohrenbetäubendes Gezeter entstand, in dem man die einzelnen Stimmen kaum noch auseinanderhalten konnte.

»Ruhe!«, donnerte Sir Paxton immer wieder, doch niemand achtete auf ihn.

Plötzlich flog ein junger Mann vom Tisch auf. Er trug einen federbesetzten Dreispitz auf dem Kopf, darunter lugte ein wütend-entschlossenes Gesicht hervor. Der Mann raste auf Fanny zu, packte sie an der Schulter und versuchte mit der anderen Hand, Paxtons Diener zur Seite zu stoßen. Nur einen Herzschlag später war der Sir zur Stelle. Er riss den jungen Mann herum und schleuderte ihn mit Wucht zur Seite. Aber da mischten sich bereits zwei weitere Gäste in das Handgemenge, während von oben Peter Fraser wie ein Habicht auf Fanny hinabstürzte. Von überallher zerrte und zog jemand an ihr. Fanny trat mit den Beinen aus, sie schlug und boxte in alle Richtungen.

»Lasst mich los! Lasst mich in Ruhe! Was soll das?«

Einer von Paxtons Dienern verpasste Fraser einen Kinnhaken, der ihn kopfüber davontaumeln ließ. Doch er brauchte nicht lange, um sich zu erholen. Mit einem wütenden Schrei fiel er über seinen Angreifer her. Immer mehr Geister warfen sich in die Keilerei. Es gab keine klaren Fronten mehr, jeder drosch auf jeden ein. Die Luft war von zornigem Gebrüll erfüllt, und in dem ganzen Durcheinander achtete für einen Moment niemand mehr auf Fanny.

Das war ihre Chance!

Blitzschnell tauchte sie ab und schlängelte sich zwischen den Beinen der Kämpfenden hindurch.

Wo war Alastair?

Zuerst erspähte sie nur den Geisterhund. In geduckter Haltung steuerte sie auf ihn zu, doch der Hund fletschte bereits die Zähne, als sie noch über zehn Fußlängen Abstand hatte. Seine weißen Augen blitzten gefährlich. Fanny verließ bei dem Anblick beinahe vollständig der Mut. An dem Monstrum würde sie niemals vorbeikommen.

Sie schaute sich nach einer Waffe um. Die meisten Dinge hier im Raum konnte sie ja leider nicht einmal berühren. Aber dann blieb ihr Blick an einem der Aufsteller neben dem Wurmloch hängen. Konnte sie dem Vieh damit eins überbraten? Zumindest als Schutzschild wäre es vielleicht zu gebrauchen.

Fanny wollte gerade losfliegen, um sich den Aufsteller zu schnappen, da schwebten ihr zwei ineinander verkeilte Geisterdamen in den Weg.

»Nimm das, du Biest!«, fauchte die eine. Sie holte mit ihrem Stiefel aus, verfehlte jedoch ihr Ziel und versetzte Paxtons Hund einen kräftigen Tritt. Genau im richtigen Augenblick. Jaulend ließ das Tier von Alastair ab und brachte sich außer Reichweite.

Fanny stob sofort los. Sie umfasste Alastairs Arm, doch der Geisterjunge schrie ängstlich auf und schlug um sich. Beinahe hätte er Fanny den Ellenbogen mitten ins Gesicht gerammt.

»Ich bin's, Ally! Ich bin's doch nur«, versuchte sie ihn über das Kampfgeschrei hinweg zu beruhigen.

Alastair hörte auf, sich zu wehren, und Fanny zog ihn vorsichtig in die Senkrechte. Sie sah, dass seine Augen vom Weinen ganz verquollen waren.

»Wir müssen hier raus«, rief sie. »Halt dich einfach an mir fest, okay?«

Doch dann ließ ein dumpfes Grollen sie innehalten. Knurrend und mit aufgestelltem Nackenhaar kam Paxtons Wolfshund auf sie zu. Hastig packte Fanny Alastair und zerrte ihn in die Luft. Doch der Hund war schneller. Mit einem Riesensatz stürzte er nach vorn und verbiss sich in Alastairs Hacken. Verzweifelt versuchte der Geisterjunge, das Tier abzuschütteln, aber es saß fest wie ein hungriger Blutegel.

Im selben Moment vernahm Fanny neben all dem Schreien, Ächzen und Fluchen im Saal ein weiteres Geräusch. Ein merkwürdiges Schmatzen. Zuerst schrieb sie es Paxtons Hund zu, doch als der Laut erneut erklang, erinnerte sie sich, wo sie ihn schon einmal gehört hatte: auf Harriets Dachboden, kurz bevor der Geisterwurm erschienen war.

Panisch flog Fannys Blick zu dem schwarzen Loch hinüber. Bis jetzt war noch kein Wurm zu sehen, aber sie war sicher, dass er auf dem Weg zu ihnen war. Keuchend zerrte sie an Alastair.

»Lass los!«, schrie sie den Hund an.

Wieder ertönte das hohle Schmatzen – diesmal schon sehr viel lauter. Auch einige Geister hielten jetzt inne und reckten irritiert die Köpfe.

Und dann brach mit einem kehligen Röhren der Wurm aus dem Loch hervor. Blind und mit zitternden Nüstern schob sich sein riesiger, silbrig glänzender Kopf in den Raum hinein. Entsetzte Schreie erfüllten die Luft. Fanny hatte das Gefühl, die Panik müsse jeden Moment ihren Brustkorb sprengen. Das Biest war mindestens doppelt so groß wie der Wurm auf dem Dachboden, und an seinem riesigen Kopf hing etwas. Fanny konnte nicht sofort erkennen, was es war. Doch dann machte ihr Herz zur Abwechslung einen freudigen Hüpfer.

Jim!

Zuerst sah es so aus, als würde er auf dem Wurm in den Raum hineinreiten, aber Fanny wurde schnell klar, dass von *Reiten* nicht wirklich die Rede sein konnte. Offenbar hatte Jim sich nur mit allergrößter Mühe an dem Wurm festklammern können, denn kaum war das Vieh weit genug in den Saal hineingekrochen, stieß er sich in die Luft. Er war wieder da! Fanny merkte, wie eine Welle der Erleichterung in ihr hochschwappte.

»Jim!«, rief sie.

Der verfluchte Geisterhund hatte Alastairs Schuh immer noch nicht losgelassen.

»Nicht mal jetzt verziehst du dich, du blödes Vieh?«, brüllte Fanny. »Hau endlich ab!« Alastair schüttelte seinen Fuß wie verrückt, aber das Tier gab ihn nicht frei.

»Jim!«, schrie Fanny erneut. Er musste helfen.

Um sie herum flohen die Geister in wilder Panik, doch einigen hatte der Wurm bereits den Weg abgeschnitten.

Beim Versuch, die Saalwand zu erreichen, krachte Lord Rosebatton in Fanny hinein. Als er mit einem erschrockenen Schrei zur Seite taumelte, war ihm der Wurm mit seinem Maul gefährlich nahe.

Fanny kniff die Augen zusammen. Dann drang ein Winseln an ihr Ohr, und kurz darauf kommandierte Jims Stimme: »Raus hier! Schnell!«

Mit einem gezielten Fußtritt hatte er den Hund Richtung Saalmitte befördert. Jetzt packte er Alastair und Fanny bei den Armen und sauste mit ihnen los. Als sie die Außenmauer schon fast mit ihren Händen berühren konnten, stürzte sich Sir Paxton dazwischen und versperrte ihnen den Weg. Seine Miene war wutverzerrt.

»Finger weg von der Brücke, Stevenson«, brüllte er, und schon traf seine Faust mitten in Jims Gesicht. Der Pirat schlingerte seitwärts in den Raum. Paxton flog ihm nach, während Fanny sich verzweifelt nach Alastair umsah. Wo war er geblieben?

Bestimmt ist er nach draußen geflogen, versuchte sie sich einzureden.

Aus Furcht vor dem Geisterwurm flüchtete Fanny in die nächstgelegene Saalecke. Von dort aus verfolgte sie, wie Jim und Paxton Blake sich ringend durch den Raum arbeiteten. Abgesehen von Fanny waren sie nun die einzigen Geister im Saal. Den meisten anderen war die Flucht gelungen. Wie viele dem Wurm zum Opfer gefallen waren, wollte Fanny gar nicht wissen.

An der Saaltür wartete unruhig Mr Tremble. Mittlerweile musste er verstanden haben, dass etwas nicht in Ordnung war. Den Geisterwurm, dessen dicker, runzliger Schwanz mehrfach durch ihn hindurchgepeitscht war, hatte er aber nicht einmal bemerkt.

Fanny fragte sich, wo Paxtons Hund war. Der hatte sich doch bestimmt nicht ohne sein Herrchen aus dem Staub gemacht.

»Jim, pass auf!«

Angelockt durch die Kampfgeräusche der beiden Männer, hieb der Geisterwurm immer wieder blind durch die Luft. Um Haaresbreite hätte er Jims Bein erwischt.

Und dann entdeckte Fanny endlich Alastair. Sein Kopf lugte nur wenige Meter neben ihr durch die Außenwand herein.

»Komm zu mir raus«, drängte er.

Fanny war erleichtert, ihn zu sehen, aber sie schüttelte den Kopf. Sie musste den Wurm ablenken. Jim konnte sich nicht gleichzeitig auf Paxton *und* auf das Untier konzentrieren. Ohne ein weiteres Wort flog sie in den Raum und baute sich in der Saalmitte auf.

»Hey!«, brüllte sie den Wurm an. Vor Aufregung klang ihre Stimme dünn wie Papier. Sie versuchte es noch einmal: »Hier bin ich! Komm schon! Na los! Komm schon!«

»Bist du verrückt?«, rief Alastair hinter ihr.

Doch Fannys Manöver schien zu funktionieren. Mit weit geblähten Nüstern hielt der Wurm direkt auf sie zu. Fanny raste davon. Obwohl das Tier so schwerfällig wirkte, war es erschreckend schnell. Sein langer Körper schoss nach vorn, und Fanny konnte seinem Maul nur entgehen, indem sie rasch einen Haken schlug.

»Hier!«, schallte es da plötzlich aus einer anderen Ecke. »Hier drüben, du Riesenbratwurst!« Es war Alastair, der sich auf der gegenüberliegenden Seite des Saals postiert hatte. Er half ihr – obwohl er vor Angst schlotterte! Fanny wurde ganz warm ums Herz.

Mit einem erbosten Brüllen wechselte der Wurm seine Richtung.

So funktioniert es, dachte Fanny. *Wir locken ihn hin und her. Das verwirrt ihn, und Jim gewinnt Zeit.*

Doch dann war Paxtons Wolfshund auf einmal wieder da. Zwar sah er mitgenommen aus, und eine seiner Pfoten schien verletzt, doch das hinderte ihn nicht daran, sich sofort hinterrücks auf Jim zu stürzen. Laut grollend verbiss er sich in sein Bein. Jim schrie auf, fuhr mit dem Kopf herum, und Paxton ergriff sofort die Gelegenheit: Er schlang seinen Arm um Jims Hals und drückte zu. Im Würgegriff zog er ihn mit sich durch den Raum.

Nein!, dachte Fanny, als sie begriff, wohin Paxton steuerte. Er flog direkt auf das Wurmloch zu. Schon waren sie an der Kante, und Paxton stieß Jims Kopf brutal in den Schlund hinein.

Fanny raste zu den beiden hinüber, aber Paxton holte ohne aufzusehen mit der freien Hand aus und katapultierte sie zurück in den Raum. Dann presste er Jim tiefer in das Loch. Bevor er ihm den letzten Stoß geben wollte, hob er noch einmal den Kopf und warf Fanny ein boshaftes Lächeln zu.

»Sag Auf Wiedersehen zu deinem Daddy«, höhnte er.

Paxtons kurzer Moment der Unachtsamkeit reichte aus. Jim versetzte ihm einen Schlag unter das Kinn, stieß ihn zur Seite und drehte sich mit Schwung aus dem Loch heraus. Er versuchte aufzufliegen, doch der Hund war immer noch fest in sein Bein verbissen. So konnte Jim lediglich einige Meter zwischen sich und den Abgrund bringen.

»Achtung!«, schrie Alastair. Das Maul des Geisterwurms verfehlte Jim und den Hund nur um Zentimeter.

Sir Paxton, der sich am Wurmloch wieder aufgerichtet hatte, erkannte die Bedrohung und wandte sich zur Flucht. Über die Schulter rief er nach seinem Hund: »Darling!«

Treu wie immer ließ der Wolfshund Jims Bein los. Er schoss auf seinen Herrn zu. Doch der Eifer verlieh ihm zu viel Schwung, und er rasselte direkt in Paxton hinein. Durch die Wucht des Aufpralls wurde der Sir wie ein Kegel über das Wurmloch gestoßen. Fanny sah, wie seine Kleidung von dem Sog erfasst wurde. Es dauerte nur einen Sekundenbruchteil, dann war Sir Paxton Blake mit einem lauten Aufschrei im Loch verschwunden. Ohne Zögern stürzte Darling ihm in die schwarze Tiefe nach.

Der Geisterwurm, der gerade zu einem erneuten Angriff ansetzte, schien aufzuhorchen. Sein Körper erzitterte, dann fuhr er hinter Sir Paxton und dem Hund in das Loch hinein. Jim und Fanny wagten nicht, sich zu rühren. Es dauerte eine Ewigkeit, bis auch der letzte Ring des silbrigen Schwanzes verschwunden war.

Zwei- oder dreimal schallte noch das hohle Schmatzen durch den Saal, dann hörte Fanny nichts mehr außer ihrem keuchenden Atem.

»Wir müssen hier verschwinden«, sagte Jim. »Und wir müssen vorsichtig sein. Vielleicht lauern draußen noch Paxtons Leute. Bleibt dicht bei mir, alles klar?«

Alastair, der zu ihnen aufgeschlossen hatte, nickte matt.

Fanny wunderte sich, wie Jim nach allem einen so kühlen Kopf bewahren konnte. In ihren eigenen Gedanken hallten nur die letzten Worte von Paxton Blake wider: *Sag Auf Wiedersehen zu deinem Daddy!*

»Jim«, setzte sie an. »Ist es wahr? Bist du wirklich …«

»Wir reden später darüber, Fanny, ja?! Jetzt schaffe ich euch erst mal sicher nach Hause.«

Kapitel 19

»Fanny! Schätzchen, wach auf!«

Die Stimme war hell und sanft und kam Fanny sehr bekannt vor. Sie blinzelte verschlafen. Durch das Gitter ihrer Wimpern nahm sie langes blondes Haar wahr. *Blondes* Haar? Erschrocken fuhr sie in ihrem Bett auf.

»Mum? Was machst du denn hier? Ich dachte, ihr kommt erst am Dienstag zurück.«

»Es ist Dienstag, Schätzchen. Harriet sagt, du hast fast zwei Tage lang geschlafen.«

»Was?« Fanny rieb sich die Augen. Langsam kehrte die Erinnerung zurück: die Flucht aus dem Schloss, die Zugfahrt nach London, das Gespräch mit Jim … Zum Glück hatten Paxtons Leute sie nicht verfolgt.

»Mum, ich …«, setzte Fanny an. »Ich muss dir so viel –«

Jennifer Jones hob beschwichtigend die Hand.

»Ich weiß schon alles, Fanny«, sagte sie. »Oder zumindest das meiste. Jim hat Harriet berichtet, wo ihr gewesen seid und was alles passiert ist.«

»Und … du bist sauer«, vermutete Fanny besorgt.

Ihre Mum – oder eher ihre Schwester, wie Fanny plötzlich wieder einfiel – atmete tief durch. »Nein, natürlich bin ich *nicht* sauer. Obwohl … vielleicht ein bisschen. Das war wirklich leichtsinnig von dir! Aber noch viel mehr bin ich froh darüber, dass dir nichts passiert ist.« Sie strich Fanny über die Wange. Dann erhob sie sich vom Bett und machte ein paar Schritte durch den Raum. Erst jetzt bemerkte Fanny, wie müde ihre Mum aussah. Ihr Haar war strähnig, und was hatte sie da überhaupt an? Harriets alten Jogginganzug?

Jennifer Jones im Schlabberlook! Das war kaum zu glauben. War da sogar ein Fleck auf der Hose?

»Vor allem aber bin ich traurig«, fuhr ihre Mum fort. »Jetzt wird es nie mehr so sein, wie es war.«

Weint sie?, dachte Fanny überrascht. Ihre Mum weinte nie. Sie hatte nicht einmal geheult, als Rebecca, der Familien-Wellensittich, vorletztes Jahr gestorben war.

»Außerdem hab ich ein schlechtes Gewissen«, fügte Jennifer noch hinzu. »Weil wir mit unserer Geheimniskrämerei dafür gesorgt haben, dass du dich in so große Gefahr begeben hast.« Mit verschränkten Armen blieb sie vor dem Fenster stehen und sah hinaus.

»Warum habt ihr mir nie etwas gesagt?«, fragte Fanny.

»Ach, das ist alles so kompliziert …«

»Mum, ich werde bald dreizehn. Ich verstehe das schon.«

Jennifer schniefte, und als sie sich umdrehte, sah Fanny, dass sie unter ihren Tränen lächelte.

»Vermutlich hast du recht. Du bist kein kleines Kind mehr. Aber weißt du, für mich wirst du immer das süße Baby bleiben, das –« Sie konnte nicht weiterreden, weil ein Tränenstrom ihr das Wort abschnitt.

»Jetzt beruhig dich, Mum. Das ist doch alles nicht so schlimm.« Fanny hielt kurz inne. »Soll ich dich überhaupt noch Mum nennen? Oder lieber Jenny? Oder Sis?«

Jennifer zog ein etwas verklebtes Taschentuch aus ihrer Hosentasche und trompetete hinein.

»Entscheide du, Fanny.« Sie wischte sich über die Augen, tat einen tiefen Atemzug, und dann fing sie an zu erzählen.

»Du weißt ja, dass unser Dad früh gestorben ist«, begann sie. »Ich war erst sechs und Harriet vier. Mum musste von da an alles alleine machen. Einen anderen Mann gab es nie – bis Jim in die Agentur kam. Anfangs hab ich davon gar nichts mitbekommen. Ich war zwanzig, gerade ausgezogen und hatte andere Dinge im Kopf: mein Studium zum Beispiel und deinen Vater. Aber irgendwann hat mir Mum von Jim erzählt, und ich Idiotin hab sie auch noch ausgelacht. *Du kannst dich doch nicht in einen Geist verlieben*, hab ich gesagt.« Verdrossen schüttelte Jennifer den Kopf. »Ein Jahr später war sie mit dir schwanger.«

Fanny nickte. So weit kannte sie die Geschichte schon. Mehr hatte Jim ihr auf der Rückfahrt nach London nicht erzählen können, da Fanny vor Erschöpfung bereits eingeschlafen war, als der Zug aus dem Bahnhof holperte. Nur für den kurzen Flug von Paddington Station in die Portobello Road hatten Jim und Alastair sie geweckt. Danach war Fanny auf Harriets Dachboden aus der Geisterdimension gestiegen, hatte ihre Tante im Halbschlaf über ihre Rückkehr informiert und war anschließend auf direktem Weg ins Bett getorkelt.

»Diese Schwangerschaft hat mich damals schockiert«, gestand Jennifer. »Wer denkt schon, dass so etwas möglich ist? Mit einem Geist … Und Mum war ja auch nicht mehr die Jüngste. Sie war schon siebenundvierzig.« Jennifer drehte an ihrem Perlenohrring herum, was sie immer tat, wenn sie nervös war oder sich unbehaglich fühlte. »Ich fand es einfach nicht vernünftig von ihr, in diesem Alter ein Kind zu bekommen«, fügte sie hinzu. »Und dann auch noch … so ein besonderes.«

Sie schwiegen einen Moment.

»Wie ist Pandora denn gestorben?«, fragte Fanny. Sie hielt kurz die Luft an, weil sie nach den Worten ihrer Mum bereits das Schlimmste vermutete.

»Das war … bei deiner Geburt«, bestätigte Jennifer ihre Befürchtungen, und mit einem Mal drückte Fanny ein schwerer Stein auf die Brust.

»Dann ist es also meine Schuld!«, flüsterte sie. »Sie ist wegen mir gestorben. Weil ich ein halber Geist bin?«

»Nein«, stoppte Jennifer sie sofort. »Das hatte damit nichts zu tun. Natürlich wussten wir damals nicht, was auf uns zukommt, aber du warst ein ganz normales Baby.« Sie schnäuzte sich erneut. »Mum war einfach stur. Wie immer. Sie wollte nicht ins Krankenhaus. Angeblich, weil sie Angst hatte, man würde ihr das Baby dort wegnehmen, wenn auffiele, dass es anders ist. Also hat sie dich hier zu Hause bekommen, wie mich und Harriet übrigens auch. Nur diesmal gab es Komplikationen. Komplikationen, die es bei jeder gewöhnlichen Geburt hätte geben können.«

»Aber wenn sie ins Krankenhaus gegangen wäre, dann …«

»Ist sie aber nicht, und glaub mir, das wäre sie bestimmt auch nicht, wenn die Sache anders gelagert gewesen wäre. Pandora hatte immer schon panische Angst vor Ärzten. Und wer weiß, ob sie ihr dort überhaupt hätten helfen können. Es ist auf keinen Fall deine Schuld, Fanny«, sagte Jennifer eindringlich. »Mum wollte dich unbedingt. Sie hat sich so gefreut.«

Ihre Worte beruhigten Fanny ein wenig. Trotzdem ließ die ganze Sache ein ungutes Gefühl in ihr zurück.

»Und dann hast du mich zu dir genommen?«

Jennifer nickte. »Dein Dad und ich sind zusammengezogen, und mit Harriet habe ich verabredet, dass ich dich als mein Adoptivkind großziehe. Ich wollte dir und mir dieses Schwester-Mutter-Durcheinander ersparen, geordnete Verhältnisse schaffen.« Sie schürzte die Lippen. »Wenn es nach mir gegangen wäre, hätte ich einfach so getan, als wären wir deine richtigen Eltern.«

»Aber das –«, setzte Fanny zum Protest an, doch ihre Mum winkte bereits ab.

»Ich weiß, dass das nicht richtig gewesen wäre, Fanny. Damals hab ich gedacht, ich könnte dir damit Kummer ersparen. Aber Harriet war sowieso nicht einverstanden, also haben wir uns auf diesen Adoptionskompromiss geeinigt.«

Fanny biss nachdenklich auf ihre Unterlippe.

»Das war aber nicht der einzige Grund, weshalb du es mir verschwiegen hast, oder?«

Jennifer hob die Augenbrauen. »Was meinst du?«

»Na, ich sollte nicht erfahren, dass ich ein halber Geist bin. Stimmt's?«

Jennifer atmete seufzend aus.

»Ja«, gab sie schließlich kleinlaut zu. »Diese Welt war mir immer fremd, Fanny, und außerdem habe ich mir Sorgen gemacht. Du siehst ja, was alles passieren kann …«

Sie strich mit den Fingern über die Tapete.

»Später kam übrigens noch eine andere Sache dazu«, erklärte sie. »Dein Dad und ich haben versucht, ein eigenes Baby zu bekommen, aber es hat nicht geklappt.« Fanny sah, dass sich schon wieder Tränen in Jennifers Augen sammelten. »Ich war so froh, dass ich dich hatte, Fanny. Du warst immer wie mein eigenes Kind, und ich wollte nicht, dass du erfährst, dass ich in Wahrheit deine Halbschwester bin, verstehst du?«

Die letzten Worte brachte sie nur schluchzend heraus.

Auch Fanny hatte einen dicken Kloß im Hals. Sie verstand ihre Mum tatsächlich, und böse war sie ihr sowieso nicht mehr. Trotzdem hätten ihr alle von Anfang an die Wahrheit sagen sollen.

Es klopfte zweimal kurz an die Tür, und als Fanny aufsah, stand bereits ihr Dad im Türrahmen. Mit der einen Hand rückte er sich die Brille zurecht, und in der anderen schwang er eine Packung Taschentücher durch die Luft.

»Ich hab gehört, dass hier viel zu viel geheult wird«, sagte er lächelnd. »Deswegen bringe ich Nachschub. Aber das ist die letzte Packung. Nach der müsst ihr aufhören. Deine Mum hat in den vergangenen zwei Tagen schon tonnenweise davon verbraucht, und ehrlich gesagt geht das auch langsam ins Geld.«

»Keine Schnürsenkel verkauft?«, fragte Fanny mit einem schwachen Grinsen.

Ihr Dad lachte.

»Und ob! Mindestens genug für zwei Lkw-Ladungen Taschentücher. Aber ich finde, Jenny könnte jetzt trotzdem aufhören.«

Er ging zu seiner Frau, drückte sie und gab ihr einen Kuss auf die Wange. Dann ließ er sich schwungvoll neben Fanny auf der Bettkante nieder. Als er ihre Hand ergriff, spürte sie jedoch eine leichte Unsicherheit bei ihm.

»Fanny, du weißt, dass sich zwischen uns nichts ändert, oder? Ich bin dein Dad, und ich bleibe dein Dad. Und Jim – der ist jetzt auch dein Dad. Zwei Väter, das ist doch eigentlich ziemlich … *dufte*, oder nicht?«

Fanny verdrehte die Augen. Wenn ihr Dad versuchte, wie ein Teenager zu sprechen, klang es immer so, als hätte man ihn direkt aus den Achtzigern hergebeamt. Aber sie fand es auch ein bisschen rührend, wie er in diesem Moment versuchte, cool zu sein und die Situation aufzulockern.

Sie schlang ihre Arme um seinen Hals.

»Ich hab dich lieb, Dad!«

»Ich hab dich auch lieb, Poppet.«

Um Punkt null Uhr der darauffolgenden Nacht saßen sechs Gestalten um den kleinen Tisch in Harriets Küche herum. Zwei davon leuchteten wie überdimensionale Glühbirnen, während zwei andere sich bemühten, so zu tun, als wäre es völlig normal, mit Geistern zu sprechen, die man weder sah noch hörte.

Fanny hatte sich inzwischen eine gehörige Standpauke von Harriet abgeholt. Ihre Tante (das mit der Schwester bekam Fanny einfach nicht über die Lippen) war ziemlich sauer, weil Fanny sie angelogen und als Geist auf Blake Castle gewesen war. Zum Glück überwog aber auch bei ihr die Erleichterung darüber, dass nichts Schlimmeres passiert war.

Fannys Dad leitete das nächtliche Treffen mit einer kleinen Rede ein und sagte, wie sehr er sich freue, dass nun wirklich einmal die ganze Familie am Tisch saß.

Jim wirkte ein wenig verlegen. Er hatte den Tag in der Bibliothek verbracht, und Fanny vermutete, dass er ihr und ihren Eltern auf diese Weise ein wenig gemeinsame Zeit hatte einräumen wollen.

»… und jetzt sollten wir überlegen, wie wir mit Fannys neuer Gabe umgehen«, verkündete ihr Dad. Er nahm sich einen Haselnusskeks.

»Also, ich finde –«, begann ihre Mum nach einer Weile.

»Warte«, unterbrach Harriet. »Jim sagt etwas.«

Jennifer Jones klappte den Mund zu, woraufhin Jim erneut ansetzte: »Ich glaube nicht, dass Paxtons Leute und die Gruppe um diesen Peter Fraser dich in Zukunft in Ruhe lassen werden, Fanny«, warnte er. »Sicher finden wir Wege, damit umzugehen, aber auf jeden Fall solltest du nicht mehr in die Geisterdimension wechseln. Zu deiner eigenen Sicherheit. Ich halte es für zu gefährlich.«

»Aber Jim, ich kann doch –«, setzte Fanny an.

»Pscht. Was sagt er denn?«, zischte Jennifer.

Nachdem Harriet Jims Worte wiedergegeben hatte, zeichnete sich auf Jennifers Gesicht Erleichterung ab.

»Da bin ich vollkommen Ihrer Meinung, lieber Jim. Ich finde sowieso, dass …«

»Mum, Jim sitzt dort drüben. Du schaust die ganze Zeit Alastair an.«

»Entschuldigung.« Jennifer strich sich etwas nervös die Haare aus dem Gesicht. »Also, jedenfalls finde ich auch, dass wir vorsichtig sein sollten.« Jetzt schaute sie tatsächlich in Jims Richtung. Allerdings schien sie ihn für kleiner zu halten, als er war, denn statt mit seinem Gesicht sprach sie mit seinen Bartspitzen. »Und Sie meinen, diese Geister können Fanny wirklich nichts tun, wenn sie in unserer Dimension bleibt?«, fragte sie besorgt.

»Nein, Mum«, stöhnte Fanny. »Das können sie nicht.«

»Das können sie sehr wohl«, widersprach Jim ein wenig gereizt. »Wir haben doch schon darüber gesprochen, Fanny. Du musst vorsichtig sein. Wenn so ein Geist dich im falschen Moment erschreckt, kann das schlimme Folgen haben.«

Harriet zog ihre Augenbrauen zusammen, gab Jims Worte aber nicht an das Ehepaar Jones weiter, worüber Fanny sehr froh war. Was dieses Thema anging, hielt sie Jim für etwas hysterisch. Solange Paxtons und Frasers Leute sie nicht berühren konnten, hatte sie auch keine Angst vor ihnen.

Fannys Dad nahm sich einen weiteren Keks, was Jennifer mit einem leichten Räuspern quittierte.

»Dann musst du uns aber auch versprechen, wirklich nie mehr in die andere Dimension zu gehen«, forderte er. »Und zwar ganz ehrlich – verstanden, Fanny?«

»Nie mehr? Aber –«

»Kein Aber!«

Obwohl ihr vor zwei Sekunden noch überhaupt nicht danach zumute gewesen war, musste Fanny plötzlich lachen. Verständlicherweise ärgerte das ihren Dad. Er konnte nicht wissen, dass er und Jim das »Kein Aber« im Einklang gesprochen hatten. Sogar der Tonfall war derselbe gewesen.

»Das ist nicht lustig, Fanny«, murrte ihr Dad. »Weißt du, was wir uns sonst für Sorgen um dich machen würden?« Er biss grimmig von seinem Keks ab. »Versprich es bitte!«

»Na gut, ja. Ich verspreche es«, seufzte Fanny.

So eine Nacht wie die auf Blake Castle wollte sie sowieso nicht noch einmal erleben. Trotzdem hoffte sie, dass sich für die Sache mit Paxtons Leuten und der Gruppe um Peter Fraser irgendwann eine Lösung finden würde. Es wäre zu schade, wenn sie ihre Gabe nie wieder nutzen könnte. Dazu war die ganze Sache einfach zu großartig.

Nachdem alle Anwesenden einigermaßen beruhigt waren, was Fannys Zukunft als halber Geist betraf, konnte das Gespräch in angenehmere Bahnen gelenkt werden. Fannys Dad fragte Jim mittels Harriets Übersetzung ausgiebig über die Ostindien-Kompanie aus, bis Jennifer irgendwann anmerkte, dass ihr der Jetlag in den Knochen stecke. Fannys Eltern verabschiedeten sich mit dem Versprechen, Fanny am nächsten Tag abzuholen. So konnte sie noch in Ruhe packen und allen Auf Wiedersehen sagen.

»*Mensch ärgere Dich nicht?*«, fragte Alastair munter, nachdem auch Harriet gähnend den Weg ins Bett angetreten hatte. »Ich kann das Spielbrett von unten holen, dann müsst ihr nicht … Ach so, verstehe«, unterbrach er sich selbst, als er die verlegenen Gesichter sah. »Vater-Tochter-Gespräch. Da störe ich natürlich.« Wenn überhaupt, klang er nur ein klitzekleines bisschen beleidigt. »Na dann!« Schon war er durch den Fußboden abgetaucht und hinterließ eine etwas peinliche Stille in der Küche.

»Tja«, meinte Jim.

»Tja«, antwortete Fanny.

Jim hüstelte befangen.

»Ich werd mich wohl von deiner Tante … also … von Harriet vermitteln lassen«, sagte er schließlich.

»Was? Aber wieso denn?«, rief Fanny überrascht.

»Na ja, ich kann ja nicht ewig hierbleiben. Harriet hat das eigentlich nur erlaubt, damit ich dich ab und zu sehen kann.« Er lächelte. »Aber jetzt, wo du es weißt, kann ich ja umziehen. Natürlich möchte ich gern in London bleiben. Dann könnten wir uns gegenseitig besuchen. Also nur, wenn du willst. Was hältst du davon?«

Fanny lächelte zurück. »Das klingt großartig«, sagte sie, und dann fiel ihr plötzlich Mrs Winterpick ein. »Vielleicht habe ich da sogar jemanden für dich. Eine sehr nette Dame. Wir haben sie im Zug kennengelernt. Sie hatte früher schon mal einen Hausgeist, aber der ist ausgezogen, und jetzt fühlt sie sich einsam. Vielleicht können wir einen Termin mit ihr ausmachen, dann stelle ich euch einander vor.« Fanny stockte. Sie starrte einen Moment auf die Tischplatte. »Es sei denn … also … vielleicht möchtest du gar kein Geist bleiben, sondern willst, dass ich dich rüberführe?«, fügte sie hinzu. »Das wäre natürlich –«

»Nein«, sagte Jim rasch. »Das möchte ich auf keinen Fall. Alastair hat mir schon erzählt, dass du ihm heute Nachmittag dasselbe Angebot gemacht hast, und ich bin ihm bestimmt nicht böse, wenn er sich dafür entscheidet, aber –«

»Er will noch mal darüber nachdenken, hat er gesagt.«

Jim fuhr sich mit den Fingern über den Bart.

»Wenn er es will, dann mach es von deiner Seite aus. Und ich möchte dabei sein«, bat er. »Du musst auf jeden Fall aufpassen. Nicht nur wegen Paxtons Leuten und diesem Fraser. Ich hab gesehen, wie du nach Mr Trembles Rückwandlung aussahst, und ehrlich gesagt: Der Gedanke, dass du dir das noch mal zumutest, behagt mir nicht.«

»Dann willst du kein Mensch werden, weil du denkst, es ist zu anstrengend für mich?«

»Nicht nur deshalb«, erklärte Jim. »Ich glaube, es würde alles nur noch komplizierter machen, und einen alten Baum verpflanzt man außerdem nicht. Ich bin zufrieden, so wie alles ist, glaub mir.«

Fanny nickte.

»Ist natürlich deine Entscheidung«, sagte sie. »Trotzdem, das Angebot steht, ja?« Sie schwiegen wieder eine Weile. Fanny begann mit den Fingern zu trommeln. »Meinst du, wir sehen Mr Tremble noch mal wieder?«

»Keine Ahnung. Ich schätze, es wird nicht einfach für ihn in nächster Zeit. So ohne Papiere und alles. Den Start in sein neues Menschenleben hat er sich bestimmt anders vorgestellt.«

»Mhm, bestimmt.« Fanny atmete geräuschvoll aus. Ihr brannte noch eine Frage auf der Seele, nur traute sie sich nicht richtig, sie zu stellen. Aber schließlich siegte ihre Neugier.

»Sag mal, du und Pandora … wie ging das eigentlich? Ich meine, sie war doch ein ganz normaler Mensch, oder? Konnte sie denn über die Grenze gehen?«

Jims Gesicht nahm sofort einen gequälten Ausdruck an, und Fanny wünschte, sie hätte nicht gefragt. Aber jetzt war es zu spät.

»Nein, eigentlich konnte sie nicht über die Grenze gehen«, sagte Jim. »Es war nur ein einziges Mal möglich, und ich mache mir immer noch Vorwürfe, dass ich mich darauf eingelassen habe. Hätten wir es damals nicht versucht, wäre sie jetzt vielleicht noch am Leben.« Er presste die Lippen aufeinander. »Versteh mich bitte nicht falsch, Fanny. Ich bin sehr froh darüber, dass es dich gibt, es ist nur ... ich vermisse sie.«

Ohne zu überlegen, griff Fanny nach Jims Hand und erinnerte sich zu spät daran, dass sie ihn gar nicht berühren konnte. Doch Jim lächelte und umschloss ihre Finger, auch wenn keiner von ihnen den anderen spürte.

»Es war an Silvester«, erzählte er. »Pandora und ich hatten schon unzählige Male einen Dimensionenwechsel probiert, aber es hat nie funktioniert. Trotzdem wollte Pandora nicht aufgeben. Sie war stur. So stur wie ein Maulesel.« Jims Lächeln wurde breiter. »Ende Oktober tat sie ein Antiquariat im hintersten Winkel der Ledbury Road auf, und dort fand sie ein altes Buch über Geisterriten. Sie war ganz aufgeregt. In dem Buch wurde nämlich glaubhaft behauptet, dass sich unsere Welten beim Jahreswechsel einander annähern. Also warteten wir auf das Ende des Jahres, während Pandora alles vorbereitete. In dem Winter herrschte eine furchtbare Kälte. Die Eiszapfen fielen praktisch im Minutentakt von den Hausdächern, weil sie zu schwer wurden. In der Silvesternacht selbst hatten wir minus zehn Grad. Es war Vollmond und der Himmel sternenklar. Laut Buch waren das die besten Voraussetzungen für unser Vorhaben. Pandora schleppte eine Unmenge Zeugs in den Laden. Jede Menge Decken für sich, Kerzen, Räucherstäbchen und alles andere, was sie für das Ritual besorgt hatte. Sogar eine Hasenpfote.«

»Eine echte?«

Wegen Fannys angeekeltem Gesichtsausdruck lachte Jim auf.

»So hab ich auch reagiert«, sagte er. »Überhaupt hab ich die ganze Zeit genörgelt, weil ich so nervös war und es ihr nicht zeigen wollte. Sie hatte Räucherstäbchen mit Lavendelgeruch besorgt, und ich hab gesagt, dass ich Lavendel nicht ausstehen kann. Was stimmte, aber natürlich hat sie sich davon nicht beirren lassen. Sie hat haufenweise Kerzen im Kreis um uns herum aufgestellt, und dann haben wir unsere Hände aufeinandergelegt. Wir saßen bestimmt über eine Stunde einfach so da. Nichts passierte, und ich war schon drauf und dran, aufzugeben.«

»Aber?«, fragte Fanny.

»Na, Pandora ließ mich nicht. Ich hab's dir ja schon gesagt: stur wie ein Maulesel. Irgendwann meinte sie plötzlich, sie könne meine Hände spüren.«

»Und, konnte sie?«

»Zuerst dachte ich, sie bildet sich das nur ein. Aber dann stieg mir etwas in die Nase.«

»Was denn?«, fragte Fanny aufgeregt.

In Jims Augen trat ein glückliches Strahlen.

»Lavendel«, sagte er. »Es war das Schönste, was ich je gerochen habe.«

Epilog

Am Dienstagnachmittag, genau eine Woche später, saß Fanny Rosinenkuchen mampfend neben Alastair auf dem roten Samtsofa. Harriet sortierte hinter dem Tresen die offenen Rechnungen, die sie anschließend wahrscheinlich doch wieder vergessen würde zu bezahlen. Jim befand sich auf einem zweiten Besuch bei Mrs Winterpick. Zwar konnte sie ihn um diese Uhrzeit gar nicht sehen, doch Jim wollte sich noch ein wenig in ihrem Haus umschauen und bereits ein paar Habseligkeiten dorthin bringen. Das erste Treffen war nämlich sehr gut verlaufen. Jim hatte sich sofort vorstellen können, bei der netten Dame einzuziehen.

»Und?«, fragte Fanny Alastair. Sie nahm einen riesigen Bissen von ihrem Kuchen. »Hascht du esch dir überlegt?«

Alastair streckte die Füße über dem kleinen Tisch vor dem Samtsofa aus.

»Noch nicht so richtig«, sagte er.

Fanny schluckte den Kuchen runter und schüttelte ungläubig den Kopf.

»Ich versteh gar nicht, was es da so lange nachzudenken gibt.

Wär doch toll, wenn du wieder ein Mensch wärst. Du könntest bei Harriet im Gästezimmer wohnen und vielleicht sogar auf meine Schule gehen.«

»Dräng ihn nicht, Fanny«, rief Harriet vom Tresen. »Das ist seine Baustelle!«

»Mach ich ja nicht«, sagte Fanny, musste sich allerdings selbst eingestehen, dass das nicht die Wahrheit war.

»Es wäre schon toll«, stimmte Alastair ihr zu. »Aber du vergisst eine Sache.«

»Welche denn?«

»Ewiges Geisterleben?«

»Ah, verstehe«, gab Fanny zurück. Daran hatte sie tatsächlich nicht gedacht. »Aber ist es denn überhaupt so großartig, als Geist unsterblich zu sein? Und eine vollkommene Sicherheit gibt es so ja auch nicht. Wenn dich ein Geisterwurm erwischt, dann ...«

»Statistisch gesehen dürfte mir der nächste Geisterwurm erst in etwa zweihundert Jahren über den Weg kriechen«, behauptete Alastair. »Und die Gefahr, dann gefressen zu werden, liegt mathematisch wahrscheinlich bei unter einem Prozent.«

»Ach ja? Hast du das auch gedacht, als wir im Rittersaal beinahe –«

Die Türglöckchen bimmelten aufgeregt, und im nächsten Moment stand ein etwas blass aussehender Mr Pennyhold im Laden. In seiner Hand hielt er einen riesigen Strauß roter Rosen. Wie in Trance marschierte er damit auf den Verkaufstresen zu.

»Mr Pennyhold, Vorsicht, Ihr Schnürsenk–«, rief Fanny, doch da war es bereits zu spät.

Mr Pennyhold trat auf sein loses Schnürband und geriet ins Stolpern. Hilflos griff er nach der großen Fransenstehlampe, doch die konnte den dicken Mann natürlich nicht am Fallen hindern. Sie ging mit ihm zu Boden, riss dabei einen Bücherstapel um und köpfte mit ihrem breiten Schirm auch noch Harriets Azalee auf der Biedermeierkommode.

»Ach du heiliger Bimbam!«, rief Harriet aus. Gemeinsam mit Fanny half sie Mr Pennyhold auf die Beine. »Ich habe den Eindruck, der Laden hat ein schlechtes Karma für Sie«, stellte Fannys Tante fest, während sie Mr Pennyhold zum Tresen hinüberführte. »Vielleicht sollten Sie die Jagd auf meine Truhe lieber aufgeben, sonst brechen Sie sich beim nächsten Mal noch ein Bein. Oder Schlimmeres!« Lächelnd klopfte sie dem Kunsthändler etwas Staub von der Schulter.

»Ich, ähm …« Mr Pennyhold räusperte sich nervös und warf einen verlegenen Blick zu Fanny. »Ich komme gar nicht wegen der Truhe, Mrs Pickwick. Ehrlich gesagt war ich nie deswegen hier. Ich … ich wollte Ihnen das hier übergeben.«

Er streckte Harriet den inzwischen etwas ramponierten Rosenstrauß entgegen und wischte dabei mit Schwung die Popo-Vase vom Tresen. Mit lautem Klirren zersprang das gute Stück auf dem Fußboden in tausend Scherben. Doch Mr Pennyhold schien das gar nicht mitzubekommen.

»Mrs Pickwick!« stieß er aus. Er brüllte es beinahe. »Ich … ich bin in Sie verliebt. Schon seit ich Sie das erste Mal gesehen habe.« Er schnaufte, anscheinend froh darüber, endlich reinen Tisch gemacht zu haben. »Bitte erweisen Sie mir die Ehre … und gehen Sie mit mir essen.«

Alastair prustete laut los. »Ich dachte, er fragt gleich, ob sie ihn heiraten will.« Gackernd klopfte er sich auf die Schenkel.

Zum Glück konnte nur Fanny seinen Heiterkeitsausbruch hören.

Deswegen hat er sich die ganze Zeit so seltsam benommen, dachte sie. *Nicht weil er Geister sehen kann, sondern weil er verknallt ist! In Harriet.*

Harriet war sichtlich verdattert, und während sie ungläubig auf den riesigen Blumenstrauß starrte, trat Mr Pennyhold unruhig von einem Bein auf das andere.

»Natürlich gehe ich mit Ihnen essen«, sagte Harriet schließlich.

Fanny schnappte überrascht nach Luft.

»Wirklich?«, fragte Mr Pennyhold nicht weniger erstaunt. Vor Aufregung bekam er rote Flecken im Gesicht.

»Ich wollte eigentlich schon beim letzten Mal Ja sagen«, fügte Harriet hinzu. »Aber da dachte ich, Sie wären nur hinter der Truhe her, deswegen …«

Wurde sie jetzt auch ein bisschen rot? Jedenfalls lächelte sie genauso glückselig und verlegen wie der dicke Kunsthändler. Alastair machte neben Fanny leise Kotzgeräusche.

»Gut, dann morgen Abend?«, fragte Pennyhold strahlend. »Ich hole Sie ab. Um sieben, einverstanden?«

»Einverstanden.«

Bevor Harriet wusste, wie ihr geschah, hatte Pennyhold ihre Hand ergriffen und einen Kuss daraufgedrückt. Dann machte er auf dem Absatz kehrt und schwebte leichtfüßig wie eine Ballerina aus dem Laden – ohne weiteren Sachschaden anzurichten.

Mit einem verträumten Lächeln auf den Lippen verzog sich

Harriet in die Küche. Klappernd suchte sie nach einer Vase für den Monsterstrauß.

Fanny feierte die unerwartete Entwicklung mit einem zweiten Stück Rosinenkuchen.

Wer hätte das gedacht? Diese Sommerferien gingen wirklich großartig zu Ende. Sie hatte neue Freunde gewonnen, einen ziemlich coolen zweiten Dad bekommen, und ihre Mum wirkte viel entspannter, seitdem die ganze Sache endlich ausgesprochen war. Und jetzt hatte Harriet vielleicht auch noch jemanden gefunden, mit dem sie nach Herzenslust futtern konnte. Was wollte man mehr?

In Hochstimmung sah Fanny Alastair an. Als sie seinen neidischen Blick auf ihren Kuchen bemerkte, konnte sie sich ziemlich gut vorstellen, wie er sich bald entscheiden würde.

Danksagung

Zu dieser Geschichte haben außer mir eine Reihe anderer Menschen beigetragen, bei denen ich mich gern bedanken möchte:

Zuallererst bei meinem Mann Roland. Ohne dich wäre dieser Traum nie in Erfüllung gegangen. Vielen Dank für deine Unterstützung.

Mein besonderer Dank gilt außerdem meiner klugen Lektorin Malin Wegner, die Texte im Fast Shot erfasst und die meine ersten Bücher mit viel Wissen, Humor, konstruktiver Kritik und tollen Ideen begleitet hat. Danke, dass ich in den vergangenen drei Jahren so viel von dir lernen durfte.

Danke auch an Markus Niesen und Anika Harder vom Hummelburg Verlag für euer tolles Engagement und die gute Zusammenarbeit. Danke, dass ihr drei mir eine Chance gegeben habt.

Mein Dank gilt ebenso Florentine Prechtel für dieses unfassbar schöne Cover und die grandiosen Illustrationen.

Und dann natürlich ein Dankeschön an all meine Anfeuerer: Meine Eltern, meine Schwester Kirstin, Jenni, Miriam, Judith, Simone, Anne und Melanie. Ich hoffe, dass ich euch diesmal alle zu einer Buchparty einladen kann. Und dann gibt's jede Menge Buch-Kuchen, versprochen!

Henry Jones
Jennifer Jones
Gilbert Pennyhold
Sir Paxton Blake
Pandora Pickwick
Harriet Pickwick